KB272693

청평조
清平調詞

구름 닮은 옷차림 꽃피 같은 생김새

봄바람 난간을 스쳐 가고 이슬 맺힌 꽃 질어야만 가네

만약 군옥산 머리에거 만나지 않았다면

정녕 요대의 달빛 아래서 만날 수 있으리

雲想衣裳花想容
春風拂檻露華濃
若非群玉山頭見
會向瑤臺月下逢

御氣衝霄

어기충소

어기충소 1

태율 新무협 판타지 소설

초판 1쇄 찍은 날 § 2005년 10월 26일
초판 1쇄 펴낸 날 § 2005년 10월 31일

지은이 § 태율
펴낸이 § 서경석

편집장 § 문혜영
편집책임 § 한지윤
편집 § 장상수 · 이재권 · 유경화

펴낸곳 § 도서출판 청어람
등록번호 § 제1081-1-89호
등록일자 § 1999. 5. 31
어람번호 § 제2-0730호

주소 § 경기도 부천시 원미구 심곡1동 350-1 남성B/D 3F (우) 420-011
전화 § 032-656-4452 팩스 § 032-656-4453
http://www.chungeoram.com
E-mail § eoram99@chollian.net

ⓒ 태율, 2005

ISBN 89-5831-795-7 04810
ISBN 89-5831-794-9 (세트)

※ 파본은 본사나 구입하신 서점에서 교환하여 드립니다.
※ 저자와 협의하여 인지를 붙이지 않습니다.

어기충소

御氣衝霄 **1**

남악 형산(南嶽衡山)

Fantastic Oriental Heroes

태율 新무협 판타지 소설

도서출판 청어람

목차

그그극! 그그그극!

낮게 땅을 울리는 소음에 오가던 행인들의 발걸음이 멈춰 섰다. 호기심에 고개를 돌린 이들은 이내 경악하며 저잣거리 양쪽으로 썰물처럼 갈라졌다.

"……!"

그들의 눈은 자신들 사이를 지나가는 사내에게 고정되어 있었다.

사십대 초반쯤 되었을까.

빛바랜 득라의(得羅衣)를 걸치고 메마른 입술을 달싹이며 진언(眞言)을 읊는 사내의 모습은 한눈에 봐도 지친 기색이 역력했다. 하지만 헝클어진 머리카락 사이로 줄기줄기 흘러내리는 형형한 안광은 보는 것만으로도 숨이 멎을 것 같은 위압감을 지니고 있었다.

그러나 그들이 놀란 이유는 정작 따로 있었다.

사내의 손에는 굵은 밧줄이 들려 있었는데 그 끝에 매어진 것이 보기에도 섬뜩한 관이었던 것이다.

모골 송연한 광경에 중인들은 할 말을 잃었다.

그때였다.

"응애!"

갑자기 들려온 아기 울음소리에 사람들은 뒤늦게 사내의 품에 안겨 있는 아기를 발견했다.

이제 갓 돌이 지났을까.

핏덩이나 다름없는 아기는 서럽게 울고 있었다. 하지만 아이를 안고 있는 사내는 관을 끄는 걸음을 멈추지 않았다.

"어째서 형산파 사람이……."

사내가 입고 있는 장포에서 형산파를 상징하는 번개 문양을 발견한 누군가가 작게 중얼거렸다.

"응애!"

그그극! 그그그극!

이윽고 사내의 모습이 사라지자 중인들은 비로소 마음을 놓으며 식은땀을 훔쳐 냈다. 하지만 아이의 울음소리와 관을 끄는 소리가 귓가에 맴도는 듯하여 자꾸만 그쪽으로 시선이 가는 것은 어쩔 수 없었다.

사내가 향한 곳.

그 끝에는 형산파가 있었다.

第一章

형산혈사(衡山血事)

보름 전 형산.

어느새 눈은 그쳐 있었다.

하늘을 가득 메운 별들은 금세라도 쏟아질 것처럼 시린 빛을 뿌렸고, 그 아래 펼쳐진 백색 설원은 푸른 달빛에 젖어 있었다.

이따금씩 서럽게 울어대는 바람 소리만이 고아한 밤의 적막을 흔들 뿐 사위는 침묵에 잠겨 있었다.

펄럭!

자신의 도포를 흔드는 차가운 바람에도 중년인은 미동도 하지 않았다. 우두커니 서서 자신의 손에 들린 낡은 책자를 응시할 뿐이었다.

이윽고 중년인의 입에서 무거운 장탄식이 흘러나왔다.

"대체 무슨 생각을 하고 있는 것이냐……?"

그의 음성에 놀랐음일까.

바람이 그의 도포 자락을 놓았다.

휘이이잉!

눈송이를 휘말아 올리며 축융봉(祝融峰) 정상을 향해 내달리는 바람의 그림자를 응시하는 중년인의 눈빛은 침울하게 가라앉아 있었다.

현마진경(現魔眞經).

그의 손에 들린 낡은 책자의 이름이었다.

대제자인 현검(賢劍)의 방에서 발견한 책이기도 했다.

현마진경에 기록된 무공들은 하나같이 정종무공(正宗武功)과는 궤를 달리하는 마공(魔功)이었다. 오악검파(五嶽劍派) 중 하나인 형산에 존재해서는 안 될 금서였던 것이다.

"최근 현검의 변화가 이것 때문이었나?"

중년인은 한숨을 흘렸다. 커다란 바위처럼 가슴을 짓누르는 죄책감 때문이었다.

백도의 위세에 눌려 숨죽이던 흑도무림이 흑무련(黑武聯)이라는 이름 아래 연합하여 정파와 치열하게 대립한 지 십 년째였다.

십 년 동안 크고 작은 전투가 중원 곳곳에서 벌어졌고, 파사현정(破邪顯正)이라는 미명 하에 수많은 젊은이들이 스러져 갔다.

현검 역시 다른 형산 제자들과 함께 피 냄새 가실 날이 없는 그곳을 떠돌았다. 하지만 언제부턴가 자신의 검을 적신 피의 무게에 버거워하기 시작했다. 그런 그를 질책과 다그침으로 붙든 것은 진현자(眞炫子) 자신이었다. 훗날 형산의 미래를 짊어질 대제자였기에 현검에게 건 그의 기대는 남달랐던 것이다.

십 년을 끌었던 지겨운 정사대전은 흑무련과 정파연합이 상호불가침(相互不可侵)을 약조함으로써 소강상태에 접어들었다.

비로소 현검은 형산으로 돌아올 수 있었다. 하지만 그토록 보기 좋던 그의 웃음은 이미 그의 얼굴에서 사라지고 말았다.

심한 우울증과 죄책감에 시달리며 친하게 지내던 동문 사형제들에게 화를 내기가 일쑤였고, 방에 틀어박힌 채 좀처럼 모습을 드러내지 않았다. 심지어 사부인 자신조차 만나기를 꺼릴 만큼 심한 대인 기피증을 보이곤 했다.

이를 안타깝게 여긴 사문의 어른들은 그가 본래의 모습으로 돌아올 때까지 시간을 주기로 마음먹었다.

그렇게 반년이 지났다.

그러나 수많은 이의 염려와 관심에도 불구하고 현검의 상태는 더욱 악화일로(惡化一路)를 치닫고 있었다.

결국 이를 지켜보고만 있을 수 없었던 진현자는 낮에 그의 처소를 방문했다. 하지만 현검은 처소에 없었고, 그가 발견한 것은 탁자 위에 놓여 있는 현마진경뿐이었다.

진현자는 어지러운 상념을 떨쳐 냈다.

"하아!"

무거운 장탄식과 함께 허연 입김이 허공에 흩어졌다.

진현자는 갈등하고 있었다.

현검은 자신에게 둘도 없는 제자였고, 한때 사문의 모든 기대를 한 몸에 받았던 기재이다. 하지만 윗선에서 이를 알게 된다면 당장 형산 전체가 뒤집힐 것이다.

어떤 경로를 통해서 입수했는지는 중요하지 않았다. 백도와 흑도무림이 팽팽히 대치하고 있는 가운데 마공비급을 소지한 것 자체만으로도 엄한 벌을 면치 못할 것이 틀림없었다.

게다가 만약 현검에게서 마공을 익힌 흔적이 발견된다면 현검은 무공을 폐지당하고 근맥이 잘려 사문 밖으로 내쳐지고 말 것이다.

이윽고 진현자는 결심을 굳혔다.

"내 눈으로 직접 확인하리라."

진현자는 걸음을 옮기기 시작했다.

뽀드득!

발밑에서 들려오는 눈의 비명 소리를 들으며 진현자는 곧장 현검과 이대제자(二代弟子)들의 처소가 있는 청운동(靑雲洞)으로 향했다.

그렇게 얼마를 걸었을까.

"……!"

청운동과 연결된 월동문 안으로 들어서는 순간 진현자의 눈이 더없이 크게 홉떠졌다.

하얀 눈 위를 붉게 적신 핏물과 그 위에 어지럽게 쓰러져 있는 이대제자들의 시신을 발견한 까닭이다.

시신들은 참혹했다.

팔다리가 잘린 이도 있었고 머리와 몸이 분리된 이도 있었다. 심지어 얼굴을 알아보지 못할 정도로 심하게 훼손된 시신도 있었다.

"으아아악!"

처절한 비명 소리가 들려온 것은 그때였다.

진현자는 비명 소리가 들려온 곳을 향해 신형을 날렸다. 그리고 처소로 쓰이는 건물 뒤쪽에서 살아 있는 두 사람을 발견할 수 있었다.

참혹한 혈사의 범인으로 짐작되는 괴인과 그에게 목줄기를 틀어 잡힌 이대제자였다.

"멈춰라!"

우수수!

내공이 실린 진현자의 쩌렁한 일갈에 지붕에 쌓여 있던 눈 더미가 쏟아져 내렸다.

"크흑! 사부님……!"

"운검(雲劍)아!"

제자의 음성에 진현자가 경악성을 터뜨리는 순간 달빛을 등지고 있던 괴인이 천천히 돌아섰다.

"……!"

너무 놀란 나머지 진현자는 할 말을 잃어버렸다.

피를 뒤집어쓴 악귀의 모습으로 자욱한 살기를 흘리는 인물은 자신의 대제자 현검이었던 것이다.

"이놈, 현검! 당장 운검을 내려놓지 못할까!"

"크큭……!"

진현자의 일갈에 현검은 사이하기 이를 데 없는 웃음을 흘렸다. 그리고는 검을 들어 운검의 가슴을 찔러갔다.

푸욱!

"으아아악!"

운검의 등을 뚫고 피칠을 한 검이 튀어나왔다.

사제의 가슴에 태연히 검을 박아 넣는 현검의 모습에 진현자는 경악을 금치 못했다.

"그만 하지 못할까!"

신형을 날린 진형자는 현검을 향해 매섭게 손을 뿌렸다.

쩌엉!

주르륵!

십성 공력이 담긴 산매장(散昧掌)을 검으로 쳐낸 현검은 그 반탄력을 견디지 못하고 삼 장의 거리를 밀려났다.

그사이 진현자는 재빨리 운검을 낚아채 뒤로 물러섰다.

"이런……."

운검의 상세를 살피던 진현자의 표정이 딱딱하게 굳어졌다. 간신히 숨은 붙어 있었으나 온몸의 기혈이 뒤엉키고 기맥이 끊어져 상세를 돌이킬 수 없었던 것이다.

"사부님… 사형은 지금… 제정신이……."

힘겹게 입을 연 운검은 끊임없이 선혈을 게워내고 있었다. 그리고 채 말을 끝맺지도 못한 채 혼절하고 말았다.

밀랍보다 창백한 운검의 얼굴을 바라보던 진현자는 분노한 눈을 들어 자신의 대제자를 노려봤다.

"이노옴! 네놈이 무슨 짓을 저지른 줄 아느냐!"

내상을 입었음인지 현검은 입가에 흐르는 피를 소매로 훔쳐 냈다. 그리고 검을 움켜쥔 채 진현자의 눈을 직시했다.

이지(理智)라곤 찾아볼 수 없는 눈동자와 터질 듯 부풀어 오른 이마의 핏줄, 그리고 불규칙한 호흡.

진현자의 눈동자가 격하게 흔들렸다.

'주화입마(走火入魔)!'

진현자는 눈을 감았다. 그리고 그의 볼을 적시며 한줄기 눈물이 흘러내렸다.

억장이 무너졌다.

현검이 어떻게 거둔 제자인가.

핏덩이인 그를 안고 산문에 들어서던 날, 그토록 고마워했던 하늘에게 지금은 저주를 퍼붓고 싶었다.

"진현아!"

"사형!"

자신을 부르는 음성에 진현자는 눈을 떴다. 그리고 막 청운동 안으로 들어서는 초로인과 그 뒤를 따르는 중년인을 발견했다. 자신의 사부이자 형산파의 장문인인 정명 산인(貞明山人)과 사제인 송현자(頌賢子)였다.

"어찌 된 일이냐?"

정명 산인의 질문에 진현자가 고개를 떨궜다.

"보시는 그대로입니다."

"이것이 정녕 현검이 한 일이란 말이냐?"

말없이 고개를 끄덕이는 진현자의 모습에 정명 산인은 경악을 금치 못했다.

이윽고 정명 산인은 침중한 표정으로 진현자를 바라봤다.

수많은 의미를 담은 그의 눈빛에 진현자의 어깨가 가늘게 떨렸다.

"알고 있습니다. 현검은 이미 돌아오지 못할 곳에 발을 내디뎠음을……. 의당 제가 해야겠지요. 제가 거둔 제자이니… 제가 나서야겠지요."

힘없이 중얼거린 진현자는 천천히 검을 뽑아 들었다.

스르릉!

시원한 검명과 함께 모습을 드러낸 검날의 푸른 빛이 눈 위에 부서졌다. 그와 함께 진현자의 마음도 부서지고 있었다.

진현자의 생각을 읽었음일까.

돌연 현검이 웃음을 흘리기 시작했다.

"크크큭……!"

그렇게 한참을 웃던 현검이 돌연 신형을 날려왔다.

번쩍!

그의 손 어림에서 하얀 빛이 번뜩이나 싶더니 한줄기 예리한 검기(劍氣)가 진현자의 미간을 향해 날아들었다.

이에 진현자 역시 현검을 향해 마주 검을 휘둘렀다.

짜자자자작!

공중에서 얽힌 검기가 폭죽처럼 터지며 그 여파에 휩쓸린 눈송이가 어지럽게 허공으로 솟구쳤다.

비록 현검보다 늦게 발출된 진현자의 검기였으나 그 안에 남긴 위력은 현검이 뿌린 검기를 압도하고 있었다.

<u>츠츠츠츠!</u>

자신을 향해 짓쳐드는 검기를 걷어내기 위해 현검은 연달아 네 번 검을 휘둘렀다.

순간 진현자의 신형이 흐릿한 잔영을 남기며 엿가락처럼 길게 늘어졌다.

극성에 이른 운영미보(雲影迷步)가 보이는 신기(神技)였다.

순식간에 현검과 거리를 좁힌 진현자는 찰나의 틈을 놓치지 않았다.

츄릿!

팍!

미세한 소음과 함께 현검의 몸이 석상처럼 굳어졌다.

뇌운검결(雷雲劍訣)의 절초인 낙뢰섬전(落雷閃電). 검기로 점혈하는 지극히 높은 경지의 수법에 마혈이 찍힌 것이다.

진현자는 검을 늘어뜨린 채 현검에게 다가섰다.

"크으으으!"

마혈을 제압당한 현검은 지독한 살기를 흘리며 진현자를 노려봤다.

그런 제자를 바라보며 천천히 검을 치켜드는 진현자의 눈에는 뿌연 습막이 어려 있었다.

단 일 검(一劍).

현검을 집어삼킨 광기의 속박을 끊는 데 일 검이면 충분했다. 현검의 생명도, 끝내 최악으로 치닫게 된 사제의 연(緣)도 그와 함께 흩어지리라.

부르르.

가늘게 떨리던 진현자의 검은 끝내 현검을 향해 떨어지지 않았다.

털썩.

진현자의 신형이 새하얀 눈밭 위로 무너졌다.

"크흐흑……!"

진현자의 입술을 비집고 억눌린 울음소리가 터져 나왔다.

"저는 할 수 없습니다. 세상의 어느 아비가 자식을 죽일 수 있겠습니까? 저는 도저히 현검을 죽일 수 없습니다! 사부님, 정녕 이를 돌이킬 방법은 없습니까? 사부님이시라면… 사부님이시라면… 으허헝!"

창자가 끊어지는 고통이 그러할까.

오열하는 진현자의 모습에 정명 산인은 긴 한숨을 내쉬었다. 이를 옆에서 지켜보던 송현자 역시 눈시울이 붉어졌다.

이윽고 한참의 시간이 흘러 정명 산인이 입을 열었다.

"현검을 본래대로 돌릴 방법은 없다."

"사부님!"

애끓는 진현자의 절규에 정명 산인은 고개를 저었다.

엎드려 있던 진현자는 무릎걸음으로 정명 산인에게 다가섰다. 그리고 그의 옷깃을 부여잡고 눈물을 쏟았다.

"내공을 폐해도 좋습니다. 근맥을 잘라 폐인이 되어도 좋습니다. 목숨만… 현검의 목숨만 살려주십시오. 이 아이의 수발은 평생 제가 하겠습니다. 제가 거둔 제자이니 그것으로 달게 벌을 받겠습니다."

"어찌 이처럼 잔인한 것이냐? 현검의 정신은 원래대로 돌아올 수 없다! 자신의 의지를 벗어나 평생을 비참하게 살아갈 그가 가엾지도 않단 말이냐?"

추상같은 사부의 음성에 진현자는 애달픈 음성으로 입을 열었다.

"사부님, 애초 현검이 이리된 근본적인 이유는 이 못난 제자에게 있습니다! 어찌 현검에게 제 죄까지 대신 짊어지우란 말입니까? 이는 공평치 못합니다! 결코 옳은 일이 아닙니다!"

"진현아……."

피를 토하는 듯한 진현자의 애원에 주름 가득한 정명 산인의 노안(老顔)에도 갈등의 빛이 떠올랐다.

"사부님!"

이때 송현자가 진현자 옆에 무릎을 꿇었다. 참담하기 이를 데 없는 사형의 모습을 더 이상 지켜보고만 있을 수 없었던 것이다.

"현검을 살려주십시오. 현검이 죽는다면 사형 역시 스스로 목숨을 끊을지도 모르는 일입니다. 사형의 성품을 누구보다 잘 아는 사부님이 아니십니까?"

송현자의 말에 한참 동안 고심을 거듭하던 정명 산인이 한숨과 함께 혀를 찼다.

"쯧쯧, 어찌 이리 모질지 못하단 말인가."

그 말을 끝으로 정명 산인이 돌아섰다.

그것이 무언의 허락임을 알기에 진현자는 정명 산인의 뒷모습을 향해 계속해서 절을 올렸다.

"고맙습니다. 고맙습니다."

아홉 번의 절을 올린 진현자는 자신의 사제인 송현자를 향해서도 고개를 숙였다.

"고맙네, 사제."

"사형, 이러지 마십시오!"

재빨리 절을 피한 송현자는 진현자를 부축해 일으켜 세웠다.

챙그랑!

바닥에 검을 내던진 진현자는 현검을 향해 다가섰다.

"미안하다, 얘야. 용서는 바라지 않으마. 이 지독한 사부를 원망하거라."

뜨거운 눈물로 속죄를 대신하며 진현자는 현검의 기해혈(氣海穴)에 손을 올렸다. 단전을 깨뜨려 내공을 폐하려는 것이다.

'……!'

현검의 기해혈에 막 진기를 쏟아 넣으려는 찰나 진현자는 흠칫하며 현검의 얼굴을 바라봤다. 점혈(點穴)된 줄 알았던 현검의 마혈이 풀려 있었기 때문이다.

"크크큭!"

현검의 섬뜩한 웃음을 대하는 순간 진현자는 그의 몸속을 휘도는 미증유의 힘을 느꼈다.

내력을 짐작키 힘든 그 힘은 무시무시한 기세 그대로 진현자의 손을 타고 올라왔다. 그리고 단숨에 그의 내부를 뒤흔들었다.

"우웩!"

진현자는 그대로 바닥에 주저앉아 한 사발이 넘는 피를 토했다.

"……!"

쉬익!

갑작스러운 변고에 놀란 정명 산인과 송현자가 당황한 틈을 놓치지 않고 현검이 신형을 솟구쳤다. 그리고 단숨에 담을 넘어 어둠 속으로 사라졌다.

"송현아, 나를 따르거라!"

뒤늦게 정신을 차린 정명 산인이 곧바로 신형을 날렸다.

"사형……!"

"괜찮으니… 어서 사부님을……."

한차례 고개를 끄덕인 송현자는 현검과 정명 산인이 사라진 곳을 향해 신형을 날렸다.

이대로 현검이 강호로 나선다면 한바탕 크게 휘몰아칠 피의 폭풍은 짐작하기도 어려웠다. 그 피의 폭풍은 훗날 형산을 위협하는 칼날이 되어 돌아오리라. 피에 미친 검귀(劍鬼)를 강호에 풀어놓았다는 오명이 항상 형산의 이름 뒤에 언급될 것이기 때문이다.

휘이이잉!

을씨년스러운 바람이 진현자를 휘감았다. 하지만 그는 제자리에 못 박힌 듯 좀처럼 움직일 줄 몰랐다.

"어디서부터 잘못된 것일까……?"

망연자실한 진현자의 음성이 혈향(血香) 가득한 장내를 떠돌았다. 하지만 이조차 차가운 삭풍에 삼켜져 종국엔 서럽게 울어대는 바람 소리만이 청운동을 가득 메웠다.

*   *   *

“보세요, 가가. 방금 우리 유하가 웃었어요.”

“허, 그 녀석. 내 품에 있을 때는 그리 울어대더니 어미 품에 안기자마자 더없이 행복한 표정을 지어 보이는군.”

“질투하시는 건가요?”

웃음기 담긴 여인의 말에 중년인은 장난스러운 표정으로 여인을 바라봤다.

“솔직히 질투가 난다오. 일 년 전만 해도 연매의 가슴은 나만의 것이었는데 지금은 유하 녀석이 독차지하고 있질 않소?”

순식간에 붉어지는 여인의 얼굴을 보며 진자호는 껄껄 웃음을 터뜨렸다.

“하하, 연매 그대는 아이 엄마가 되어서도 부끄러움을 타는구려.”

“이젠 아이를 둔 어엿한 가장이신데 가가께서도 변함없이 철이 없군요. 유하만큼은 짓궂은 아버지를 닮지 말아야 할 텐데 걱정이에요.”

“오, 이젠 제법 반격도 할 줄 아는구려?”

여인은 대답 대신 곱게 눈을 흘겼다. 그런 그녀의 모습에 진자호는 빙그레 웃으며 입을 열었다.

“가까이 오시오. 한번 안아봅시다.”

“가가…….”

진자호의 팔이 자신의 허리를 감싸자 종리연의 얼굴은 더욱 붉어졌다. 서로 살을 맞대고 살아온 지 칠 년이 지났건만 처녀 시절의 수줍음을 간직한 그녀의 모습은 여전히 진자호에게 사랑스럽게 느껴졌다.

“이 마차 안에는 우리뿐인데 뭐가 그리 부끄럽소?”

“하지만 유하가…….”

“돌밖에 지나지 않은 아이가 무얼 알겠소?”

“마부가 들을지도 몰라요.”

“폭우 때문에 마차 안의 소리가 들리지 않을 거요. 게다가 금슬 좋은 부부의 모습은 결코 흠이 아니라오.”

연이은 재촉에 종리연은 마지못해 진자호의 가슴에 어깨를 기댔다. 진자호는 그녀를 자신의 품속으로 더욱 바짝 끌어당겼다. 그리고 그녀의 입술에 자신의 입술을 포개었다.

투두두두둑!

지붕을 두드리는 빗방울 소리만이 그들을 방해했으나 정작 달콤한 순간을 누리는 그들 부부는 이를 느끼지 못하고 있었다.

이윽고 겹쳐 있던 입술이 조용히 떨어지고 진자호는 종리연을 바라봤다.

“행복하오?”

고개를 끄덕여 대답을 대신한 종리연은 수줍은 표정으로 그의 가슴에 얼굴을 묻었다.

자신의 품에 안긴 어린 생명과 든든한 남편의 팔에서 전해지는 온기, 그리고 애정이 가득 담긴 따스한 눈빛에서 종리연은 더없이 포근한 행복을 맛보고 있었다.

그렇게 한참을 안겨 있던 종리연이 문득 입을 열었다.

“좀처럼 그치지 않네요.”

창밖으로 시선을 던진 진자호가 고개를 끄덕였다.

“그러게 말이오. 장마철도 아닌데 쉬지 않고 쏟아지는구려.”

“눈이라면 더 좋을 텐데…….”

진자호는 조용히 웃으며 소녀 같은 표정을 짓고 있는 종리연의 얼굴을 쓰다듬었다.

“이곳은 감숙이 아니오. 산이나 오르면 모를까 고도가 낮은 평지에서는 눈을 보기 힘들다오. 게다가 눈이 온다면 바닥이 미끄러워 제 시간에 감숙에 이르지 못할 것이오. 그 성질 급한 노인네가 펄펄 뛰는 모습은 그다지 보고 싶지 않구려.”

진자호의 농담에 종리연이 웃음을 터뜨렸다.

“진가장에 도착하는 즉시 아버님께 이르겠어요.”

“저런, 연매는 그렇게 빨리 과부가 되고 싶은 것이오? 아무리 내가 밉다지만 그것만은 참아주시오.”

너스레를 떠는 진자호의 모습에 종리연은 인상을 찌푸렸다.

“아무리 농담이라도 그런 말은 하지 마세요.”

“하하하, 걱정 마시오. 이 핏덩이와 고운 아내가 눈에 밟혀 어찌 먼저 세상을 뜨겠소? 더구나 죽은 이도 살린다는 의술을 지닌 우리 영감이 절대 하나뿐인 아들이 죽는 걸 허락치 않을 거요.”

말을 마친 진자호는 아내의 품에 안긴 아기를 바라봤다.

“녀석, 어느새 잠들었나 보군.”

잠든 아이의 모습은 더없이 평화로웠다. 이를 보며 진자호는 조용히 미소를 머금었다. 하지만 그를 올려다보는 종리연의 얼굴에 한줄기 근심이 떠올랐다.

“아직도 그들이 장원에 머물고 있을까요?”

아내의 얼굴에 드러난 걱정을 읽어낸 진자호는 그녀의 어깨를 토닥이며 입을 열었다.

"들자 하니 정사대전은 소강상태에 접어들었다더군. 게다가 얼마 전에 아버지께서 앞으로 무림의 일에 개입하지 않겠다고 선언하셨으니 더 이상 장원에서 무림인은 찾아보기 힘들 것이오. 그러니 걱정 마시오."

마지못해 고개를 끄덕이는 종리연을 향해 진자호는 쾌활한 음성으로 말을 이었다.

"그래도 그들 덕에 우리 유하가 건강해질 수 있었으니 다행 아니오? 그들이 내놓은 대환단(大還丹)과 자소단(紫霄丹)은 무림인들에게 있어 둘도 없는 가치를 지닌 영약이라 했소. 게다가 그들이 유하에게 시전한 벌모세수(伐毛洗髓)라는 수법은 인세에 보기 드문 기연(奇緣)이라 하더군."

"하지만 저는 그들이 유하를 바라보던 눈빛을 잊을 수 없어요."

"걱정 마시오. 유하는 우리 집안의 유일한 핏줄이오. 이 아이는 장차 진씨의가(陳氏醫家)를 이끌 것이니 무림에 몸담는 일은 없을 것이오."

진자호의 확답을 듣고서야 종리연은 표정이 밝아졌다.

그때였다.

콰직!

무언가가 부서지는 소리와 함께 갑자기 마차가 거칠게 요동쳤다.

"꺄악!"

비명을 지르는 종리연을 황급히 끌어안은 진자호는 고개를 돌려 창밖을 바라봤다.

"이게 어찌 된 일이지?"

진자호는 의아함을 금치 못했다. 마차가 관도를 벗어나 수풀 속을 달리고 있었던 것이다.

마부를 부르려던 찰나 진자호의 눈에 이상한 광경이 들어왔다. 눈에 보이지 않는 무언가가 빗줄기를 가르며 무서운 속도로 마차를 덮쳐 오고 있었던 것이다.

엄습해 오는 불길함에 진자호는 재빨리 아내와 아이를 안고 마차 바닥으로 엎드렸다.

콰자자작!

무형의 기운에 휩쓸린 마차는 그대로 산산조각이 나고 말았다. 그리고 진자호는 아내와 아이를 안은 채 차가운 빗속으로 퉁겨졌다.

"크윽……!"

오 장 정도를 구르다 멈춘 진자호는 온몸이 부서지는 듯한 고통에 신음을 흘렸다. 하지만 이내 종리연을 놓쳤음을 깨닫고는 벌떡 신형을 일으켰다.

"연매! 연매!"

진자호는 미친 듯이 소리를 질렀다.

"가가…….''

희미한 종리연의 대답이 돌아온 것은 그때였다.

멀지 않은 곳에 쓰러져 있는 종리연을 발견한 진자호는 다리를 절면서도 죽을힘을 다해 그녀에게 다가섰다.

"괜찮소?"

"유하도 저도 무사해요."

창백한 표정으로 고개를 끄덕이는 그녀의 모습에 진자호는 비로소 마음을 놓을 수 있었다.

"이게 어찌 된 일이죠?"

“모르겠소.”

두려움이 담긴 종리연의 음성에 진자호는 고개를 저었다.

영문을 모르고 두렵기는 자신도 매한가지였으나 진자호는 이내 주변 상황을 살피기 시작했다.

“……!”

문득 진자호의 표정이 굳어지는 것을 발견한 종리연은 그의 시선이 향한 곳으로 고개를 돌렸다.

“까악!”

종리연의 비명 소리가 허공을 찢었다.

형체를 알아볼 수 없게 짓이겨진 말들의 시체와 질펀한 핏물, 그 옆의 마부의 시신은 차마 눈뜨고 보지 못할 만큼 끔찍했던 것이다.

“연매, 진정하시오.”

놀란 그녀를 다독이는 한편 진자호는 지금 자신이 처한 상황을 파악하고자 노력했다. 그리고 얼마 지나지 않아 빗소리 가운데 섞여 있는 희미한 병장기 부딪치는 소리를 들을 수 있었다.

쏴아아아아!

캉! 까가가강!

진자호는 소리가 들려온 방향을 응시했다.

십 장 앞도 보이지 않는 지독한 폭우였으나 눈을 가늘게 뜨자 멀리 희끗한 인영들을 발견할 수 있었다. 뿌연 잔영을 남기며 번개처럼 움직이는 그들의 모습은 일견하기에도 무림인이 틀림없었다.

“어째서 무림인들이 우릴 공격한단 말인가?”

의아한 진자호의 음성이 채 사라지기도 전에 빗속을 뚫고 자신들을 향해 다가서는 인영이 있었다.

"이곳은 위험하니 어서 피하십시오!"

눈앞에 나타난 중년인은 부상을 입었는지 상의가 온통 핏물에 젖어 있었다.

"당신들은 누구요? 우리는 감숙의 진씨의가 사람들이오. 무림인이 아니란 말이오! 어째서 우리를 공격한 것이오?"

"당신들을 공격한 것은 제가 아닙니다. 설명드릴 시간이 없으니 어서 이곳을 피하십시오."

다급함이 묻어나는 중년인의 말에 진자호는 재빨리 종리연으로부터 아기를 건네받아 가슴에 안았다. 그리고 종리연을 부축해 일으켜 세웠다.

그가 채 네 걸음을 옮기기도 전에 등 뒤에서 답답한 신음 소리가 들려왔다.

"큭!"

고개를 돌린 진자호는 어깨를 움켜쥔 채 쓰러져 있는 중년인을 발견했다. 그리고 그의 뒤로 빠르게 접근하는 한 사람의 모습을 볼 수 있었다.

서로의 거리가 오 장 정도 남았을 때 돌연 청년이 검을 휘둘렀다.

츠츠츠츠!

"헉!"

진자호의 안색이 창백해졌다. 빗물을 가르며 눈앞으로 짓쳐드는 무형의 기운. 순식간에 마차를 파괴하고 마부와 말을 도륙한 무시무시한 위력이 그 안에 담겨 있음을 모를 그가 아니었다.

"현검, 그만두지 못할까!"

이때 쩌렁한 노호성과 함께 한 명의 노인이 진자호 앞을 막아섰다.

카라라라라락!

귀청이 떨어질 듯한 소음과 함께 돌연 허공에서 불꽃이 뒤엉켰다. 동시에 진자호는 허리 어림에 화끈한 통증을 느꼈다.

고개를 숙인 진자호는 길게 베어진 자신의 옆구리와 그 안에서 쏟아지는 피를 볼 수 있었다.

철벅.

다리에 힘이 빠지는 것을 느끼며 진자호는 흙탕물 위로 쓰러졌다.

"가가……."

자신을 부르는 종리연의 음성에 진자호는 힘겹게 눈을 돌렸다. 순간 그의 눈은 더없이 크게 홉떠졌다. 어깨에서 허리까지 깊은 검상이 그어진 그녀의 등을 발견했기 때문이다.

"아, 안 돼!"

진자호는 황망히 종리연을 끌어안았다. 그리고 지혈을 위해 두 손으로 그녀의 상처를 눌렀다. 하지만 무정하게도 그녀의 상처는 너무 깊었고, 시간이 흐를수록 빗물 위로 번져 가는 선혈의 양은 더욱 많아졌다.

점차 가늘어지는 그녀의 숨결 앞에 진자호는 가슴이 터져 나갈 것만 같았다.

"연매, 정신을 잃으면 안 되오! 나를… 내 눈을 보시오!"

"아기… 우리 아기는 무사한가요?"

"무사하오! 그러니 정신 차리시오!"

종리연의 얼굴에 희미한 미소가 떠올랐다.

"정말 다행… 가가… 부디… 유하를……."

"아니 되오! 어서 눈을 뜨시오! 이렇게 가서는 아니 되오! 연매? 연매!"

애끓는 그의 음성에도 결국 종리연은 힘없이 고개를 떨구고 말았다.

"으아악! 안 돼! 왁!"

미친 듯이 울부짖던 진자호가 피를 토하며 정신을 잃었다.

이를 보며 정명 산인은 안타까움을 금할 수 없었다.

자신과 싸우던 현검이 애꿎은 이들을 공격한 것은 그의 예상을 벗어난 일이었다. 순간의 당황으로 대응이 늦어졌고, 그 결과 현검이 뿌린 검기에 죄없는 일가가 횡액(橫厄)을 당했다.

정명 산인의 마음은 더없이 착잡했다. 그리고 한편으로는 현검에 대한 주체할 수 없는 분노가 가슴을 채웠다.

"송현아!"

자신을 부르는 사부의 음성에 송현자는 힘겹게 신형을 일으켰다.

이미 장내의 상황을 인지하고 있던 터라 송현자는 곧바로 진자호에게 다가섰다.

"그는 괜찮으냐?"

정명 산인의 질문에 진자호를 진맥하던 송현자는 고개를 저었다. 이미 너무 많은 피를 흘린 데다 마음의 충격까지 더해져 상세를 돌이킬 방법이 없었던 것이다.

"응애!"

갑작스러운 울음소리에 송현자는 급히 진자호의 품에서 아기를 꺼내 안았다.

"아기는 무사합니다."

송현자의 말에 정명 산인이 고개를 끄덕였다.

"불행 중 다행이로구나."

그때였다.

파앗!

갑자기 현검이 신형을 날렸다. 정명 산인의 신경이 느스해진 틈을 노린 것이다. 동시에 예리하기 이를 데 없는 다섯 줄기의 검기가 무서운 기세로 정명 산인을 향해 날아들었다.

츠츠츠츠츠츠!

"이노옴!"

쩌렁한 노호성과 함께 정명 산인의 손에 들린 검이 현란하게 움직였다. 그러자 그의 검끝에서 희미하게 일렁이던 푸른 서기(瑞氣)가 더욱 짙어지며 허공에 푸른 검기의 장막을 형성했다.

검막(劍幕)이 시전된 것이다.

쩌저저저정!

현검의 검기가 거칠게 검막을 두드렸으나 이내 허공 속에 흩어지며 주위의 흙탕물을 휘말아 올렸다.

쏴아아아!

순간적으로 진공 상태였던 대기가 본래대로 돌아오며 뿌연 흙탕물이 비처럼 쏟아졌다.

쿵쿵쿵!

그 안에서 깊은 족적을 남기며 물러서는 현검의 모습을 확인한 정명 산인은 주저 않고 신형을 날렸다.

단 한 번의 도약으로 순식간에 그와의 거리를 좁힌 정명 산인은 십이성의 진기를 검에 실었다.

꽈르르릉!

은은한 우렛소리와 함께 두 줄기 강맹한 빛줄기가 현검의 목과 심장을 향해 쏘아졌다. 뇌운검결의 절초 묵운토뢰(墨雲吐雷)였다.

아직 현검은 균형을 잡지 못한 상태였다. 게다가 턱을 타고 흐르는 핏물은 심각한 내상을 입었음을 반증하고 있었다.

'이로써 광기 어린 현검의 폭주를 끝낼 수 있으리라!'

현검이 이번 공격을 감당할 수 없음을 정명 산인은 믿어 의심치 않았다. 하지만 이는 그의 착각이었다.

"크아아악!"

한순간 현검의 눈에 서린 혈광이 더욱 짙어지더니 현검이 괴성과 함께 검을 휘둘렀다.

치익!

무시무시한 기운이 담긴 한줄기 검기가 대기를 찢었다.

"헛!"

정명 산인은 헛바람을 들이켰다. 현검의 검끝을 떠난 검기는 곧장 아기를 안고 있는 송현자를 향하고 있었던 것이다.

이대로 공격을 감행한다면 현검은 죽일 수 있었다. 하지만 부상을 당한 송현자 역시 죽음을 피할 수 없으리라.

결국 정명 산인은 검을 틀었다.

쩌엉!

허공에서 충돌한 두 개의 검기가 빗속으로 흩어졌다.

다행히 늦지 않게 현검의 검기를 걷어낸 정명 산인은 노한 눈으로 현검을 노려봤다.

순간 핏발 선 현검의 눈이 엉뚱한 곳을 향하고 있음을 발견한 정명 산인은 엄습하는 불길함을 느꼈다.

아니나 다를까.

"크크크큭!"

자욱한 살기를 흘리며 웃음을 터뜨린 현검이 곧장 송현자를 향해 신형을 날렸다.

"이런!"

정명 산인은 당혹감을 금치 못했다.

재빨리 송현자 앞을 막아선 정명 산인은 현검으로부터 그들을 보호하기 위해 연달아 십여 개의 검기를 떨쳐 냈다.

카가가가각!

까앙!

검과 검이 부딪치고 검기와 검기가 얽히는 치열한 공방이 오고 갔다. 하지만 수비를 도외시한 채 파상적으로 이어지는 현검의 공격은 집요하게 송현자와 그가 안고 있는 아기만을 노리고 있었다.

정명 산인으로서는 낭패가 아닐 수 없었다.

정명 산인의 압도적인 무위 앞에 현검은 지금까지 수비를 하기에도 급급했었다. 하지만 지금은 송현자와 아기로 인해 상황이 역전되고 만 것이다.

이대로 뾰족한 수가 없음을 깨달은 정명 산인은 뒤도 돌아보지 않고 소리를 질렀다.

"송현아! 어서 피하거라!"

다급한 사부의 음성에 상황을 깨달은 송현자는 현검의 공격권에서 벗어나기 위해 걸음을 옮기기 시작했다. 하지만 내상을 입은 데다 출혈 또한 가볍지 않아 움직임이 더디기만 했다.

"이놈!"

노호성을 터뜨린 정명 산인은 송현자를 쫓아 신형을 날리는 현검을 향해 검기를 뿌렸다.

파핫!

현검의 어깨에서 핏줄기가 솟구쳤다.

"으음……!"

정명 산인은 침음성을 흘렸다.

뼈가 드러날 만큼 심한 부상에도 불구하고 자신을 따돌린 현검은 여전히 송현자와 아기를 노리고 있었던 것이다.

정명 산인은 황급히 극성의 운영미보를 시전했다.

팟!

그의 신형이 한차례 흔들리나 싶더니 어느새 흐릿한 잔영을 남기며 현검을 뒤쫓았다.

순식간에 현검과의 거리를 좁힌 정명 산인은 진기를 끌어올렸다.

우우우웅.

나직한 울음을 토하는 검끝에서 백색 서기가 안개처럼 일렁였다.

이때 뜻밖의 일이 벌어졌다.

막 정명 산인이 검기를 날리려던 찰나 갑자기 현검이 돌아선 것이다.

꽈르릉!

'어떻게?'

정명 산인은 내심 경악성을 삼켰다.

자신의 가슴을 향해 날아드는 한줄기 백광(白光)! 그것은 분명 묵운 토뢰만이 보일 수 있는 신기(神技)였던 것이다.

정명 산인은 화끈한 통증이 가슴을 관통하는 것을 느꼈다.

푸학!

피 안개로 화한 검기가 정명 산인의 등을 뚫고 나왔다.

떨리는 정명 산인의 눈에 비릿한 웃음을 머금고 있는 현검의 모습이 들어왔다.

'처음부터 이를 노렸던 것인가?'

정명 산인은 현검의 간교함에 치를 떨었다. 하지만 이내 이를 악물었다. 현검은 아직 자신의 검격(劍隔) 안에 위치해 있었고, 검에 맺힌 검기는 아직 흩어지지 않았던 것이다.

츠팟!

한줄기 예리한 검기가 허공을 갈랐다. 그와 동시에 현검의 가슴에서 피분수가 솟구쳤다.

"크아아악!"

고함인지 비명인지 모를 괴성과 함께 현검이 뒤로 펄쩍 뛰어올랐다. 그리고 그대로 신형을 날려 쏟아지는 빗속으로 달아났다.

그가 떠나간 자리에 점점이 뿌려진 핏물만이 비와 함께 번져 가고 있을 뿐이었다.

털썩!

정명 산인의 신형이 무너졌다.

"사부님!"

힘겹게 고개를 들어 올린 정명 산인은 자신의 이름을 부르며 다가서는 송현자를 바라보았다.

"허허, 결국 놓치고 말았구나."

허탈한 표정을 짓는 정명 산인의 입에서는 끊임없이 선혈이 흘러내리고 있었다.

송현자는 급히 정명 산인의 가슴을 손바닥으로 눌렀다. 하지만 그의 손가락 사이로 뭉클거리며 솟구치는 더운 피는 지혈이 불가능했다.

“아이는?”

“무사합니다.”

“그래, 다행이구나.”

정명 산인은 송현자로부터 아기를 건네받았다.

울다 지쳤는지 아기는 기진맥진한 상태였다. 하지만 검기에 긁힌 상처를 제외하면 특별한 외상은 없었다.

혹시 모를 내상을 살피기 위해 아기의 기맥에 진기를 흘려 넣는 순간 정명 산인은 해연히 놀란 표정을 지어 보였다.

“이건?”

정명 산인은 급히 아기의 온몸을 자세히 살피기 시작했다.

“진기의 흐름에 막힘이 없다! 임독양맥(任督兩脈)은 물론 백맥(百脈)과 세맥(細脈)까지⋯⋯!”

정명 산인의 얼굴에 희미한 미소가 떠올랐다.

“이걸로 조금이나마 보상이 되는지 모르겠구나.”

말을 마친 정명 산인은 아이를 무릎에 올려놓은 채 자세를 바로잡았다.

“사부님! 안 됩니다!”

좌정을 한 정명 산인이 진기를 끌어올리자 송현자가 황급히 만류했다.

“송현아.”

금방이라도 눈물을 쏟을 것 같은 제자를 향해 정명 산인은 밀랍보다 창백한 얼굴로 말을 이었다.

“그렇게 슬퍼할 필요 없다.”

“크흐흑⋯ 어째서⋯ 저 같은 놈을 살리신 겁니까? 형산에 필요한 사람은 제가 아니라 사부님이십니다."

그런 그를 정명 산인은 인자한 눈빛으로 바라보았다.

"머잖아 허공에 흩어질 목숨이다. 늙은 목숨 하나로 앞날 창창한 두 생명을 건졌으니 남는 장사가 아니더냐? 내게 주어진 시간이 얼마 남지 않은 것 같으니 너는 더 이상 나의 마음을 어지럽게 하지 말거라."

말을 마친 정명 산인은 조용히 눈을 감고 오른손을 들어 올려 아기의 정수리에 올려놓았다.

고오오오오.

비에 젖은 정명 산인의 의복에서 아지랑이처럼 수증기가 피어오르더니 점차 안개처럼 짙어졌다. 그리고 이내 자욱한 운무에 가려져 모습조차 볼 수 없었다.

약간의 시간이 흘러 희미해지기 시작한 운무 속에서 정명 산인의 모습이 드러났다.

"사부님……!"

참담한 마음에 송현자는 차마 말을 잇지 못했다.

백태 낀 흐릿한 노안에서 과거 정광이 흘러넘치던 정명 산인의 눈빛은 찾아볼 수 없었다. 게다가 초췌하고 깡마른 얼굴 위로 드러난 창백한 피부는 그의 생명이 얼마 남지 않았음을 반증하고 있었다.

"내 대에 이르러 형산은 돌이킬 수 없는 상처를 입었구나. 무슨 낯으로 조사(祖師)들을 뵙겠는가."

힘없이 중얼거리는 듯한 사부의 음성에 송현자는 끅끅대며 울음을 삼킬 뿐이었다.

"미안하다, 송현아. 네게 무거운 짐을 지운 이 사부를 용서하려무나."

정명 산인의 눈에서 흔들리던 생명의 빛이 급격히 사그라지기 시작하더니 그 말을 끝으로 그는 조용히 눈을 감았다.

"으허헝! 사부님!"

쏴아아아!

차가운 비가 하염없이 쏟아지는 가운데 송현자의 오열은 그칠 줄을 몰랐다.

第二章

형산문하(衡山門下)

우두둑!

일어서기가 무섭게 굳어 있던 온몸의 관절이 비명을 터뜨렸다.

"크으……!"

한차례 신음을 흘린 청년은 전면에 놓여 있는 위패(位牌)들을 향해 곱지 않은 시선을 던졌다.

"엄한 문규(門規)로 기강을 바로잡는 것도 좋지만 이러다 사람 잡겠습니다. 물도 식사도 허락치 않는 면벽삼일(面壁三日)이라니… 대체 조사님들 중 어느 분께서 생각하신 겁니까?"

약관을 갓 넘었을까.

짙은 눈썹 아래 자리잡은 시원한 눈매가 인상적인 청년이었다.

"하아……!"

이내 나직이 한숨을 흘린 청년은 위패들이 놓여 있는 단상을 향해 다가섰다.

나란히 놓여진 위패들은 하나같이 뽀얀 먼지를 뒤집어쓰고 있어 가뜩이나 인적없는 조사전(祖師殿) 안을 더욱 을씨년스럽게 만들고 있었다.

말없이 위패를 집어 든 청년은 그 위에 쌓인 먼지를 털어내기 시작했다.

무더위가 기승을 부리는 여름인지라 조사전 안은 찜통처럼 더웠고, 청년의 이마에는 어느새 땀방울이 맺혀갔다.

약 이각에 걸쳐 백여 개에 달하는 위패의 청소를 마친 진영인(陳瑛瞵)은 위패들을 원래의 자리에 올려놓은 다음 조사전 한 켠에 놓인 자신의 검을 집어 들었다.

잠시 주위를 살피던 진영인의 시선이 위패가 모셔진 단상으로 향했다.

"조사님들께 잠시 제 검을 맡기겠습니다."

단상 뒤에 검을 밀어 넣은 뒤 진영인은 위패를 향해 넙죽 절을 올렸다. 그리고 쏜살같이 조사전을 빠져나왔다.

"휴, 이제야 살 것 같군."

사흘 만에 자유를 찾은 진영인은 여름의 신선한 공기를 마음껏 들이켰다.

"그럼 가볼까?"

휘익!

가볍게 신형을 솟구친 진영인은 조사당 후원의 측백나무 위에 내려섰다.

이때 짜랑한 여인의 음성이 조용한 후원을 흔들었다.

“사숙!”

‘이크!’

진영인은 재빨리 천근추(千斤墜)를 시전했다.

피잉!

나뭇가지가 낭창하게 휘어지나 싶더니 진영인의 신형이 허공으로 쏘아졌다. 그리고 그대로 이십여 장을 날아 담 위에 착지했다.

그처럼 긴 거리를 단 한 번의 도약으로 이동하는 건 내공이 절정에 이른 고수도 어려운 일이었다.

놀라운 묘기와도 다름없는 그의 신법에 잠시 넋을 잃고 있던 하운지는 진영인이 담을 넘으려는 순간 황급히 소리쳤다.

“그 담을 넘는 즉시 장로님들께 고하겠어요!”

멈칫.

굳어진 얼굴로 돌아보는 진영인을 향해 하운지가 말을 이어갔다.

“면벽이 끝나자마자 마을로 내빼려 했다는 걸 그분들이 아시게 되면 어떻게 될까요?”

“하아……!”

한숨을 내쉬는 진영인의 모습에 하운지는 슬쩍 웃음을 머금었다.

“그만 포기하고 내려오세요.”

하운지는 빙그레 웃으며 진영인을 향해 걸음을 옮겼다. 하지만 이어진 진영인의 말에 그녀는 황당함을 금치 못했다.

“나중에 목이 달아나는 것보다 당장 목을 축일 한 잔의 술이 나에겐 더욱 절실하구나.”

그 말을 끝으로 진영인은 뒤도 돌아보지 않고 담을 넘었다.

“사숙!”

하운지는 다급히 진영인의 뒤를 쫓았다. 하지만 그는 이미 그녀의 시야에서 사라지고 난 뒤였다.

하운지는 어이가 없어 한참 동안 멍하니 그 자리에 서 있었다.

그러기를 잠시, 하운지는 자신의 손에 들린 보자기를 진영인이 사라진 담벼락을 향해 힘껏 내던졌다.

챙그랑!

요란한 소리와 함께 보자기 안에 들어 있던 다기와 쟁반이 산산조각 났다. 그 안에는 사흘간 물조차 입에 대지 못한 진영인이 걱정되어 그녀가 챙겨온 차와 음식이 담겨 있었다.

"바보 사숙!"

하운지는 어느새 눈물까지 글썽이고 있었다.

그렇게 얼마나 시간이 흘렀을까.

소매로 눈물을 훔친 하운지가 돌아섰다. 무더위가 기승을 부리는 한여름임에도 불구하고 돌아서는 그녀의 뒷모습은 서리가 내려앉은 것처럼 찬바람이 감돌고 있었다.

"에취!"

까닭 모를 오한에 재채기를 터뜨린 진영인은 의아한 얼굴로 고개를 갸웃거렸다.

"한여름에 재채기라니……."

하지만 마을로 들어서자 의아함은 오래가지 않았다.

진영인은 곧바로 가장 가까운 주루로 걸음을 옮겼다.

쪼라락!

"어서 오십시오."

주렴을 헤치며 들어서는 진영인을 점소이가 깍듯하게 맞았다.

그늘진 구석 탁자에 자리를 잡은 진영인은 은자를 꺼내기 위해 소매 속에 손을 집어넣었다. 하지만 손끝에 걸리는 게 없었다.

'낭패다.'

지닌 은자도 없이 음식을 시킬 순 없는 일이었다.

주문을 기다리는 점소이를 향해 진영인은 머쓱한 미소와 함께 입을 열었다.

"지금 일행을 기다리고 있으니 음식은 조금 있다 주문하겠네."

점소이가 물러가자 진영인은 주루 안을 살피기 시작했다. 그러다 이 층으로 이어지는 계단 옆에 위치한 탁자에 시선이 멈췄다.

그곳에는 장사치로 보이는 네 명의 사내가 무림 이야기로 한창 열을 올리고 있었다.

진영인은 빙그레 웃음을 머금었다. 그리고 자리를 털고 일어나 그들에게 다가섰다.

"아, 이 사람아, 비교할 걸 비교해야지 어디 화산파와 형산파를 비교하나? 당금 오악(五嶽) 중 제일문파는 누가 뭐래도 화산파야. 그들에 비하면 형산파는 명월(明月) 앞의 반딧불과 다름없지."

순간 진영인의 눈썹이 꿈틀거렸다. 형산파를 깎아내리는 털보장한의 말이 심기에 거슬린 것이다.

탕!

진영인은 대뜸 손바닥으로 탁자를 내려쳤다.

사람들의 시선이 자신에게 모아지자 진영인은 털보장한을 노려보며 입을 열었다.

"좋소. 그런데 하나 물어봅시다."

기세에 눌린 털보장한이 고개를 끄덕이자 진영인이 다시금 입을 열었다.

"오악의 으뜸을 화산으로 정한 이가 누구요?"

"그거야……."

털보장한이 미적거리며 말끝을 흐리자 일행으로 보이는 깡마른 사내가 대신 입을 열었다.

"그거야 이미 무림에 널리 알려진 사실 아니오? 화산파 장문인 매화신검(梅花神劍) 악조량(岳祚良)은 이미 십 년 전에 검으로는 적수를 찾아볼 수 없을 만큼 최고의 반열에 올랐소. 그의 제자들인 화산이신룡(華山二神龍)과 매화일봉(梅花一鳳)만 하더라도 당금 최고의 기재들 아니오? 게다가 한 명 한 명이 절정의 경지에 이르렀다는 스물네 명의 매화검수(梅花劍手)들까지. 오악 중 어느 곳이 화산과 견줄 수 있겠소?"

이에 털보장한 역시 고개를 끄덕이며 입을 열었다.

"정사대전(正邪大戰)으로 인해 많은 것이 바뀌었소. 태산파(泰山派)는 거의 봉문지경에 이르렀고, 항산파(恒山派) 역시 문도가 뿔뿔이 흩어져 본문에 남아 있는 제자 백여 명만이 간신히 명맥을 유지하고 있을 뿐이오."

"중악의 숭산 소림 역시 마찬가지요. 초기에 정사대전을 이끌었던 탓에 그들이 입은 피해는 막대했소. 한때 무림의 태산북두(泰山北斗)라 불리기도 했다지만 이젠 옛말이라오."

앞 다투어 이야기하는 그들을 바라보며 진영인은 슬쩍 웃음을 머금었다. 그리고 아예 의자를 끌어와 사내들과 마주 앉았다.

"화산을 오악의 으뜸으로 생각한 이유가 겨우 그것 때문이란 말이오?"

“그럼 달리 뭐가 있겠소?”

반문하는 사내들을 향해 진영인이 입을 열었다.

“머잖아 오악검파(五嶽劍派)의 서열은 바뀔 것이오.”

“무슨 소리요?”

“당신들이 그렇게 말한 것은 훗날 누구도 넘지 못할 아성을 쌓을 무인이 형산에 있음을 염두하지 않은 까닭이오. 지금은 몸을 웅크리고 때를 기다리고 있으나 그가 자신을 떨치며 일어서는 순간 남악형산(南嶽衡山)의 이름은 모든 오악보다 우위에 서게 될 것이오.”

잠시 서로의 얼굴을 보며 의아해하던 사내들 중 털보장한이 진영인을 향해 질문을 던졌다.

“그 사람이 누구요?”

“남악신룡(南嶽神龍).”

“남악신룡?”

“그의 성은 진가고 이름은 영인이오.”

“진영인? 진영인이라…….”

잠시 입 안에서 진영인이란 이름 세 글자를 굴려보던 털보장한의 얼굴에 난처한 기색이 떠올랐다. 이는 다른 일행도 마찬가지였다.

“소생은 들어보지 못한 이름이구려.”

“쯧쯧, 아직도 그를 모르고 있다니…….”

“커험!”

무안함을 느낀 털보장한은 머쓱한 듯 헛기침을 터뜨렸다.

웬만한 무림명숙의 별호와 이름을 꿰고 있다 자부하던 그에게 진영인의 한마디 말은 자존심을 상하게 하기에 충분했던 것이다. 하지만 아무리 기억을 더듬어봐도 진영인이란 이름은 그에게 매우 낯설었다.

턱을 매만지며 한참 동안 기억을 더듬던 털보장한은 결국 설레설레 고개를 흔들었다.

"소생은 남악신룡이라는 사람에 대해서는 전혀 들어본 적이 없구려. 혹시 그에 대해 아는 것이 있소? 애태우지 말고 시원히 말씀 좀 해보시오."

"험험, 왜 이리 목이 타는지……. 후텁지근한 날씨 탓인가?"

진영인은 손으로 얼굴을 부채질하며 딴청을 피웠다. 그와 동시에 털보장한과 그의 일행 앞에 놓여 있는 술병을 곁눈질하는 것도 잊지 않았다.

이십 년 넘게 발품을 팔며 온 중원을 누벼온 털보장한이었다. 숙련된 장사치의 눈썰미는 그가 원하는 것을 단박에 알아냈다.

털보장한은 재빨리 자신의 잔에 술을 채워 진영인의 앞으로 내밀었다.

"어서 목을 축인 다음 이야기를 해보시오. 대신 술은 내가 사리다."

진영인은 슬쩍 웃음을 머금었다.

"험험, 소생은 본래 술을 즐기지 않으나 귀하의 성의를 보아 한잔 받으리다."

말을 마친 진영인은 단숨에 벌컥벌컥 술을 들이켰다.

"카아!"

탁 소리나게 빈 잔을 내려놓은 진영인은 소매를 들어 입가에 묻은 술을 훔쳐 냈다.

"그는……."

이윽고 진영인이 입을 열자 털보장한과 그 일행은 눈빛을 반짝이며 이어질 그의 말을 기다렸다. 하지만 기대심 가득한 그들의 눈으로 이내 실망이 떠올랐다.

"그런데 이건 무슨 짐승의 뼈이기에 이리도 고소한 냄새가 나오?"

진영인이 가리킨 것은 접시 위에 수북이 쌓인 오리 뼈였다.

중년인은 곧바로 손을 흔들어 점소이를 불렀다.

"여기 구운 오리 한 마리만 더 내오게."

주문을 받은 점소이가 주방으로 사라지자 중년인은 다그치듯 진영인을 재촉했다.

"자, 오리 고기는 금방 나올 테니 그동안 남악신룡이라는 사람에 대해 이야기해 주게나."

"허허, 뭐가 그리 급하시오. 일단 갈증부터 달래고 봅시다."

아예 술병을 자기 앞으로 끌어당긴 진영인은 스스로 잔을 채워 연거푸 술잔을 비우기 시작했다.

어차피 자신들은 이야기를 얻어듣는 처지라 털보장한 일행은 진영인의 입이 열리기를 기다릴 수밖에 없었다.

진영인이 연달아 네 잔의 술을 들이켰을 때 마침 점소이가 구운 오리가 담긴 쟁반을 가져왔다. 진영인은 흐뭇한 표정으로 손을 뻗어 오리 다리를 부욱 찢어 들었다.

"남악신룡 진영인이라는 사람은……."

이윽고 한참을 기다린 끝에 진영인이 입을 열자 털보장한 일행은 잔뜩 기대하며 고개를 주억거렸다.

이때 차가운 여인의 음성이 청년의 말을 잘랐다.

"순박한 사람들을 속여 술을 얻어먹는 뻔뻔한 인물이죠."

　의아한 표정으로 고개를 돌린 털보장한 일행은 막 주렴을 헤치며 들어서는 여인을 발견했다.

　'저런 미인이!'

　여인의 얼굴을 확인한 순간 그들의 눈은 더없이 크게 홉떠졌다.

　가볍게 묶어 어깨 아래로 늘어뜨린 머리카락, 그 아래 자리잡은 부드러운 눈매는 이슬 머금은 청초한 난화(蘭花)를 보는 것 같았다.

　장사를 업으로 삼은지라 미인 많기로 소문한 항주나 소주를 무수히 다녀본 그들이었다. 하지만 눈앞의 여인은 침어낙안(沈魚落雁)이니 화용월태(花容月態)니 하는 수식어로도 표현 못할 만큼 아름다웠다.

　그녀의 미모에 취해 반쯤 넋이 나가 있던 털보장한의 눈이 문득 이채를 발했다. 그녀의 허리 어림에 매달린 한 자루 검을 발견했기 때문이다.

　'무림인?'

　털보장한이 의아해하는 순간 주렴을 헤치며 또다시 세 명의 사내가 들어섰다. 키가 육 척에 이르는 장대한 체구의 사내와 얼굴에 장난기가 가득한 쌍둥이 형제였다.

　"차… 차… 찾은 것 같은데……."

　털보장한 일행은 하마터면 웃음을 터뜨릴 뻔했다. 어눌하게 말을 더듬는 그의 말투가 철탑 같은 덩치와 어울리지 않았기 때문이다.

　만약 나직한 한숨 소리가 아니었다면 그들 중 한 명은 웃음을 터뜨리고 말았을 것이다.

　"하아……!"

　땅이 꺼질 듯한 한숨의 주인은 다름 아닌 진영인이었다.

이때 선두에 서 있던 여인이 곧장 탁자로 다가오더니 진영인을 향해
눈을 흘겼다.

"언제까지 외면하고 계실 건가요, 사숙?"

"어엇? 아니, 이게 누구야? 사질들 아닌가?"

털보장한은 의아함을 금치 못했다.

아무리 봐도 청년과 여인은 비슷한 또래로밖에 볼 수 없었다. 그런
데 사숙이라니?

그의 의문이 채 사라지기도 전에 철탑 같은 사내와 쌍둥이 형제가
진영인에게 다가서며 인사를 건넸다.

"사, 사숙을 뵈, 뵙습니다."

"안자명이 사숙을 뵙습니다."

"안지명이 사숙을 뵙습니다."

"하하, 이런 곳에서 사질들을 보게 되다니 뜻밖인걸?"

진영인의 말에 곽범태는 묵묵히 고개를 끄덕였고, 안자명, 안지명
형제는 서로의 얼굴을 바라보며 의미심장한 미소를 머금었다. 하지만
하운지는 능청스럽게 대꾸하는 진영인을 향해 차가운 표정으로 바라봤
다.

"술잔과 오리 다리는 내려놓고 이야기하시죠, 사숙."

"어엇? 이게 왜 내 손에 들려 있지? 거참, 알 수 없는 일이군. 혹시
당신들이 나 모르게 손에 쥐어주셨소?"

털보장한 일행은 어이가 없어 말을 잇지 못했고, 하운지는 머리가
아픈 듯 손으로 이마를 짚었다.

이때 쌍둥이 형제 중 오른편에 서 있던 안지명이 안자명을 향해 웃
으며 입을 열었다.

“거봐, 틀림없이 여기 계실 거라고 했잖아. 자, 졌으니 얼른 내놔.”

“쳇, 도박장에 계실 줄 알았는데…….”

내기에 진 것이 애석한 듯 안자명은 마지못해 소매에서 동전을 꺼내 들었다. 이를 재빨리 낚아챈 안지명은 진영인을 향해 씨익 웃어 보였다.

“사숙, 고마워요. 덕분에 한 냥을 벌었으니 나중에 제가 술 한잔 살게요.”

“사제!”

뾰족한 여인의 음성에 안지명은 찔끔하며 목을 움츠렸다.

잠시 안지명을 째려보던 하운지가 진영인을 향해 고개를 돌렸다. 그리고 양손을 허리에 올린 채 쉬지 않고 말을 쏟아냈다.

“지난번에 경을 치르고서도 아직 정신을 못 차리셨어요? 조사전에서 나온 지 얼마나 지났다고 또 술이에요? 대체 어쩌려고 그러세요? 그리고 어쩜 우리들한테는 얼굴도 비치지 않고 바로 술부터 찾으신단 말인가요? 정말 저는 사숙을 알 수가 없어요!”

“저런, 그렇게 인상 쓰면 주름이 생긴다고. 우리 운지의 고운 얼굴에 주름이 생기는 건 나에겐 매우 가슴 아픈 일이야.”

“사숙!”

우수수!

내공이 실린 쩌렁한 그녀의 음성에 객점의 지붕이 들썩이며 먼지가 쏟아졌다.

이 때문에 객점 안의 모든 시선이 이들에게 모아지자 뒤늦게 자신의 실수를 깨달은 그녀의 얼굴은 노을이 내려앉은 듯 붉게 달아올랐다.

"일단 밖으로 나가요."

그 말을 끝으로 하운지는 황망히 객점 밖으로 나섰다.

머쓱한 표정으로 하운지의 뒷모습을 바라보던 진영인은 자신의 사질들을 향해 고개를 돌렸다.

"오늘따라 왜 저렇게 날카로운 거야?"

진영인의 질문에 철탑 같은 사내 곽범태가 더듬거리며 입을 열었다.

"그, 그거야… 여, 영인 사숙 때문에……."

"내가 뭘?"

"어, 어제가… 지, 지매의……."

"으이구, 답답해. 자명 네가 설명해 봐라."

내기에서 진 안자명은 다소 퉁명스러운 음성으로 그녀가 화난 이유를 설명했다.

"예전에 사숙께서 사저의 생일날 선물을 약속하셨다면서요? 어제가 사저의 생일이었잖아요. 그리고 사숙은 면벽 사흘의 벌을 수행하느라 계속 조사전에 계셨고요."

탁!

그제야 예전의 약속을 떠올린 진영인은 주먹으로 손바닥을 내려쳤다.

"이럴 때가 아니군."

급히 자리를 뜨려는 진영인의 소매를 털보장한이 붙들었다.

"혹시 진영인이라는 사람이 당신이오?"

진영인은 잠시 눈을 껌벅이다 호탕하게 웃음을 터뜨렸다.

"하하하, 왜 아니겠소. 바로 맞히셨소."

동시에 털보장한의 얼굴은 벌레라도 씹은 것처럼 일그러졌다. 그리고 재빨리 진영인의 손에 들린 오리 다리를 낚아채며 버럭 소리를 질렀다.

"이 사기꾼 같으니라고!"

"사기꾼? 내가 어딜 봐서 사기꾼이오?"

"시끄러워! 당장 꺼져!"

"허허, 사람 인심 한번 고약하군. 훗날 어디 가서 나와 술을 마셨단 이야기는 하지 마시오. 소생의 품위까지 격하될까 두렵소이다."

털보장한이 아예 상대도 하기 싫다는 듯 고개를 돌려 버리자 진영인은 아쉬운 듯 입맛을 다시며 술병과 오리 고기를 번갈아 바라보았다.

"사, 사숙?"

"그래, 알았어. 가자고, 가."

곽범태의 재촉에 진영인은 아쉬움 섞인 한숨과 함께 돌아섰다. 그리고 사질들과 어깨를 나란히 한 채 객점을 나섰다.

그들이 사라지고 얼마 지나지 않아 털보장한 일행은 다시금 무림의 이야기에 열을 올리기 시작했다. 멀찍이 떨어진 탁자에 자리잡은 노인과 소녀는 그들의 관심 밖이었다.

"형산파 사람들이죠?"

소녀의 질문에 노인이 고개를 끄덕였다.

"흥, 남악신룡? 웃겨, 정말. 누구 맘대로 오악검파의 서열을 다시 쓴대?"

조용히 웃고만 있는 노인을 향해 소녀가 입술을 삐죽였다.

"할아버지도 그래요. 화산을 깔보는 그자를 어떻게 가만 놔두실 수 있어요? 만약 할아버지가 말리지 않으셨으면 제가 혼쭐을 내줬을 거예요."

"그가 딱히 화산을 모욕한 건 아니지 않느냐?"

"형산보다 화산을 아래로 두겠다고 그자가 자기 입으로 분명히 말했잖아요."

"허허, 이 녀석 경아야. 한 치 앞도 내다보지 못하는 게 무림의 일이다. 지금은 비록 날개가 꺾였다 하나 형산은 아직 오악검파 중의 하나다. 이십 년 전만 해도 형산의 기세는 그야말로 욱일승천(旭日昇天)이라는 말로도 부족할 정도였단다."

"하지만 지금은 아니잖아요."

노인은 빙그레 웃으며 손녀의 머리를 쓰다듬었다.

"이 할애비가 너를 만류한 이유는 네가 망신을 자처하는 것을 보고 싶지 않아서다."

"무슨 말씀이세요? 설마 제가 그 허풍쟁이 하나 당해내지 못할까 봐요?"

제 딴에는 잔뜩 인상을 찌푸렸으나 노인에게 있어 손녀의 모습은 깨물어주고 싶을 정도로 귀엽기만 했다.

"아얏!"

갑자기 볼을 꼬집힌 악운경이 의아한 눈으로 노인을 바라봤다. 그런 손녀를 향해 노인이 웃으며 입을 열었다.

"모르긴 몰라도 그 청년이 지닌 무위는 남영이 녀석과 비슷하거나 그보다 높을 것이다."

"설마요."

믿을 수 없다는 표정을 지은 악운경이 재빨리 말을 이었다.

"할아버지와 아버지를 제외하면 대사형을 상대할 수 있는 사람은 장로님들 정도라고 예전에 말씀하셨잖아요."

"겉으로 드러난 행동과는 달리 그 청년의 눈빛은 맑게 가라앉은 찻물을 보는 것 같았다. 안정된 기운을 그처럼 완벽히 갈무리한 사람은 당금 무림에서도 손에 꼽을 정도란다."

노인의 말에 소녀의 눈이 화등잔만하게 커졌다.

"그 사람의 경지가 반박귀진(返璞歸眞)에 이르렀단 말인가요?"

납득하긴 어려웠으나 소녀는 믿지 않을 수 없었다.

지금은 더없이 자상한 조부지만 현 화산파 장문인인 매화신검 악조량의 부친이자 한때 흑도인들에게 공포의 이름으로 군림하던 화산검절(華山劍絶) 악원홍(岳元紅)이 바로 그였던 것이다.

소녀의 볼을 놓은 악원홍은 조용히 고개를 끄덕이며 입을 열었다.

"이십여 년 전 끔찍한 일만 겪지 않았다면 지금의 형산은 이처럼 몰락의 길을 걷지 않았을 것이다."

"끔찍한 일이요?"

"정사대전은 들어봤지?"

고개를 끄덕이는 손녀를 향해 악원홍이 말을 이어갔다.

"길었던 정사대전으로 인해 정파가 입은 피해는 이루 말로 표현할 수 없을 정도였단다. 하지만 다른 곳에 비해 형산만큼은 유난히 피해가 적었지. 이는 당시 형산의 이대제자들이 하나같이 뛰어난 기재들이었기 때문이다."

한 모금의 차로 목을 축인 악원홍은 자신의 말을 기다리는 손녀를 바라봤다.

"머잖아 그들이 군림하는 강호가 오리란 것을 의심하는 이는 없었단다. 이 때문에 은근히 형산을 시기하는 문파들도 많았지. 하지만 이는 오래가지 않았다. 갑작스러운 변고로 인해 형산이 자랑하던 이대제자

대부분이 사라져 버렸기 때문이다."

"사라져요?"

"형산이 이대제자 삼십여 명을 잃은 사건은 그들에게 있어 그야말로 재앙과도 같았지. 게다가 그 사건 이후로 당시의 장문인이었던 정명산인과 그의 대제자인 진현자의 실종이 이어졌고, 인재들을 잃은 형산은 몰락의 길을 걸어 지금에 이르게 된 것이다."

"하지만 어쨌든 지금은 우리 화산파를 따라올 수 없잖아요."

기어들어 가는 목소리로 중얼거리는 소녀를 향해 악원홍이 고개를 저었다.

"자부심이 지나치면 오만이 되는 법. 비록 지금은 예전보다 쇠락했다지만 그와 같은 고수를 키워낸 형산의 저력은 결코 무시할 수 없다. 더구나 화산과 형산의 제자들은 예로부터 동문 사형제라 할 만큼 친분이 두터웠으니 너는 앞으로 그들을 대할 때 함부로 행동해서는 아니된다."

"치, 알았어요."

마지못해 고개를 끄덕인 악운경은 홀짝이며 차를 들이켰다.

이윽고 그녀가 찻잔을 전부 비우자 악원홍이 신형을 일으켰다.

"그만 가자꾸나."

"벌써요?"

애교스러운 표정을 지어 보이며 조부의 소매를 붙든 악운경이 재빨리 말을 이었다.

"히잉, 경아는 아직 둘러보지 못한 곳이 많단 말이에요. 형산에 가봐야 보이는 건 나무와 짐승들뿐이잖아요. 게다가 우리는 예정보다 닷새나 일찍 도착했다구요. 악녹서원(岳麓書院)을 구경한다고 사형들

한테 실컷 자랑했는데 만약 그냥 돌아가면 두고두고 절 놀릴 거예
요.”

입술을 삐죽거리며 금방이라도 울음을 터뜨릴 것만 같은 손녀의 모
습에 악원홍은 너털웃음을 터뜨렸다.

“머잖아 시집갈 녀석이 어린애처럼 구는구나.”

“전 시집 안 가요. 평생 할아버지랑 살 건데요?”

행여 그가 다른 말을 할까 두려워 악운경은 얼른 악원홍의 소매를
잡아끌었다. 평소 엄하기로 소문난 악원홍이었으나 결국 손녀의 애교
에 무너지고 말았다.

주루 안은 변함없이 무더웠고, 털보장한 일행은 여전히 자기들끼리
열심히 떠들고 있었다. 두 조손(祖孫)이 머물던 탁자 위에는 작은 은덩
이 하나만이 놓여 있을 뿐이었다.

멀찌감치 앞서 걷는 하운지의 뒷모습은 서리가 내려앉은 듯 차갑기
그지없었다.

냉기가 감도는 그녀의 모습을 보며 진영인은 나직이 한숨을 흘렸다.
지금 그녀가 얼마나 화가 나 있는지를 충분히 짐작할 수 있었기 때문
이다.

객점을 나선 직후 하운지는 산을 오르는 내내 진영인 쪽은 쳐다보지
도 않고 있었다.

하루에도 몇 번씩 화를 내는 그녀였지만 오늘처럼 단단히 화난 모습
은 매우 보기 드물었다. 또한 이것이 머지않아 들이닥칠 험난한 고행
의 전조임을 지금까지의 경험으로 익히 아는 진영인이었다.

하운지와 오 장의 거리를 두고 걸음을 옮기는 다른 사질들 역시 산

을 오르는 내내 말이 없었다.

그렇게 얼마를 걸었을까.

결국 무료함을 견디지 못한 안자명이 입을 열었다.

"한여름인데도 찬바람이 여기까지 쌩쌩 몰아치는군. 봐, 얼마나 추운지 다른 사람들도 입이 얼어버렸잖아."

과장스러운 모습으로 부르르 몸을 떠는 안자명의 행동에 또 다른 쌍둥이 형제 안지명이 손으로 입을 막은 채 웃기 시작했다.

이때 진영인이 조용히 안지명을 불렀다.

"지명아."

"콜록! 네, 사숙."

웃음을 참느라 사레가 들린 안지명이 간신히 대답했다. 하지만 그의 얼굴은 마치 불붙은 석탄 가루가 내려앉은 것처럼 붉게 달아올라 있어 보기에도 민망할 지경이었다.

약간의 시간이 흘러 안지명이 웃음을 멈추자 진영인이 걱정스러운 표정으로 질문을 던졌다.

"오늘 식단이 어찌 되느냐?"

"아마 죽순 절임일 겁니다. 아까 사저가 시장에서 죽순을 주문하는 걸 봤어요."

동시에 진영인의 준수한 얼굴이 잔뜩 일그러졌다.

"죽순 절임? 최악이로군."

"걱정 마세요, 사숙. 예전에 제가 썼던 방법을 알려 드릴게요."

진영인의 속내를 읽은 안자명이 재빨리 끼어들어 설명을 이어갔다.

"사저는 요리할 때 항상 적량만을 만들잖아요. 그러니까 식사 도중에 크게 재채기를 하세요. 그리고 실수인 것처럼 접시를 바닥에 떨어뜨리는 겁니다. 예전에 뱀 허물로 사저를 놀렸을 때도 이 방법을 사용해서 식초가 잔뜩 들어간 빙매탕(氷梅湯)을 피할 수 있었어요.”

“흠, 괜찮은 방법인걸?”

진영인이 고개를 끄덕이자 안자명은 씨익 웃으며 진영인에게 바짝 다가섰다. 그리고 다른 이에겐 들리지 않도록 작게 속삭였다.

“만약 성공한다면 내일 연무 점검 때 백연 사형과 제가 비무를 하게 해주세요.”

진영인이 의아한 표정을 짓자 안자명이 더욱 목소리를 낮춰 말을 이었다.

“지명이랑 내기를 했거든요. 저는 제가 이길 거라 장담했고 지명은 백연 사형이 이기는 쪽에 걸었어요. 물론 사숙께서 백연 사형을 이기는 방법을 가르쳐 주셔야 하구요.”

“고려해 보지.”

진영인의 대답에 안자명은 흡족한 웃음을 머금었다. 하지만 그것도 잠시, 이내 얼굴에서 웃음을 지우고 안지명에게 다가섰다.

“지명아, 내일 내기는 두 냥짜리다.”

“왜 갑자기……?”

“어젯밤 좋은 꿈을 꿨거든.”

“그렇게 해. 어차피 내가 이길 테니까.”

“그럼 두 냥으로 결정한 거다?”

안자명은 의미심장한 표정으로 진영인을 향해 한쪽 눈을 찡긋 감아 보였다. 그리고는 안지명의 어깨에 팔을 두르고 잡담을 나누기 시작했다.

그 모습에 진영인은 피식 실소하며 곽범태를 바라봤다.

"정말 못 말리는 형제야. 안 그래?"

하지만 깊은 생각에 빠져 있는 곽범태는 땅만 쳐다보며 걸음을 옮길 뿐이었다.

"범태야."

"……."

"곽범태."

"……."

"야, 곰!"

"네, 사, 사숙!"

그제야 곽범태는 화들짝 놀라며 진영인을 바라봤다.

"으이구! 누가 미련한 곰 아니랄까 봐."

진영인의 핀잔에 곽범태는 머쓱한 웃음을 머금고 머리를 긁적였다.

진영인은 피식 웃음을 터뜨렸다. 사람 좋은 그의 웃음을 대할 때마다 늘 순박하기만 한 산골의 나뭇꾼이 연상되었기 때문이다.

"대체 무슨 생각을 하기에 사람이 부르는 데도 대꾸가 없어?"

"그, 그게……."

곽범태는 우물쭈물 말끝을 흐렸다.

"응? 그런데 이건 뭔데 이렇게 헝겊으로 둘둘 말아놓은 거야?"

"이, 이건……."

진영인이 그의 등에 메어진 물건을 가리키자 곽범태는 눈에 띄게 당황했다.

"수상한데?"

진영인은 손을 뻗어 곽범태가 메고 있는 물건을 낚아챘다.

헝겊을 걷어내자 두꺼운 박도가 삐죽이 도첨(刀尖)을 드러냈다.

"이건 어디에 쓰려고?"

"그, 그게……."

우물쭈물 대답을 망설이는 곽범태를 대신해 안지명이 나섰다.

"그걸로 도를 연마하겠대요."

"사, 사제……."

곽범태가 급히 만류했으나 진영인은 재빨리 그를 막아서며 안지명을 바라봤다.

"무슨 소리야?"

"기억 안 나세요? 반년 전쯤인가? 왜, 사형이 사부님께 크게 혼난 적이 있었잖아요. 그 벌로 사흘 동안 금식령이 떨어졌고요."

"아!"

그제야 상황을 이해한 진영인은 곽범태를 바라보며 혀를 끌탕 쳤다.

"쯧쯧, 아직도 포기 못한 거야?"

"그, 그게……."

더듬거리는 곽범태를 향해 진영인은 말을 이어갔다.

"포기해, 곽 사질. 우리 형산파는 검파(劍派)라고. 도법이 존재하지 않는데 어떻게 도를 익힌단 말이야?"

잠시 머뭇거리던 곽범태는 이윽고 진영인을 바라보며 입을 열었다.

"소림도… 도를 쓰지만… 오, 오악검파 중의 하나……."

"이 사람아, 그 사람들이 쓰는 도는 계도(戒刀)야."

곽범태의 말을 자르며 진영인은 고개를 흔들었다.

"단지 날이 한 방향이라는 것뿐 계도는 도신이 얇고 가벼워 검과 크게 다를 바가 없어. 그래서 도를 사용하지만 검법을 펼칠 수 있는 거야. 하지만 사질이 가져온 투박한 박도로는 절대 검법의 변화를 따라갈 수 없다고."

"그, 그래도……."

진영인은 설레설레 고개를 흔들었다. 그리고 다시 곽범태에게 박도를 건네줬다.

소중한 보물이라도 되는 양 박도를 가슴에 안아 드는 곽범태의 모습에 진영인은 빙그레 웃음을 머금었다.

"그렇게 도가 끌려?"

묵묵히 고개를 끄덕이는 곽범태의 어깨를 진영인이 두드렸다.

"하긴 사질이 펼치는 검법은 힘은 충만한데 그 안에 담긴 변화가 부족하지. 체구도 검보다는 도가 어울릴 것 같고 말이야. 하지만 본파에는 도법이 없으니 사질의 소원은 당분간 실현되기 어려울 것 같군."

"그, 그래도… 노력하다 보면……."

"뭐, 좋을 대로 해. 하지만 풍검(風劍) 사형께는 당분간 도를 들키지 않는 게 좋을걸. 한밤중에 들려오는 사형의 고함 소리와 네 녀석의 비명 소리에 잠을 설치는 건 한 번으로 충분해."

"며, 명심하겠습니다."

이야기를 나누던 이들은 어느덧 형산파의 산문에 이르렀다.

산문을 넘기가 무섭게 하운지는 뒤도 돌아보지 않고 조계전(朝啓殿)을 돌아 사라졌고, 진영인은 그런 그녀의 모습에 쓴 입맛을 다셨다.

"그런데 사숙, 검은 어디에 두셨어요?"

안자명의 질문에 진영인은 싱긋 웃으며 자신의 허리를 두드렸다.

"조사전에. 마을에 가는데 굳이 검을 지닐 필요는 없잖아? 사부님을 뵙기 전에 조사전에 들러야지."

"에엑? 장문인께 허락도 받지 않고 산문을 내려가신 거예요?"

놀란 안자명을 향해 진영인은 짐짓 험악한 표정을 지어 보였다.

"쉿! 목소리가 너무 커. 마을에서 나와 만났단 소리는 입 밖에도 꺼내지 마. 만약 이 일이 알려진다면 제일 먼저 사질들에게 책임을 물을 테니까."

말을 잇지 못하는 사질들을 향해 진영인은 빙그레 웃어 보였다.

"그래, 그래야 착한 나의 사질들이지. 자, 그럼 저녁 식사 때 보자고."

신형을 돌려 하운지가 사라진 조계전 쪽으로 걸음을 옮기던 진영인이 흠칫하며 걸음을 멈췄다.

팟.

미세한 소음과 함께 한순간 진영인의 신형이 흐릿해지는가 싶더니 허깨비처럼 사라졌다.

"어?"

"사형, 방금 보셨어요, 눈앞에서 사숙이 사라지는 거?"

"사, 사숙은 무공이 뛰어나시잖아."

곽범태와 안씨 형제가 진영인의 신법에 탄복하고 있을 때였다.

조계전의 문이 조용히 열리며 근엄한 표정의 중년인이 모습을 드러냈다.

그와 동시에 곽범태를 비롯하여 안자명과 안지명은 공손히 중년인을 향해 허리를 숙이며 예의를 갖췄다.

"제자 곽범태가 사부님을 뵙습니다."

"제자 안자명이 사부님을 뵙습니다."

"제자 안지명이 사부님을 뵙습니다."

제자들의 인사에 한차례 고개를 끄덕인 풍검은 정원 한 켠에 그늘을 드리운 측백나무를 향해 입을 열었다.

"사흘 만에 만났는데 어찌 아는 척도 하지 않는가, 사제?"

부스럭.

바람도 없는데 울창한 측백나무의 이파리가 흔들렸다.

"영인 사제."

중년인이 목소리에 힘을 더하자 측백나무 위에서 진영인이 뛰어내렸다.

"하하하, 불과 사흘 만인데 사형은 더욱 얼굴이 훤해지신 것 같습니다."

태연하게 웃음을 터뜨리며 다가서는 진영인을 바라보며 풍검은 혀를 끌탕 쳤다.

"면벽의 벌이 끝나자마자 마을로 줄행랑이라니, 도대체 생각이 있는 것이냐?"

"무슨 말이신지요? 저는 방금 면벽의 벌을 마치고 사부님께 가던 도중 우연히도 이 앞에서 사형의 제자들과 조우한 것입니다. 행여 오해를 하셨다면……."

"조사전에 이걸 두고 갔더구나."

턱!

풍검자가 던진 자신의 검을 받아 든 진영인은 난처한 표정으로 헛기침을 터뜨렸다.

"험, 한시라도 빨리 사부님과 사형을 뵙고 싶은 마음에……."

"됐다. 실없는 소리 관두고 어서 사부님을 뵙거라. 장로들께서도 기다리고 계실 테니 서두르는 게 좋을 거야."

"그 노인네들은 아직도 머물고 있습니까?"

"말버릇 하고는. 대체 언제쯤 철이 들는지 모르겠구나. 사질들 보기 부끄럽지도 않느냐?"

"하하하, 격의없는 제 모습을 좋아하는 사질들 아닙니까."

너털웃음을 터뜨린 진영인은 곧바로 장문인이 기거하는 현정전(顯正殿)으로 걸음을 옮기기 시작했다.

월동문을 지나 진영인의 모습이 사라지자 그제야 풍검의 시선이 제자들을 향했다.

"운지는 어디 갔느냐?"

"저희보다 먼저 도착했습니다. 아마 숙소로 향한 것 같습니다."

"그래? 그런데 범태 넌 뭘 들고 있는 것이냐?"

미처 도를 숨길 겨를이 없었던 곽범태의 얼굴이 파랗게 질려갔다.

수상한 제자의 행동에 풍검이 짧게 입을 열었다.

"이리 가져와 보거라."

"사, 사부님……."

"어서!"

울먹이는 듯한 곽범태의 음성은 준엄한 풍검자의 음성에 가로막혔다.

곽범태에게 보퉁이를 건네받은 풍검자는 헝겊을 풀어헤치기 시작했다.

"……!"

헝겊 사이로 삐죽이 모습을 드러낸 박도를 발견한 풍검자는 지그시 관자놀이를 눌렀다. 그리고 그의 표정은 점차 노기로 일그러졌다.

"제자 곽범태는 이리 오너라."

붉으락푸르락하는 안색과는 달리 풍검의 음성은 차분하기 그지없었다. 하나 순간 안자명과 안지명의 안색은 시커멓게 변해 버렸다.

풍검에게는 특이한 버릇이 있었으니, 평소에는 자신들의 이름을 부르다가도 노기가 극에 이르면 항상 이름 앞에 제자라는 단어를 붙이는 것이었다. 그리고 그 뒤에 항상 불벼락이 기다리고 있음을 지금까지의 경험으로 익히 아는 그들이었다.

"사부니임!"

"사부님! 고정하소서!"

"뇌라! 내 이놈을 단매에 쳐 죽이고 말리라!"

자신의 팔다리를 붙든 안자명과 안지명을 뿌리치며 풍검이 고래고래 소리를 질렀다.

"사형을 말리지 않은 너희들에게도 책임을 물을 것이다!"

"아이고! 사부님!"

이어진 풍검의 불호령에 안자명과 안지명은 사색이 되었고, 곽범태는 바닥에 넙죽 엎드린 채 바람 앞의 사시나무마냥 벌벌 떨 뿐이었다.

"이놈들!"

"으아아악!"

쿠당탕!

"게 섯지 못할까?"

"사부님, 제발 진노를 거두십시오!"

"시끄럽다!"

"꾸에엑!"

형산을 쩌렁하게 흔드는 풍검의 노호성과 곽범태를 비롯한 그들 사형제의 애처로운 비명 소리는 오랫동안 끊일 줄 몰랐다.

第三章

무산지몽(巫山之夢)

현정전(顯正殿).

조사전과 더불어 형산파에서 가장 오랜 역사를 지닌 건물이다.

현정전 앞에 이른 진영인은 세월만큼 낡고 바랜 현판을 잠시 바라보았다. 그리고 흐트러진 머리와 의복을 정리한 다음 밝은 음성으로 입을 열었다.

"제자 영인입니다."

"들어오너라."

현정전에 들어선 진영인은 인자한 눈으로 자신을 맞는 노인에게 공손히 예의를 갖췄다.

"사부님을 뵙습니다."

이때 쩌렁한 고함 소리가 현정전 안을 울렸다.

"이노옴! 아직도 반성의 기미가 보이지 않는구나! 어느 안전이라고

헤픈 웃음을 흘리느냐?"

진영인은 아차 싶어 재빨리 얼굴에서 미소를 지웠다. 그리고 막 현정전 안으로 들어서는 두 노인을 향해 예의를 갖췄다.

"영인이 사숙조님들을 뵙습니다."

진영인의 인사를 받은 덕명 산인과 온명 산인은 가볍게 고개를 끄덕이더니 현정전 한곳에 마련된 의자에 나란히 앉았다.

"그래, 반성은 충분히 했느냐?"

진영인을 일으켜 세운 것은 그의 사부 송현자였다.

사흘 만에 뵙는 사부였다.

눈에 띄게 까칠해진 송현자의 얼굴을 마주한 순간 진영인은 가슴속에 아릿하게 번지는 아픔을 맛보았다. 그가 초췌해진 이유를 아는 까닭이었다.

비록 무공을 익혔다 하더라도 사흘간의 금식은 상당한 고행이었고, 이는 진영인 역시 마찬가지였다.

면벽의 벌이 결정되었을 때 자신에게도 책임이 있다며 송현자는 스스로 금식을 결정했고, 장로들과 제자들의 만류에도 불구하고 지금까지 물 한 모금 입에 대지 않고 있었던 것이다.

"불민한 제자가 사부님께 걱정을 끼쳐 드려 죄송할 따름입니다."

"그래, 앞으로는 행동에 좀 더 신중을 기하거라."

가볍게 진영인의 어깨를 두드린 송현자는 인자한 웃음을 머금었다.

"얼굴이 많이 상했구나. 내일은 연무 점검(研武點檢)이 있는 날이니 일찍 들어가 쉬거라."

몹시 지쳐 보이는 얼굴로 오히려 자신을 걱정하는 사부의 모습이 진영인은 몹시 안쓰러웠다. 하지만 겉으로 이를 내색치 않고 애써 밝은 웃음을 지어 보였다.

"하하, 다른 건 몰라도 체력만큼은 사형들도 절 따라오지 못하잖습니까. 내일이 아니라 지금 당장이라도 연무 점검에 임할 수 있습니다."

"그래, 내일 좋은 모습 기대하고 있으마. 나는 사숙들과 할 이야기가 있으니 이만 돌아가거라."

"그럼 제자는 물러가겠습니다."

송현자와 장로들에게 예의를 갖춘 후 돌아선 진영인은 조용히 현정전을 나섰다.

진영인의 모습이 사라지기가 무섭게 처음 호통을 쳤던 덕명 산인(惠銘山人)이 혀를 끌탕 쳤다.

"쯧쯧, 사흘간 벌을 받고도 전혀 달라진 게 없구려. 장문인께서는 좀 더 엄하게 그 아이를 대할 필요가 있소."

"대신 엄하신 두 분이 계시지 않습니까?"

송현자는 진영인이 사라진 문 쪽을 향해 시선을 던졌다.

"겉으로는 저래 보여도 속이 깊은 아이입니다. 굳이 제가 아니더라도 그 아이는 충분히 제 앞가림을 할 수 있을 겁니다."

"그런 녀석이 도박장에서 그와 같은 행패를 부린단 말이오?"

덕명 산인의 반문에 송현자는 엷은 미소와 함께 입을 열었다.

"허락없이 산문을 넘은 것은 분명 잘못된 것이며, 도박장을 찾은 것도 영인의 과실입니다. 하지만 그처럼 난폭한 행동을 한 데에는 이유가 있었습니다."

의아해하는 장로들에게 다가선 송현자는 손수 그들의 잔에 차를 따르며 설명을 이어갔다.

"평소 성정이 부드러운 아이였기에 다른 사람을 다치게 했다는 것을 처음에는 믿을 수 없었습니다. 그래서 조용히 제자 몇 명에게 이번 일의 연유를 알아보도록 시켰습니다."

"그래서요?"

"그 아이에게 맞아 팔과 늑골이 부러진 네 사내는 어리숙한 이들을 속여 사기를 일삼는 전문 도박꾼이라 하더군요. 마을에서 포목점(布木店)을 운영하는 전가란 사람이 그들에게 가산을 탕진했나 봅니다. 그런데 여기에서 만족하지 않고 그들은 전가라는 사람의 딸과 처까지 빼앗으려 한 모양입니다. 마침 이를 알게 된 영인이 그들과 도박을 벌여 전가라는 사람의 재산을 찾아주었고, 이에 격분한 사내들이 영인을 먼저 공격했다 합니다. 그 과정에서 전가라는 사람이 다치자 영인이 그들을 혼내준 것입니다."

송현자의 설명에 덕명 산인은 못마땅한 표정으로 혀를 찼고, 옆에 앉아 있던 온명 산인(穩銘山人)은 껄껄 웃음을 터뜨렸다.

"하하하, 그 녀석은 누굴 닮아 그리 잡기에 능한지 모르겠군. 도박꾼에게 도박으로 돈을 되찾다니 말이야."

"사형, 이게 웃을 일입니까? 다른 문파에서 이를 알면 우리 형산파를 어떻게 보겠습니까?"

"이보게, 사제. 만약 그 자리에 사제가 있었다면 어떻게 했겠나?"

"그야……."

"만약 젊은 시절의 사제였다면 그 도박꾼들은 뼈 한두 개 부러지는 걸로 끝나지 않았을 거야."

온명 산인의 말에 덕명 산인은 난처한 표정으로 차만 홀짝였다.

잠시 후 온명 산인이 송현자를 향해 입을 열었다.

"이보시게, 장문인."

“말씀하십시오, 사숙.”

“덕명이 영인을 크게 꾸짖은 건 그 아이가 미워서가 아님을 자네도 알고 있으리라 생각하네.”

“물론입니다.”

한 모금의 차로 입술을 축인 온명 산인이 말을 이어갔다.

“우리는 그 아이에게 큰 기대를 걸고 있다네. 과거와 같은 일이 반복되지 않길 바라는 늙은이들의 조바심 때문이니 장문인께서는 너무 괘념치 마시게나.”

불현듯 이십 년 전의 불행한 사건을 기억해 낸 송현자의 얼굴이 더없이 무거워졌다. 당시의 사건만 아니었다면 지금쯤 형산은 욱일승천의 기세로 도약을 꿈꾸고 있을 것이다.

“알고 있습니다. 그래서 사숙님들께서 영인에게 사흘 면벽의 벌을 내리셨을 때 말없이 따른 것입니다.”

“예끼, 이 사람아! 그런 사람이 부득불 금식을 한다고 우겨? 그게 무언의 항변이 아니고 뭐란 말인가?”

온명 산인의 농담에 송현자는 말없이 웃을 뿐이었다.

덕명 산인이 걱정스러운 표정으로 송현자를 바라봤다.

“다시는 그러지 마시게. 장문인으로서의 위엄도 생각하셔야 할 게 아닌가? 이따가 내 방에 들르게나. 얼마 전 숭산(嵩山)에 들렀는데 영공(映空) 늙은이로부터 소환단(小還丹) 몇 알을 얻어왔다네.”

온명 산인의 얼굴에 어이없어하는 감정이 역력했다.

“소환단을 보약으로 쓰려 하느냐? 영공이 알면 펄쩍 뛰고도 남겠다.”

“험험, 뭐, 쓰기 나름 아니겠소?”

머쓱한 표정으로 헛기침을 터뜨린 덕명 산인은 찻잔을 들어 입으로 가져갔다.

송현자 또한 빙그레 웃으며 자신의 빈 잔에 차를 따라 한 모금을 넘겼다.

더없이 기분 좋은 다향이 그윽하게 퍼져 나갔다.

"차 맛이 정말 좋지요?"

형산의 최고봉인 축융봉이 타는 듯한 석양을 짊어지고 있었다.

"벌써 식사 시간인가?"

나직한 탄식과 함께 진영인은 자리를 털고 일어섰다. 그리고 식당을 향해 무거운 걸음을 옮기기 시작했다. 하지만 입구 앞에 이르러 진영인은 안으로 들어서길 망설였다.

'이대로 신형을 돌린다면 칡뿌리나 산 열매로 허기진 배를 채울 수도 있을 거야.'

게다가 운이 좋다면 해가 지기 전에 토끼나 꿩이라도 잡아 풍성한 식사를 즐길 수 있을지도 모른다. 하지만 진영인은 이내 고개를 저었다. 현명한 생각이 아니었던 것이다.

오늘 하루는 그녀를 피할 수 있어도 좁디좁은 형산파 안에서 언제까지 그녀를 피해 다닐 자신이 없었다.

"어쩔 수 없군."

"뭐가요?"

고개를 돌린 진영인은 안자명과 안지명 형제를 발견했다.

진영인의 표정을 읽었음인지 안지명은 안쓰러운 표정으로 입을 열었다.

“걱정 마세요, 사숙. 아무리 사저가 화가 났더라도 음식에 독을 넣진 않았을 거예요.”

“물론이지. 나는 다만 내 위장이 불쌍할 뿐이야. 사흘 동안 굶은 내 위장이 과연 운지의 정성이 가득 담긴 음식을 감당해 낼 수 있을지 걱정되어서 말이야.”

진영인의 농담에 안지명은 공감한다는 듯이 고개를 끄덕였다.

안지명이 문을 열고 식당 안으로 들어서자 뒤따라가던 안자명이 진영인을 향해 낮게 속삭였다.

“사숙, 제가 낮에 알려준 방법을 쓰세요.”

고개를 끄덕이며 진영인은 식당 안으로 들어섰다.

“사숙을 뵙습니다.”

진영인이 식당에 모습을 보이자 먼저 도착해 있던 이대제자 구십여 명이 하나같이 자리에서 일어나 공손하게 예의를 갖췄다.

일일이 답례하며 진영인은 자신의 자리로 향했다.

“영인 사형.”

진영인을 가장 먼저 맞은 것은 그의 사제인 명검(明劍)이었다.

“오랜만이야, 사제. 그간 얼굴이 더 훤해졌는걸?”

“별말씀을…….”

자신보다 스무 살이나 어린 진영인의 하대에도 명검은 깍듯하게 예의를 갖추며 진영인이 의자에 앉도록 한쪽으로 비켜섰다.

“조금 늦었구나.”

“네, 석양을 감상하느라…….”

둘째 사형인 풍검과 인사를 나눈 진영인은 가장 오른쪽에 앉아 있는 창백한 얼굴의 중년인을 향해 친근한 웃음을 건넸다.

"대사형."

"다행히 안색이 나빠 보이진 않는구나."

"대사형도 여전히 건강해 보이시니 다행입니다."

"네 염려 덕인가 싶다. 앉거라."

진영인이 자리에 앉자 그제야 명검도 의자에 착석했다.

"사부님께서는?"

"장로님들과 함께 시간을 보내고 싶다 하셨습니다."

고개를 끄덕이던 진영인은 이내 이대제자 일곱 명과 함께 음식이 담긴 접시를 나르는 하운지의 모습을 발견할 수 있었다.

열두 살이 되었을 때 그녀는 형산파에 요리를 전담하는 숙수가 있음에도 불구하고 매번 식사 준비를 자처했다.

당연히 그녀의 사부인 풍검은 처음에는 이를 만류했다. 하지만 그녀는 고집스럽게 자신의 의지를 관철시켰고, 뜻밖에도 요리에 천부적인 재능을 타고난 그녀는 그녀를 가르치던 숙수의 실력을 뛰어넘어 이제는 명실 공히 형산제일의 숙수가 되어 있었다.

"오, 오늘은 죽순 절임인가? 향기가 매우 좋군."

다소 과장스러운 진영인의 칭찬에 접시를 내려놓던 하운지가 화사한 미소를 배어 물었다.

"사숙을 위해 더욱 신경을 썼거든요."

"그, 그래? 하하! 이거 황송한걸."

"하지만 사숙의 입맛에 맞지 않을까 걱정되는군요. 그래도 남기시면 안 돼요?"

의미심장한 말을 남긴 채 돌아서는 하운지의 모습을 보며 진영인은 터져 나오는 한숨을 가까스로 삼켰다.

"자, 들지."

운검의 말에 모든 이들이 젓가락을 움직이기 시작했다. 그러나 진영인은 선뜻 젓가락을 움직일 수 없었다.

"음, 역시. 이처럼 훌륭한 죽순 요리는 다른 어딜 가도 맛보기 힘들 거야."

운검의 칭찬에 하운지는 당연하다는 듯 자부심이 담긴 미소를 지어 보였다.

명검 역시 칭찬을 늘어놓았다.

"풍검 사형이 부럽습니다. 제 제자들은 먹는 것만 밝힐 뿐 평생을 투자해도 이런 요리는 만들지 못할 겁니다."

비록 말을 하진 않았으나 풍검의 얼굴에는 감출 수 없는 흐뭇함이 가득했다.

이때 조금도 음식을 들지 않는 진영인을 발견한 명검이 의아한 듯 입을 열었다.

"사형, 음식이 입에 맞지 않으십니까?"

순간 진영인은 자신을 빤히 바라보는 하운지와 눈이 마주쳤다.

"향긋한 냄새에 취해 그만 먹는 걸 잊어버렸지 뭔가. 하하하!"

어색한 웃음을 흘린 진영인은 잔뜩 긴장된 표정으로 죽숙 절임을 집어 들었다.

"응?"

죽순 절임을 한 입 베어 문 진영인은 매우 뜻밖이라는 듯이 하운지를 바라봤다. 애초에 그가 각오했던 것과 달리 죽순 절임은 매우 훌륭했던 것이다.

아삭아삭 씹히는 죽순의 질감과 씹을수록 입 안 가득 퍼져 나가는 향긋하고 시원한 맛은 가히 일품이었다.

"최고야!"

감탄성과 함께 엄지손가락을 치켜든 진영인은 순식간에 접시를 비워가기 시작했다. 하지만 접시에 죽순 절임이 삼분의 이가량 남았을 때 진영인의 신형이 바위처럼 굳어졌다.

'역시…….'

차마 씹어 삼키지 못한 죽순 절임을 입에 문 채 진영인은 하운지를 바라봤다. 그리고 그녀의 화사한 미소를 바라보며 울상을 지을 수밖에 없었다. 처음 먹었던 것과는 달리 밑에 깔린 죽순 절임은 마치 소금을 덩어리째 씹는 것처럼 몹시 짠 데다가 나무껍질을 씹는 것처럼 뻑뻑하고 질겼던 것이다.

이때 이대제자들이 모여 있는 곳에서 비명에 가까운 소리가 터져 나왔다.

"크윽! 이건……?"

"자명, 무슨 일이냐?"

"아, 아무것도 아닙니다."

풍검의 질문에 애써 웃으며 대답한 안자명은 의아한 눈으로 하운지를 바라봤다.

'어째서 나까지?'

눈빛으로 묻는 안자명을 향해 하운지도 눈빛으로 대답했다.

'아까 올라올 때 다 들렸어.'

하운지의 미소가 더욱 짙어졌다. 반대로 안자명의 얼굴은 창백하게 질려갔다.

'사숙, 죄송해요.'

결국 안자명은 진영인에게 가르쳐 준 계책을 먼저 사용하기로 결심했다.

"에… 에…….'

막 재채기를 하려고 안자명이 고개를 쳐드는 순간 하운지가 웃으며 입을 열었다.

"다행히 다들 죽순 절임이 입맛에 맞으시나 보네요. 오늘 왕씨 아저씨가 자신의 가게 십 년 단골이라며 주문했던 양보다 더욱 많은 죽순을 보내왔어요. 그래서 평소보다 넉넉히 만들었으니 더 드시고 싶다면 말씀만 하세요."

"풉!"

안자명은 자신도 모르게 입 안에 물고 있던 죽순을 내뿜었다.

"저런, 또 재채기야? 조심하지 그랬어, 자명 사제."

하운지는 상냥한 미소와 함께 안자명의 접시 위에 처음보다 더욱 많은 양의 죽순 절임을 올려놓았다.

산처럼 쌓인 죽순 절임 앞에 안자명은 거의 울 듯한 표정으로 진영인을 바라봤다. 하지만 진영인은 간절한 안자명의 눈빛을 외면했다.

'안됐지만 사질, 자네가 자초한 거야. 지금 내 상황도 벅차다고.'

진영인의 얼굴에 비무를 앞둔 무인처럼 비장한 각오가 흘러내렸다.

"후우……."

한차례 깊게 심호흡을 한 진영인은 재빨리 젓가락을 놀려 입 안에 죽순 절임을 구겨 넣기 시작했다. 그리고 단번에 우적우적 씹어 억지로 삼키고 난 뒤 단숨에 벌컥벌컥 차를 마셨다.

"잘 먹었습니다. 그럼……."

황급히 자리에서 일어나 바쁘게 식당 밖으로 나서는 진영인의 모습을 잠시 의아하게 바라보던 형산 문하들은 다시금 식사를 즐기기 시작했다.

그 안에서 진영인이 우물로 달려갔음을 짐작한 이는 오로지 안자명뿐이었다.

푸드득!

밤을 잊은 산새 한 마리가 날아든 곳은 작은 모옥 옆에 자리잡은 측백나무 가지였다.

구구!

산새는 기분 좋은 울음소리와 함께 날개 깃을 다듬기 시작했다. 하지만 갑작스러운 인기척에 놀라 급히 청명한 밤하늘 속으로 날아올랐다.

푸르게 흘러내리는 달빛이 사위를 밝게 비추는 가운데 길게 드리워진 측백나무 그림자 아래 한 사람이 모습을 드러냈다.

진영인은 잠시 멀거니 서서 아직까지 불이 꺼지지 않은 하운지의 처소를 바라봤다.

그렇게 얼마나 시간이 흘렀을까.

석상처럼 서 있던 진영인이 모옥을 향해 걸음을 옮기기 시작했다.

모옥과의 거리가 좁혀지자 활짝 열린 창문 사이로 유등(油燈)을 따라 흔들리는 여인의 그림자가 눈에 들어왔다.

"하아……!"

문득 창틈 사이로 흘러나오는 여인의 장탄식에 진영인은 슬며시 웃음을 머금었다.

"짙어지는 밤만큼 미인의 한숨 소리도 깊어지는구나."

우당탕!

문 앞에 이르러 진영인이 인기척을 내자 하운지의 방 안에서 소란스러운 소음이 들려왔다.

"사, 사숙?"

창틈으로 황급히 내다보는 하운지의 얼굴에는 당황스러운 기색이 역력했다.

"들어가도 되지?"

"이 시간에 어인 일로……?"

늦은 시각 진영인의 방문은 매우 뜻밖이어서 하운지는 선뜻 대답을 하지 못하고 의아한 표정으로 말끝을 흐렸다.

그런 그녀를 향해 진영인은 크게 낙담한 사람처럼 한숨을 흘렸다.

"휴우! 지금이라도 생일 선물을 하려 했는데 운지 너는 나를 반기는 것 같지 않으니 내가 괜한 걸음을 했구나."

"아니에요. 사숙의 방문은 제게 큰 기쁨이죠. 어서 들어오세요."

능청스러운 진영인의 연기에 하운지가 재빨리 방문을 열자 그제야 진영인은 안으로 들어설 수 있었다.

진영인의 눈에 가장 먼저 들어온 것은 침상과 탁자 위에 어지럽게 흩어져 있는 갖가지 색상의 헝겊들이었다.

"저런, 난장판이구나."

진영인의 말에 하운지는 얼굴을 붉히며 구석에 놓인 바구니에 헝겊을 주워 담기 시작했다.

"수예(手藝)라도 하고 있었던 것이냐?"

"이리 주세요!"

바닥에 떨어진 바늘과 실을 진영인이 주워 들자 하운지가 재빨리 이를 빼앗았다.

잠시 동안 하운지는 방 안을 정리하느라 정신이 없었다.

이윽고 정리를 마친 하운지는 이마에 맺힌 땀을 소매로 훔치며 진영인을 바라봤다.

잠시 진영인의 얼굴에 머물던 그녀의 시선이 이내 아무것도 들려 있지 않은 그의 손으로 향했다.

순간 진영인은 씁쓸하게 웃는 그녀의 표정을 읽을 수 있었다.

"저녁 식사 때문에 따지러 오신 건가요?"

"설마. 그처럼 훌륭한 죽순 절임은 내 생애 처음이었는걸. 물론 뒤의 죽순 절임 역시 색다른 미각에 눈을 뜨는 아주 특별한 경험이었지."

진영인의 너스레에 하운지는 어이없다는 표정으로 입을 열었다.

"온 강호를 뒤져도 언변으로 사숙을 능가할 사람은 찾지 못할 거예요."

"운지에게 칭찬을 듣다니 드문 일이로군. 칭찬 맞지?"

"몰라요."

하운지의 부풀어 오른 양 볼과 삐죽거리는 입술을 보고도 진영인은 빙그레 웃고 있었다.

그 모습이 더욱 얄미워 하운지는 새침하게 눈을 흘겼다.

그녀의 따가운 눈빛을 받고서야 진영인은 헛기침을 하며 재빨리 말문을 열었다.

"아참, 선물을 잊을 뻔했군."

"빈손으로 오셨잖아요."

"아니야. 어찌 내가 운지의 선물을 안 가져왔겠어. 선물은……"

진영인은 천천히 손을 들어 자신의 가슴을 가리켰다.

"여기 있잖아. 내 마음."

하운지의 고운 아미가 파르르 떨렸다. 불끈 쥔 두 주먹 역시 부르르 떨고 있었다.

만약 안자명이나 안지명이었다면 높은 성취를 이룬 그녀의 산매장에 당장 옆구리를 움켜쥐고 신음을 흘리며 쓰러졌으리라. 하지만 차마 사숙인 진영인을 때릴 수는 없었기에 그녀는 심호흡으로 애써 화를 삭였다.

"사숙은 늘 그랬듯이 올해도 이렇게 얼렁뚱땅 말로 때우시는군요? 그러면서도 매년 사숙에게 속아 기대하고 마는 제가 정말 어리석게 느껴져요."

하운지는 애써 태연한 모습을 보이려고 노력했다. 하지만 밀려오는 실망감과 함께 왠지 모를 설움마저 복받쳐 올라 그녀의 마지막 음성은 자신도 모르게 울먹이고 있었다.

그렁그렁한 눈물이 맺혀 있는 하운지의 눈을 바라보던 진영인의 얼굴로 씁쓸함이 떠올랐다.

"운지야."

평소 듣기 힘든 진영인의 차분한 음성에 하운지는 급히 손등으로 눈물을 훔쳐 냈다.

"실례를 용서하세요. 사숙에게 있어 저는 많은 이대제자 중 하나인데 제가 마치 뭐라도 되는 것처럼……."

늘 한결같이 자신을 대하던 그녀가 갑자기 예의를 차리자 진영인은 지금까지 느끼지 못했던 거리감을 느껴야만 했다.

"운지야."

　진영인은 다시 한 번 조용히 그녀의 이름을 불렀다.

　말없이 고개를 숙이는 그녀의 붉은색 당혜(唐鞋) 위로 구슬 같은 눈물이 뚝뚝 떨어졌다.

　"하아!"

　나직이 한숨을 터뜨린 진영인은 손을 뻗어 하운지의 손을 잡았다.

　"해마다 네게 선물했던 내 마음은 어느 것 하나 진심이 아닌 것이 없었다."

　"사숙?"

　붉어진 눈시울을 들어 자신을 바라보는 하운지를 향해 진영인은 미안한 표정으로 입을 열었다.

　"애초부터 너를 놀리려 한 것은 아니었는데 내가 늘 진중하지 못하니 네겐 오히려 나쁘게 비친 것 같구나."

　"아니에요."

　급히 손을 젓는 하운지를 향해 진영인은 말을 이어갔다.

　"그리고 사실 오늘은 또 다른 선물을 준비했단다."

　"또 다른 선물이요?"

　반문하는 하운지의 손을 잡아끌어 밖으로 나선 진영인은 손을 들어 하늘을 가리켰다.

　"뭐가 보이느냐?"

　고개를 들어 올린 하운지는 고아한 빛을 뿌리는 보름달과 까만 먹지 위에 뿌려놓은 보석처럼 반짝이는 별들을 눈에 담았다.

　"달은 너무 커서 힘들 것 같고 대신 무수한 저 별 중 몇 개를 네게 선물하마."

　진영인의 말에 하운지는 어이가 없었다.

시린 빛을 뿌리며 금세라도 쏟아질 듯한 별빛은 손만 뻗으면 닿을 것 같았다. 그러나 하운지는 어린애가 아니었고, 보이는 것과 달리 별은 손끝에 닿기엔 너무나 멀리 있다는 사실도 알고 있었다.

하지만 하늘을 바라보는 진영인의 눈빛은 진지했다.

진영인은 마치 일생일대의 적을 노려보듯 한참 동안 하늘을 응시했고, 하운지는 의심 반 기대 반으로 진영인의 곁을 지키고 있었다.

그때였다.

"하압!"

돌연 기합성을 터뜨리며 진영인이 신형을 솟구쳤다.

파파파팡!

진영인이 허공에서 팔을 휘두를 때마다 공기를 두드리는 충격음이 폭죽처럼 터져 나왔다. 하지만 별을 따겠다는 무모한 진영인의 행동은 더없이 우스꽝스러워 보였다.

"쿠쿡!"

자신의 기분을 풀어주기 위해 최선을 다하는, 그래서 미련해 보이기까지 하는 진영인의 모습에 하운지는 그만 웃음을 터뜨렸다. 미진하게 남아 있던 약간의 슬픔마저 그 유쾌한 웃음으로 흩어낼 수 있었다.

탁!

잠시 후 바닥에 착지한 진영인을 향해 하운지가 질문을 던졌다.

"별이 손 안에 잡히던가요?"

"물론이지."

진영인의 호언장담에 하운지는 가볍게 눈을 흘겼다.

그런 그녀를 향해 진영인이 양손을 앞으로 내밀었다.

"펴봐."

진영인의 말에 오히려 당황한 것은 하운지였다.

커다란 눈을 깜박이며 잠시 진영인을 바라보던 하운지는 이내 손을 뻗어 그의 손을 펼쳤다.

그와 동시에 진영인의 손 안에 갇혀 있던 수십 개의 별이 연녹색 빛을 뿌리며 천천히 허공으로 떠올랐다.

"와아!"

하운지의 탄성에 진영인은 만족스러운 웃음을 머금었다.

"이런, 힘들게 딴 별인데 벌써 달아나면 안 되지."

진영인의 손에는 어느새 한 자루 청강검이 들려 있었다.

진영인은 보법을 밟아 하운지 주변을 도는 한편 허공에 검을 그어 유려한 곡선을 그리기 시작했다.

처음엔 느리게 움직이던 진영인의 검은 그 속도가 점차 빨라져 종국에는 푸른 검날의 잔영(殘影)만이 허공을 가득 메웠다.

흩어져 있던 무수한 검의 그림자는 진영인의 움직임에 따라 하운지의 주변을 감싸는 거대한 공처럼 형상화되었다.

츠츠츠츠!

검이 공기를 가르는 소리는 매우 날카로웠지만 검에서 흘러나온 기운은 부드럽기 그지없었다. 그래서 반딧불은 그 안을 벗어날 수 없었지만 다치지 않고 그 안을 날아다닐 수 있었다.

검날에 반사된 반딧불의 광채는 온 사위에 녹색 빛을 뿌렸고, 이와 맞물리는 진영인의 검무(劍舞) 역시 아름다워 하운지는 할 말을 잃었다.

잠시 후 진영인의 손을 따라 검영이 조금씩 좁혀지기 시작했다. 시간이 흐를수록 작아진 구체는 이윽고 주먹만한 크기에 이르렀고, 동시에 빛은 더욱 짙어졌다.

파앗!

검기의 그물이 어느 한순간 거짓말처럼 눈앞에서 사라졌다. 그리고 자유를 찾은 반딧불들은 무사히 하늘로 돌아갈 수 있었다.

진영인이 만들어낸 환상적인 검무에 취해 있던 하운지는 한참이 지나서야 입을 열었다.

"정말 대단해요!"

"다행히 선물이 마음에 들었나 보군."

"지금까지 제가 받아본 선물 중 최고였어요. 고마워요, 사숙."

하운지의 기뻐하는 모습에 진영인은 비로소 안도의 한숨을 내쉬었다.

이때 하운지가 갑자기 주위를 둘러보았다.

"왜 그래?"

의아해하는 진영인의 질문에 하운지는 한참을 망설이며 손가락을 꼬아댔다.

진영인은 걱정스러운 표정으로 하운지를 바라봤다.

"어디 불편한 거……."

쪽!

채 말을 끝맺기도 전에 진영인은 하운지의 기습적인 공격을 받았고, 그녀의 얼굴은 노을이 내려앉은 듯 더없이 붉게 달아올랐다.

당황한 나머지 말을 잇지 못하는 진영인을 남겨둔 채 하운지는 재빨리 자신의 처소로 뛰어들어 갔다.

진영인은 손을 뻗어 그녀의 입술 감촉이 채 사라지지 않은 뺨을 쓰다듬었다.

몹시 화끈거렸다.

"거참⋯⋯."

어이없어 피식 웃음을 흘린 진영인은 이내 돌아서서 걸음을 옮기기 시작했다.

"편히 쉬세요, 사숙."

등 뒤로 들려오는 하운지의 인사에 진영인은 뒤도 돌아보지 않고 손을 흔들었다.

한참의 시간이 흘러 진영인의 모습은 어둠 속으로 사라졌다.

약 반 시진이 지나 하운지의 처소에도 불이 꺼졌다.

사위는 다시금 고요한 어둠에 잠겼다.

이때 멀지 않은 수풀 속에서 두런두런 말소리가 들려왔다. 그때까지 숨죽이고 있던 세 청년이었다.

"사, 사숙께선 그, 그야말로⋯ 엄청난 선물을 준비했었군."

"지명아, 괜히 사저 기분 풀어준답시고 이런 하찮은 선물이나 챙겨 온 우리 꼴은 뭐가 되는 거냐?"

"가자. 지금까지 받아본 선물 중 최고의 선물이라는데 무슨 할 말이 있겠어?"

"역시 그게 낫겠지?"

"모, 모처럼 주, 준비한 건데⋯ 아, 아깝⋯⋯."

"사형은 뭘 준비하셨는데요?"

"비, 빗."

"어디 봐요."

잠시 수풀 속이 조용해지나 싶더니 억눌린 웃음소리가 새어 나왔다.

"크큭, 역시 사형다워요. 그건 말갈기를 빗길 때 쓰는 거잖아요."

"푸웁! 그렇게 무식한 빗으로 머리를 빗었다간 일주일도 못 가 대머리가 될걸요?"

"어? 이, 이상하다. 난 그저……."

"가면서 이야기합시다. 여기서 밤샐 거예요?"

"그, 그래."

속삭이는 그들의 음성이 점차 희미해졌다.

찌르륵.

멀리서 들려오는 풀벌레 소리만큼이나 형산의 밤은 더욱 깊어지고 있었다.

第四章

계포일락(季布一諾)

푸르스름한 어둠이 채 가시지 않은 이른 새벽임에도 불구하고 연무장은 수많은 사람들로 인해 발 디딜 틈이 없었다.

일 년에 한 번 연무 점검이 있을 때마다 벌어지는 진풍경이었다.

연무 점검.

형산파의 제자들이 일 년 동안 연마한 무공의 발전 정도를 가늠하기 위해 시작된 행사였다. 본산의 제자뿐만 아니라 중원에 흩어져 있는 수많은 속가제자들도 참석하기 때문에 단합된 형산의 힘을 재확인하는 행사이자 본산과 속가 사이의 화합을 도모하는 장이기도 했다.

그런 이유로 연무장을 가득 채운 사백에 달하는 사람들의 복장 역시 각양각색이었다. 그들은 오랜만에 만난 동문들과 서로 반갑게 인사를 나누고 있었는데 사람 수가 수이니만큼 바로 옆에서 하는 이야기도 잘 들리지 않을 정도로 시끄러웠다.

막 연무장 안으로 들어선 안자명은 그런 그들을 바라보며 인상을 찌푸렸다.

"올해는 더 늘어난 것 같지 않아?"

"그러게. 휴, 이 인산인해(人山人海)를 어떻게 빠져나간담?"

난처한 표정으로 주위를 살피던 안지명의 표정이 밝아졌다. 멀리서 다가오는 곽범태를 발견한 때문이었다.

"사형!"

반가운 얼굴로 쪼르르 달려오는 사제들을 향해 곽범태가 사람 좋은 웃음을 지어 보였다.

"왜, 왜 안 들어가고 서, 서 있어?"

"헤헤, 사형을 기다리고 있었어요."

"나, 나를?"

"든든한 사형이 없으니 왠지 허전해서요."

서로 입을 맞춘 듯 재빨리 대답하는 사제들과 엄청난 인파를 번갈아 보던 곽범태는 이내 알겠다는 듯이 고개를 끄덕였다.

"나, 나만 따라와."

말을 마치기가 무섭게 곽범태는 성큼성큼 걸음을 옮기기 시작했다.

커다란 덩치만큼이나 힘이 좋은 곽범태가 어렵지 않게 인파를 헤쳐 나가자 안자명과 안지명은 그 뒤를 바짝 붙어 힘들이지 않고 연무장을 가로지를 수 있었다.

이미 연무장 앞에는 대부분의 본산 제자들이 도열해 있었다.

이들 사형제 역시 자신들에게 정해진 위치를 찾아 자리를 잡았다.

"어? 사숙이 안 보이네?"

"그리고 보니 사저도 안 보이는걸."

이때 곽범태가 손을 들어 연무장 맞은편을 가리켰다.

"사, 사매는 저기……."

고개를 돌린 안씨 형제의 눈에 힘겹게 인파 사이를 뚫고 이쪽으로 다가오는 하운지의 모습이 들어왔다.

"부지런한 사저가 웬일이래?"

"그러게."

멀리서 곽범태를 발견한 하운지가 손을 흔들었다.

이에 곽범태는 다시금 인파를 뚫고 들어갔다.

"윽!"

"누가 이렇게 밀어내는 거야?"

인파 속에서 나직한 불만이 연이어 터져 나왔다.

잠시 후, 썰물처럼 갈라지는 인파를 뚫고 나온 곽범태 뒤에서 지친 기색이 완연한 하운지가 모습을 드러냈다.

"사숙은?"

하운지의 질문에 안자명과 안지명은 고개를 흔들었다.

약간은 실망한 것 같은 하운지를 향해 곽범태가 입을 열었다.

"차, 찾아볼까?"

하운지가 대답을 하기도 전에 안자명과 안지명이 끼어들었다.

"사숙은 원래 번잡한 걸 싫어하시잖아요. 게다가 모습을 보이는 즉시 비무 신청이 끊이지 않을걸요? 작년에도 무려 마흔여섯 차례나 비무를 치르다 달아나셨죠."

"그리고 지금은 늦은 것 같은데요? 장문 사숙조께서 연단에 서셨어요."

송현자가 모습을 드러내자 연무장을 가득 메운 모든 이의 시선이 그에게 향해졌다.

잠시 조용해지기를 기다리던 송현자는 소란스럽던 장내의 분위기가 정리되자 차분한 음성으로 입을 열었다.

"올해로 마흔여덟 회를 맞이하는 연무 점검에 참석하신 형산 문하 여러분께 진심으로 감사드립니다. 현재 자신이 이른 무위를 확인하고, 이를 통해 더욱 발전하는 계기로 삼는 연무 점검이 되길 바라며 짧게 개회 인사를 마치겠습니다."

"와아!!"

송현자의 말이 끝나기가 무섭게 형산이 들썩일 만큼 엄청난 함성이 터져 나왔다.

"역시 장문 사숙조님의 말씀은 간단명료해서 좋다니까."

안지명이 웃으며 안자명의 말을 받았다.

"만약 덕명 장로님께서 개회를 선언하셨다면 여기 모인 절반은 중간에 돌아가고 나머지 반도 지쳐서 쓰러졌을걸."

안지명의 농담에 곽범태와 하운지도 웃음을 터뜨리고 말았다.

"그럼 난 지금부터 백연 사형을 찾아야지."

그 말과 함께 인파 속으로 뛰어드는 안자명을 향해 안지명이 짧게 외쳤다.

"내기 잊지 마!"

손을 흔들어 대답을 대신한 안자명은 이내 인파 속에 묻혀 사라졌다.

"사형과 사저는 누구에게 비무 신청을 하실 건가요?"

"사, 사숙."

"사숙."

동시에 대답한 곽범태와 하운지의 눈이 마주쳤다.

"일단은 찾는 게 문제로군요."

웃으며 건넨 안자명의 말에 곽범태와 하운지는 고개를 끄덕였다.

"그럼 나중에 뵈요."

"수고해, 사제."

안지명이 자리를 떠나고 곧이어 곽범태도 진영인을 찾아 걸음을 옮기기 시작했다.

"오늘 중에 찾을 수는 있으려나……."

눈앞의 엄청난 인파를 바라보며 나직이 한숨을 흘리는 하운지였다.

형산 전체가 들썩이는 엄청난 환호에 진영인은 연무 점검이 시작되었음을 알 수 있었다. 그러나 진영인의 발걸음이 향하는 곳은 연무장과 반대쪽인 운검의 처소였다.

그렇게 얼마를 걸었을까.

단아함이 느껴지는 정원에 들어서자마자 진영인은 운검을 발견할 수 있었다.

정원 한 켠에는 제법 운취가 느껴지는 인공 연못이 자리하고 있었는데 운검은 그 옆에 뿌리를 내린 측백나무 아래서 검무를 시연하고 있었다.

'힘들어 보이는군.'

운검이 시전하는 뇌운검결(雷雲劍訣)의 초식 하나하나를 눈으로 짚어가던 진영인의 얼굴에 안쓰러움이 묻어났다.

운검은 더없이 느리게 한 초식 한 초식을 전개하고 있었다. 하지만 이조차 버거운 듯 그의 창백한 얼굴은 땀으로 흠뻑 젖어 있었다.

진영인은 말없이 운검의 검무가 끝나기를 기다렸다.

약 일각의 시간이 흘러 운검은 낙뢰토염(落雷吐炎)을 마지막으로 검을 갈무리했다.

짝짝짝!

"훌륭한 낙뢰토염이었어요. 완벽에 가까운 형(形)을 이룬 사형의 검은 보는 것만으로도 많은 걸 느끼게 해주는군요."

운검은 그제야 월동문 옆에 기대 서 있는 진영인을 발견했다.

"연무 점검은 어찌하고 여기 있는 것이냐?"

"하하, 다른 사람들과 백번 비무하는 것보다 사형의 검무를 한차례 보는 것이 안계를 넓힐 수 있으니 제겐 더욱 이득이지요."

"또 실없이 치켜세우는구나."

"치켜세우다니요. 사부님이나 장로님들을 제외하고 이처럼 완벽한 뇌운검결을 시전할 수 있는 사람은 형산을 다 뒤져도 사형뿐일걸요?"

"입술에 침이나 바르고 말해라."

"그러고 보니 입술이 좀 마르는군요. 얼마 전에 하원표국(河源鏢局)에서 사형에게 선물을 보내왔죠? 듣자 하니 질 좋은 용정차(龍井茶)라던데……."

빙그레 웃으며 말끝을 흐리는 진영인의 모습에 운검은 실소하며 고개를 흔들었다.

"차 한 잔 달라 하면 그만인 것을 그리 힘들게 돌려 말할 필요 있느냐? 먼저 들어가서 기다리거라. 물을 데워오마."

운검이 모퉁이를 돌아 사라지자 진영인은 그의 처소인 자운정(紫雲亭) 계단에 엉덩이를 깔고 앉았다.

잠시 후, 다기를 가지고 돌아온 운검이 의아한 표정으로 입을 열었다.

"왜 들어가지 않고 거기 앉아 있느냐?"

"햇볕이 좋아서요."

웃으며 고개를 끄덕인 운검이 한 잔의 차를 진영인에게 내밀었다.

이때 운검의 손이 미미하게 떨리는가 싶더니 다기를 떨어뜨리고 말았다. 진영인이 이를 재빨리 받아 들었으나 잔에 담겨 있던 차는 이미 절반이나 쏟아지고 말았다.

"괜찮아요?"

걱정을 담은 진영인의 물음에 운검은 아직도 떨리는 자신의 오른손을 바라보며 쓰디쓴 웃음을 머금었다.

"꼴사납지? 기껏 반 시진의 검무로 이 모양이다."

안타까운 눈으로 운검을 바라보던 진영인은 애써 쾌활한 목소리로 입을 열었다.

"그래도 예전에 비하면 많이 좋아지셨잖아요. 머지않아 내공은 물론 예전의 무위도 되찾으실 수 있을 거예요."

"말이라도 고맙구나."

힘없는 운검의 음성에서 진영인은 그가 느끼고 있을 자괴감을 읽어 낼 수 있었다.

이십 년 전 뜻하지 않은 사고로 운검은 큰 부상을 입었다. 이로 인해 운검은 내공을 잃었을 뿐 아니라 단전이 파괴되고 기맥이 뒤엉켜 십 년 넘게 병상에 누워 있어야만 했다.

처음 그를 진맥했던 의원들은 하나같이 살아날 가망성이 없다고 했다. 혹 천운으로 목숨을 건진다 해도 평생을 침상에 의지한 채 살아갈 것이라고 했다.

수많은 제자들을 잃은 데 이어 운검마저 생사의 기로에 놓이자 사문의 낙담은 이루 말할 수 없었다.

칠 년 동안 혼수상태로 있던 운검이 정신을 차린 것은 당시 일곱 살이던 진영인이 그의 수발을 든 지 이 년째 되는 해였다.

크게 놀란 진영인의 비명 소리를 듣고 사문의 어른들이 달려왔다.

의식이 돌아온 운검의 모습에 사문의 어른들이 흘렸던 뜨거운 눈물을 진영인은 아직 뚜렷하게 기억하고 있었다.

그 이후로 몇 년 동안 사문의 어른들은 운검을 위해 한없는 심혈을 기울였다. 그러나 운검의 무공은 되찾을 수 없었다. 일상적인 생활이 가능하게끔 건강을 회복시키는 게 전부였던 것이다. 하지만 이 역시 기적에 가까웠다. 초인적인 운검의 의지와 사문 어른들의 노력이 아니었다면 이조차도 불가능했을 것이다.

"사형……."

"하하, 내가 욕심이 과한 게지. 염치없이 여기서 무얼 더 바란단 말인가."

착 가라앉은 진영인의 목소리에 운검은 애써 쾌활하게 웃었다. 하지만 그런 운검의 모습이 진영인에게는 더욱 아프게 다가왔다.

십 년 넘게 그의 병수발을 하며 어린 시절을 보낸 진영인이다.

굳이 말하지 않아도 표정만으로도 운검이 무슨 생각을 가슴에 담고 있는지 알 수 있었던 것이다.

이는 운검 역시 마찬가지였다.

"그건 그렇고, 지금쯤 한창 바쁠 네가 어째서 이 근처를 어슬렁거리고 있는 것이냐?"

운검의 질문에 진영인은 머리가 아픈 듯 설레설레 고개를 흔들었다.

"작년의 그 고생을 또 하라구요?"

작년 이맘때쯤 연이은 비무 신청에 질려 이곳으로 도망쳐 온 진영인의 모습을 기억해 낸 운검이 빙그레 웃으며 고개를 끄덕였다.

연무 점검 때만큼은 사문 내의 서열을 떠나 자유롭게 비무를 청할 수 있었다. 여기서 장문인과 장로들은 제외가 되었기 때문에 형산 제자들이 비무를 신청할 수 있는 가장 높은 배분은 자연스럽게 진영인과 그의 사형제들이 되었다.

운검은 비무를 할 형편이 되지 못해 연무 점검에서 제외되었다. 그의 사제인 명검이나 사형인 풍검 역시 제자들과 비무를 하며 그들을 가르치는 데 바빠 다른 이의 비무를 받아들일 여유가 없었다.

따라서 이대제자 이하의 형산 문하들과 속가제자들과의 비무는 고스란히 진영인의 몫으로 떠넘겨진 것이다.

진영인은 나이에 비해 다른 사형제들과 견주어 뒤지지 않는 무공을 지니고 있었다. 사십 줄에 접어든 일대제자들 중 유일하게 이십대인 진영인에게 집중된 관심은 매우 뜨거워서 호기심 반 존경 반으로 비무 신청이 끊이질 않았다.

"하긴 작년 연무 점검의 최고 인기인은 단연 사제였지."

"좀 조용해질 때까지 여기서 쉬다 갈게요."

"그분들을 찾아뵙는 건 어떠냐? 그분들이라면 규칙에 연연해하지 않고 너를 상대해 주실 것이다."

사부인 송현자와 장로들을 염두에 두고 한 말이었다. 그러나 진영인은 가볍게 고개를 저었다. 그 모습에서 운검은 진영인의 고민을 짐작할 수 있었다. 운검 역시 이곳 형산에서 진영인과 가장 오랜 시간을 함께한 사람이었던 것이다.

"알고 있다. 네 실력이 이미 사부님과 장로님들을 뛰어넘었음을."

놀란 표정으로 자신을 바라보는 진영인을 향해 운검은 조용히 웃으며 말을 이었다.

"말해 보아라. 나에게까지 숨길 필요는 없지 않느냐?"

가벼운 한숨과 함께 진영인은 고개를 들어 창천의 구름을 바라보았다.

"언제부터 눈치채셨어요?"

"수련을 빼먹고 네가 자꾸 산문을 벗어나던 때부터이다."

"역시 사형은 속이지 못하겠군요."

"아무리 감춘다 해도 뾰족한 송곳은 주머니를 뚫고 나오기 마련이다. 아마 그분들께서도 이미 짐작하고 계실 것이다."

진영인을 바라보는 운검의 눈에는 따스한 애정이 흐르고 있었다. 자신이 부딪친 벽을 뛰어넘기 위해 고심을 거듭하는 사제의 모습이 더없이 대견스러웠던 것이다.

일곱 살 때부터 자신의 옆을 지키며 대화 상대가 되어주던 철부지 꼬마 사제가 지금은 사문의 기대를 한 몸에 받고 있는 든든한 사문의 기둥이 되어 있는 것이다.

'머지않아 영인은 형산의 누구도 이르지 못했던 새로운 경지로 나아갈 것이다.'

격세지감과 함께 가슴을 적셔오는 묘한 감동은 운검의 눈빛에 고스란히 묻어났다.

그 눈빛이 부담스러워 진영인은 어색한 표정으로 찻잔을 들어 올렸다.

"서두르면 자칫 화가 닥칠 수도 있으니 너무 조급해하지 말아라."

지금의 진영인에게 운검이 해줄 수 있는 말은 그게 전부였다.

"예……."

고개를 끄덕인 진영인은 한참 동안 말없이 차만 홀짝거렸다.

그러던 진영인이 갑자기 벌떡 신형을 일으키더니 주위를 두리번거렸다.

갑작스런 그의 행동에 운검은 의아한 표정을 지었으나 이내 그 이유를 깨달았다.

"하하, 영인 사형! 여기 계셨구려!"

잰걸음으로 월동문을 넘어서는 명검을 발견한 진영인은 나직이 한숨을 흘렸다.

"백연이 사백을 뵙습니다."

"권태룡이 사백을 뵙습니다."

명검의 뒤를 따르던 그의 제자 둘이 진영인을 향해 예를 갖췄다. 마지못해 인사를 받긴 했으나 진영인은 마치 떫은 감을 씹은 것처럼 인상을 찌푸리고 있었다.

"우연히 이곳을 지나다 사형의 목소리가 들리는 것 같아 이쪽으로 걸음을 옮겼는데 마침 이곳에 계셨군요."

"우연? 명검 사제, 능청스러운 연기가 나날이 발전하는군."

진영인의 쓴소리에도 명검은 껄껄 웃음을 터뜨리며 자신의 두 제자를 앞으로 떠밀었다.

"이대제자 백연이 사백께 비무를 청합니다."

"이대제자 권태룡이 사백께 비무를 청합니다."

동시에 입을 여는 사질들의 모습에 진영인은 하는 수 없이 계단을 내려섰다. 비무 신청을 받은 이상 거절해서는 안 되는 것이다. 이는 연무 점검의 유일한 의무 사항이었다.

그때였다.

"차, 찾았다!"

갑작스러운 외침에 고개를 돌린 진영인은 월동문을 가리고 있는 커다란 덩치를 발견했다.

"범태?"

진영인의 반문이 채 사라지기도 전 갑자기 정원 밖이 소란스러워지기 시작했다.

"……!"

진영인의 얼굴이 경직되었다.

"사숙!"

이는 자신을 부르며 달려오는 곽범태와 하운지의 모습 때문이 아니었다. 그들 뒤쪽에서 떼를 지어 우르르 몰려오는 수많은 사람들의 인기척을 느꼈던 것이다.

"영인 사숙이 여기 계시다고?"

"이봐! 내가 먼저야!"

"어디야? 이 정원 안에 계신 거야?"

"오늘만큼은 반드시!"

진영인은 잠시 말이 없었다.

이윽고 천천히 고개를 돌린 진영인은 딴청을 피우며 헛기침을 터뜨리는 명검을 바라봤다.

"명검 사제, 내가 이 사태를 어떻게 이해해야 하지?"

진영인의 시선을 외면하던 명검은 그제야 멋쩍은 웃음과 함께 입을 열었다.

"험험, 아까 운지가 사형의 행방을 묻기에 자운정 쪽으로 가보라 했습니다. 아무래도 제 말을 누군가가 옆에서 들었나 봅니다.”

“명검 사제……!”

막 진영인이 화를 내려는 찰나 각양각색의 사람들이 자운정의 정원 안으로 우르르 몰려들어 왔다.

그들은 진영인을 보자마자 크게 기뻐하며 앞 다투어 입을 열었다.

“형산파 이대제자 종리곡이…….”

“형산 속가 청원표국의 이막립이…….”

“형산 속가 조원무관의 혁무위가…….”

파앗!

순간 진영인의 신형이 그들의 눈앞에서 사라졌다.

그들의 입에서 ‘비무를 청합니다’ 라는 말이 나오기 전에 운영미보를 펼쳐 재빨리 달아난 것이다.

진영인과 비무를 하기 위해 찾아온 사람들은 크게 당황해하며 주위를 두리번거렸다.

“저기다!”

누군가의 외침에 오십여 명의 눈이 동시에 한곳으로 향했다. 이미 작은 점으로 화해 멀어지고 있는 진영인의 모습을 발견한 이들은 너나 할 것 없이 담을 넘기 시작했다. 환상과도 같은 운영미보를 목격한 뒤였기에 이들은 진영인과의 비무를 더욱 절실히 원하게 되었던 것이다.

정원에 덩그러니 남겨진 곽범태와 하운지는 산 능선을 타고 달리는 한 사람과 그 뒤를 쫓는 수십 명의 사람들을 황당한 표정으로 바라볼 뿐이었다.

“허허, 영인 사형도 참 피곤하겠구나.”

명검의 말에 운검 역시 실소하며 고개를 끄덕였다.

"보아하니 올해 역시 작년의 기록을 갱신하겠군."

어느새 진영인을 쫓는 사람은 두 배나 늘어 백여 명에 달하고 있었다.

이는 비무를 원하는 사람뿐만 아니라 진영인의 무위를 구경하고자 하는 사람들까지 그를 쫓으면서 빚어진 결과였다.

그리고 이것은 일 년마다 돌아오는 연무 점검의 빼놓을 수 없는 진풍경이기도 했다.

푸르게 흘러내리는 달빛이 더없이 고아한 밤이었다.

밤이 깊어지자 형산파의 전각들은 하나둘 불이 꺼지기 시작했다.

어디선가 들려온 고즈넉한 풀벌레 소리만이 외로운 달빛을 달랠 뿐 사위는 조용한 어둠에 잠겨 있었다.

모두가 잠든 시각, 진영인은 밖으로 나섰다.

"휴우, 무슨 대책을 세워야겠어."

진영인은 나직이 한숨을 터뜨렸다. 낮에 치른 아흔여덟 번의 비무를 떠올렸기 때문이다.

축융봉으로 달아난 진영인은 내심 안도의 한숨을 흘렸다. 형산에서도 가장 험준하기로 유명한 축융봉은 도처에 깎아지른 듯한 절벽이 즐비해 있어 좀처럼 오르기 쉽지 않은 곳이었던 것이다. 하지만 이는 그들의 집념을 간과한 것이었다.

한 시진 정도가 지났을 무렵, 방심하고 있던 진영인은 어디선가 불쑥 나타난 속가제자 한 명으로부터 비무 신청을 허용하고 말았다.

마지못해 그와 비무를 하던 도중 속속 도착한 다른 제자들로부터 연이어 비무 신청이 쏟아지기 시작했다.

당황한 진영인은 급히 절벽 아래를 바라봤다.

순간 진영인의 얼굴에서 순식간에 핏기가 사라졌다. 사력을 다해 절벽을 오르는 백여 명의 형산 문하들을 발견했던 까닭이다.

결국 진영인은 아흔여덟 번의 비무를 쉬지 않고 치러야만 했다.

"매년마다 이게 무슨 짓이람."

절레절레 고개를 흔든 진영인은 쓴 입맛을 다시며 다시금 걸음을 옮기기 시작했다.

진영인은 곧장 조사전으로 향했다.

평소에도 인적이 드문 조사전은 밤이 되면 사람의 발길이 완전히 끊기는 곳이어서 이곳에서만큼은 다른 이의 눈을 신경 쓸 필요 없이 수련에 전념할 수 있었다. 게다가 조사전에 딸린 정원은 연무장만큼이나 넓어 수련하기가 용이했다. 그래서 진영인은 매일 밤마다 처소를 빠져나와 이곳으로 향했고 햇수로만 벌써 육 년째였다.

"응?"

조사전의 후원에 들어선 진영인은 문득 걸음을 멈췄다.

밤공기를 타고 들려오는 희미한 기합 소리, 그리고 이어지는 파공음은 병장기가 허공을 가르는 소리가 분명했던 것이다.

'누굴까?'

의아해하던 진영인은 이내 조사전을 돌아 후원으로 향했다. 그리고 뜻밖의 인물을 발견할 수 있었다.

매일같이 자신이 수련하던 정원을 차지하고 있는 인물. 그는 다름 아닌 곽범태였던 것이다.

곽범태는 뇌운검결의 초식들을 따라 열심히 도를 휘두르고 있었다. 하지만 멀리서 이를 지켜보던 진영인은 그만 실소를 머금고 말았다.

애초부터 뇌운검결은 도법을 염두에 두고 만들어진 것이 아니었다. 그런데 곽범태는 도로 뇌운검결을 펼치고 있었다.

그가 사용하는 건 나무를 벨 때나 쓰일 법한 크고 무거운 박도. 당연히 뇌운검결 안에 담긴 무수한 변화와 요체를 그 안에 담기란 애초부터 무리였다. 초식의 연결은커녕 곽범태는 기본적인 검형(劍形)조차 소화해 내지 못하고 있었고 시간이 지날수록 초식을 따라가지 못해 손발이 꼬이고 있었다.

검법도 도법도 아닌 어정쩡한 뇌운검결을 시전하며 땀을 뻘뻘 흘리는 곽범태의 모습은 미련하기 그지없었다.

한편으로는 우스꽝스럽고 한편으로는 안쓰럽기도 하여 진영인은 한참 동안 곽범태를 지켜보았다.

약 일각의 시간이 지나 곽범태는 도를 멈췄다.

"생각보다 어렵군."

홀로 중얼거리며 고개를 갸웃거리는 곽범태의 모습에 진영인은 설레설레 고개를 흔들었다.

"야, 곰!"

"헉!"

갑작스럽게 진영인이 모습을 나타내자 곽범태는 화들짝 놀라며 황급히 도를 등 뒤에 감췄다.

덩치에 어울리지 않는 곽범태의 모습에 진영인은 피식 웃음을 흘렸다.

"달밤에 체조하니? 이 오밤중에 여기서 뭐 하는 거야?"

"아, 사숙."

뒤늦게 진영인을 알아본 곽범태는 놀란 가슴을 쓸어내리며 안도의 한숨을 내쉬었다.

"여, 여기가 가장 사람이 없을 것 같아서요. 그, 그런데 사숙께서는 어쩐 일로……?"

"네 기합 소리 때문에 자다 깼다."

"그, 그렇게 시, 시끄러웠나요?"

걱정스레 반문하는 곽범태의 모습에 진영인은 어이가 없었다.

순진한 것도 정도가 있어야지, 곽범태의 경우는 미련하다 싶을 정도로 너무 순진했던 것이다.

진영인이 물끄러미 자신을 응시하자 곽범태는 오히려 미안한 표정으로 자신의 머리를 긁었다.

"죄, 죄송해요, 사숙. 제 목소리가 그렇게 클 줄은 몰랐어요."

"이리 줘봐."

"예?"

"네가 들고 있는 도."

"아!"

곽범태가 건넨 박도를 받아 든 진영인은 두어 차례 가볍게 도를 휘둘렀다. 그리고 곽범태를 향해 입을 열었다.

"병기마다 장단점이 있겠지만 도는 검과 달리 변화가 부족한 무기야. 백일도, 천일창, 만일검이란 말 알지?"

"예. 사, 사부님께서 그러셨어요. 도는 백 일을 익혀야 하고 창은 천일을, 그리고 검은 만 일을 익혀야 한다고……."

"사형의 말이 맞아. 도는 검과 달리 날이 하나뿐이야. 게다가 도첨이 예리하지 않기 때문에 검처럼 찌르는 초식을 사용하기도 애매해. 따라서 도를 사용하는 초식 대부분은 한 방향으로만 휘둘러지는 게 대부분이지. 그만큼 초식의 변화나 묘리가 검보다 떨어지는 게 사실이야.”

곽범태는 다소 기가 죽은 표정이었다. 하지만 이어진 진영의 말에 그의 얼굴에 화색이 감돌았다.

“하지만 변화가 부족한 만큼 위력적이기도 하지.”

“저, 저도, 그렇게 생각…….”

“끝까지 들어.”

곽범태의 말을 자른 진영인이 설명을 이어갔다.

찔끔한 표정으로 황급히 입을 다문 곽범태였으나 이내 진영인의 설명에 감탄한 듯 연신 고개를 끄덕이기 시작했다.

“뇌운검결은 검을 기반으로 하는 무공이기 때문에 도법과는 어울리지 않아. 하지만 뇌운검결 역시 패도적인 검법이니 그 안의 초식들 중에서 변화를 배제한다면 도법의 위력을 끌어낼 수 있을 거야. 예를 들어 운뢰중첩(雲雷重疊)의 초식은 검을 휘두르기 무섭게 다시 거둬들여 검기를 실은 다음 다시 찌르는 수법인데 이 과정이 반복되면서 중첩된 검기가 초식의 위력을 극대화시키는 거야. 이건 알겠지?”

“네.”

“여기서 거두는 과정을 없애고 처음 휘두른 상태에서 회전력을 더해 같은 방향으로 다시 한 번 휘두른다면 운뢰중첩의 효과를 살릴 수 있겠지. 완벽하진 않아도 도가 지닌 장점을 최대한 끌어낼 수 있는 도법이 될 거야. 물론 검으로 펼치는 운뢰중첩보다 위력은 더욱 크겠지.”

설명을 마친 진영인은 곧장 몸을 선회하며 운뢰중첩을 펼쳤다.

쉭쉭!

날카로운 파공음과 함께 연이어 허공을 베는 현란한 도의 잔영이 단번에 곽범태의 눈을 사로잡았다.

턱!

"한번 해봐."

진영인이 던진 도를 엉겁결에 받아 든 곽범태는 잠시 머뭇거렸다. 하지만 계속 다그치는 진영인의 눈빛에 도를 거머쥐고 앞으로 나섰다.

"하압!"

기합성과 함께 곽범태가 도를 휘둘렀다. 하지만 우렁찬 기합성과는 달리 곽범태는 도를 채 휘둘러 보지도 못한 채 균형을 잃었다.

쿠웅!

볼썽사납게 널브러진 곽범태의 모습에 진영인은 내심 한숨을 삼켰다.

창피함에 잔뜩 달아오른 얼굴로 일어서는 곽범태를 향해 진영인이 입을 열었다.

"막무가내로 휘두르면 어떡해? 뇌정단공(雷精摶功)을 끌어올려 중심을 잡고 궤적을 따르는 도에 무게를 실어야지? 운뢰중첩에서 거둬들이는 부분의 검로를 머리 속에서 지운 다음 다시 해봐."

진영인의 조언에 곽범태는 비로소 머리 속의 뿌연 안개가 걷히는 기분을 느꼈다.

서너 번의 심호흡을 통해 정신을 가다듬은 곽범태는 천천히 뇌정단공을 끌어올렸다.

그러기를 잠시.

번쩍!

곽범태의 도가 허공을 갈랐다.

츄릿!

연달아 세 번을 회전하는 곽범태의 신형을 따라 그의 손에 들린 도에서 강맹한 도기가 뿜어져 나왔다.

우지끈!

콰아아앙!

중첩된 도기는 근처의 측백나무를 쓰러뜨린 다음에도 위력이 줄지 않았다. 그대로 일직선상에 있던 조사전의 담장을 허물고 나서야 곽범태가 뿌린 도기는 허공으로 흩어졌다.

"……!"

예상을 훨씬 뛰어넘는 곽범태의 실력에 진영인은 놀라움을 금치 못했다. 그도 그럴 것이, 검을 사용할 때의 곽범태는 아직 검기상인(劍氣傷人)의 경지에 이르지 못했던 까닭이다. 하지만 지금 그가 선보인 위력은 이를 가뿐히 뛰어넘고 있으니 놀라지 않을 수 없었다.

하지만 정작 진영인보다 더욱 놀란 사람은 곽범태 자신이었다.

무너진 담장을 얼떨떨한 표정으로 바라보던 곽범태는 믿을 수 없다는 얼굴로 진영인을 바라봤다.

"서, 설마 제가 저걸?"

진영인은 고개를 끄덕였다.

"호, 혹시 사숙께서 저 몰래……."

"네가 한 거야."

"저, 정말 제가 한 게 마, 맞지요?"

"몇 번을 말해야 돼? 네가 한 게 맞다니까."

황소 같은 눈을 껌벅이던 곽범태의 얼굴에 서서히 희열의 빛이 떠올랐다.

그런 곽범태를 향해 진영인이 입을 열었다.

“네가 이 정도 재능과 실력을 지니고 있으리라곤 생각지 못했다.”

“아, 아닙니다. 사, 사숙의 가르침이 없었더라면…….”

무슨 생각이 들었음인지 갑자기 곽범태의 안색이 흐려졌다.

“그, 그런데… 사, 사부님께서 제가 조사전의 담장을 무너뜨린 걸 알
게 되시면 어떡하죠?”

울상을 짓는 곽범태의 모습에 진영인은 크게 웃음을 터뜨렸다.

“어이구, 이 미련한 곰탱아! 걱정할 걸 걱정해라!”

“그, 그래도…….”

“내가 대충 잡아뗄 테니 쓸데없는 걱정은 접어두고 수련에나 매진
해. 일단은 기본적인 베기를 위주로 연습하는 게 좋을 거야. 괜히 억지
로 뇌운검결을 따라 하진 말고.”

“예.”

“도법에 걸맞은 초식들은 내가 운검 사형과 연구해 볼 테니 그 이전
에 기본기를 탄탄히 다져 둬.”

“며, 명심하겠습니다.”

고개를 주억거리는 곽범태를 보고 있자니 진영인은 갑자기 장난기
가 동했다.

“범태야.”

“예?”

“차라리 너, 내 제자 할래?”

털썩!

돌연 곽범태가 바닥에 주저앉았다. 그리고는 금방이라도 울음을 터
뜨릴 것 같은 눈으로 진영인을 올려다보며 입을 열었다.

“무, 무서운 분이시긴 해도 제, 제게 사부님은 오직 한 분뿐이십니

다. 그, 그러니… 사숙께서는 그 말씀을 거두어주십시오."

"풍검 사형은 매일같이 구박만 하는데 지겹지도 않아?"

"저, 전혀 지겹지 않아요. 오, 오히려 그런 사부님이 계셔서 제가 그나마 사람 구실을 할 수 있습니다. 아, 아무리 저를 혼내시고 꾸짖으셔도 저, 저는 앞으로 평생 그분만을 사부님으로 모, 모실 거예요."

안색까지 파래져서 정색하는 곽범태의 모습에 진영인은 내심 웃음을 삼켰다.

"아서라. 나도 똑똑한 제자를 키우고 싶다."

진영인의 말에 곽범태는 비로소 굳어 있던 표정을 풀고 우직한 미소를 지어 보였다.

곽범태의 어깨를 툭툭 두드린 진영인은 이내 신형을 돌렸다.

"버, 벌써 가시게요?"

"너 때문에 잠을 설친 것도 부족해서 밤새도록 같이 있으랴?"

"죄, 죄송합니다."

"됐으니 열심히 수련이나 해."

진영인은 뒤도 돌아보지 않고 손을 흔들었다. 그런 진영인을 바라보는 곽범태의 시선에는 고마움과 존경하는 마음이 가득 담겨 있었다.

진영인의 모습이 시야에서 사라지자 곽범태는 다시금 도를 휘두르기 시작했다.

쉬익! 쉬쉬쉬쉭!

멀리서 들려오는 파공음을 들으며 걸음을 옮기던 진영인이 측백나무 아래에 이르러 멈춰 섰다.

"날씨가 덥긴 덥죠?"

약간의 시간을 두고 진영인이 다시금 입을 열었다.

"이처럼 날씨가 더워서야 좀처럼 잠을 이루기가 쉽지 않죠. 그래도 지금은 햇볕이 따가운 것도 아닌데 그늘이 무슨 필요가 있겠어요?"

"험험."

나직한 헛기침과 함께 머쓱한 표정으로 풍검이 측백나무 뒤에서 모습을 드러냈다.

"언제부터 눈치챘느냐?"

"방금 전 범태가 담장을 무너뜨렸을 때부터요. 기척을 드러내시다니 사형도 어지간히 놀라셨나 봐요?"

무안함을 애써 감추며 풍검이 진영인을 바라봤다.

"어째서 그 아이에게 도를 익히도록 종용하는 것이냐?"

"어째서 사형은 범태에게 검을 익히도록 강요하시는 겁니까?"

오히려 반문하는 진영인의 모습에 풍검은 눈살을 찌푸렸다. 그런 풍검을 향해 진영인이 다시금 입을 열었다.

"얼마 전 마을에 내려갔다가 재미있는 걸 보았습니다."

"뜬금없이 무슨 소리냐?"

의아한 표정을 짓고 있는 풍검을 향해 진영인이 빙그레 미소를 머금었다.

"대장간을 지나던 중이었는데 그 집 최고 어른인 정씨 영감에게 아들이 사정없이 쥐어 터지고 있더군요."

풍검은 조용히 진영인의 말을 듣고만 있었다. 진중한 모습이라곤 좀처럼 찾아보기 힘든 사제였으나 누구보다 생각이 깊고 현명하다는 것을 오랫동안 보아온 그였기 때문이다.

자신의 말을 기다리는 풍검을 향해 진영인이 말을 이어갔다.

"본래 화를 잘 내지 않는 정씨 영감이 그토록 노발대발하는 이유가 궁금해 제가 연유를 물었습니다. 정씨 영감이 대답하길, 그는 오래전부터 명검을 만들고자 하는 포부를 지니고 십 년 전부터 조금씩 현철을 모아왔다 하더군요. 그런데 그 현철을 그의 아들이 녹여 쟁기를 만들어 버렸답니다. 정씨 노인 입장에서는 경을 칠 노릇이지요. 이십 년 넘게 쇠를 만져 온 대장장이가 현철을 알아보지 못했으니까요."

"음……."

비로소 진영인의 말속에 담긴 뜻을 이해한 풍검이 침음성을 터뜨렸다.

"범태는 도에 대해선 재능과 열정을 타고났습니다. 계속 그에게 검을 익히라 강요하는 건 현철로 쟁기를 만드는 일과 다름없지요."

"하지만 우리는 검파다."

"그게 어때서요?"

"그게 어때서라니? 검파에서 도를 익힌다는 게 말이 된다고 생각하느냐?"

"어차피 무림은 실력만을 인정해 줄 뿐입니다. 그건 저보다 사형께서 더욱 잘 알고 계시지 않습니까? 형산 문하에서, 그것도 사형의 첫째 제자가 어정쩡한 삼류검사로 남길 원하십니까, 아니면 전무후무한 형산의 일대도객으로서 사문의 명성을 강호에 널리 떨치기를 원하십니까?"

진영인의 질문에 풍검은 입을 다물었다.

침묵을 지키던 풍검이 한숨과 함께 입을 연 것은 일각의 시간이 흐르고 나서였다.

"휴, 어쩔 수 없구나. 그래도 하필 도라니……. 검에 대한 재능을 타고났으면 좋으련만……."

아직도 미련이 남은 듯 홀로 중얼거리던 풍검이 이윽고 진영인을 바라봤다.

"이제 어떻게 했으면 좋겠느냐?"

진영인의 입가에 맺혀 있던 웃음이 더욱 짙어졌다.

"엄사출고제(嚴師出高弟)라 했습니다. 범태는 범태이고 사형은 사형입니다. 그리고 범태는 여전히 사형의 제자입니다. 저는 단지 계기를 만들어준 것뿐 지금까지 그랬듯 엄한 모습으로 범태를 바른길로 이끌어주는 것은 사형의 몫입니다."

풍검은 물끄러미 진영인을 바라봤다. 그렇게 잠시 동안 말이 없던 풍검이 진영인의 머리를 냅다 쥐어박았다.

딱!

"크윽! 왜 때려요?"

"이젠 나까지 가르치려 들어?"

"먼저 물어본 건 사형이잖아요!"

몹시 아픈 듯 머리를 감싸 쥔 채 항변하는 진영인을 향해 풍검은 눈을 부라리며 슬그머니 주먹을 들어 올렸다.

"알았어요! 알았다구요!"

황급히 운영미보를 밟아 멀찌감치 떨어진 진영인을 바라보며 풍검은 빙그레 웃음을 머금었다.

이윽고 풍검은 곽범태가 있는 곳을 향해 걸음을 옮기기 시작했다. 그러다 문득 돌아서서 진영인을 불렀다.

"영인아."

"네?"

"고맙다."

“사형은 좋겠소. 사부를 끔찍이 생각하는 제자를 두서서.”

잠시 의아한 표정을 짓던 풍검이었으나 조금 전 진영인과 곽범태가 나눈 이야기를 떠올리고는 슬쩍 미소를 머금었다.

“녀석 실없긴…….”

진영인은 밝은 미소로 대답을 대신했다.

잠시 후, 진영인은 멀리서 들려온 곽범태의 경악성을 들을 수 있었다. 도를 휘두르는 모습을 사부에게 들켰으니 곽범태로서는 형산이 무너져 내린다 한들 그보다 놀라지는 않으리라. 그리고 이내 연신 잘못했다고 비는 곽범태의 목소리가 들려왔다.

무릎을 꿇고 싹싹 비는 곽범태의 모습이 떠올라 진영인은 웃음을 터뜨렸다. 하지만 이도 잠시, 진영인은 조사전을 등지고 걸음을 옮기기 시작했다.

두 사제(師弟)가 자신의 수련장을 차지하고 있으니 또 다른 장소를 물색해야만 했기 때문이다.

“아, 그러고 보니…….”

문득 멈춰 선 진영인이 조사전 쪽을 바라봤다. 하지만 이내 고개를 저으며 나직이 웃음을 터뜨렸다.

“운지와 그 말썽꾸러기 형제들 이야기는 뒤로 미뤄야겠군. 사형은 지금 범태만으로도 벅찰 테니…….”

진영인의 얼굴에 떠오른 묘한 미소. 그 안에 담긴 의미는 그만이 알 뿐이었다.

第五章
폭풍전야(暴風前夜)

아침이 되었다.

여느 때와 마찬가지로 정해진 일과에 따라 하운지는 연무장으로 향했다. 다른 이대제자들과 함께 연무장에 들어선 하운지는 연무장 한 켠에 먼저 자리를 잡고 있는 안자명과 안지명을 발견할 수 있었다.

"사제들!"

반갑게 그들을 부르며 달려가던 하운지는 이내 의아한 표정을 지었다. 평소 같으면 먼저 자신을 발견하고 인사를 건넸을 그들이었건만 지금은 무엇에 정신이 팔려 있는지 대답은커녕 멍하니 서서 한곳만 바라보고 있었던 것이다.

하운지의 입가에 살짝 미소가 맺혔다.

발자국 소리를 죽인 채 조심스레 안자명과 안지명에게 다가선 하운지는 손바닥으로 냅다 그들의 등을 내려쳤다.

"왁!"

"헉!"

"허걱!"

동시에 헛바람을 들이킨 안자명과 안지명이 황급히 돌아섰다. 그리곤 깔깔거리며 웃고 있는 하운지를 향해 인상을 찌푸렸다.

"아침 댓바람부터 뭐 하는 짓이에요?"

안자명의 타박에 이어 안지명이 입을 열었다.

"지금 장난치고 웃을 때가 아니라구요."

"왜?"

"왜라뇨? 저길 보세요."

안지명이 턱으로 가리킨 곳으로 시선을 옮긴 하운지는 평소처럼 가장 일찍 나온 곽범태가 바닥에 앉아 뭔가를 손질하는 모습을 볼 수 있었다.

"사형이 왜?"

'뭐가 문제야?' 라고 얼굴에 써 있는 하운지의 모습에 안자명과 안지명은 서로의 얼굴을 바라보며 한숨을 흘렸다.

"왜 그래? 뭐가 문젠데?"

"사형이 들고 있는 걸 보세요."

어지간히 눈치없는 사저를 위해 결국 안자명이 입을 열었다.

의아한 표정으로 다시금 곽범태를 바라본 하운지는 이내 안색이 해쓱해졌다. 곽범태가 정성스레 손질하는 물건이 도라는 것을 뒤늦게 눈치챈 것이다.

"사형은 대체 무슨 생각으로……."

황당함에 말을 잇지 못하는 하운지를 향해 안자명이 입을 열었다.

“사부님께 보란 듯이 시위라도 하려는 걸까요?”

“시위? 사형이? 그게 말이 되는 소리야? 대체 사제들은 지금까지 뭘한 거야, 진작에 사형을 말렸어야지? 사부님께서 아시면 무슨 일이 벌어질지 모른단 말야?”

“왜 안 말렸겠어요. 하지만 빙그레 웃기만 할 뿐 계속 저러고 있는걸요.”

억울한 표정으로 안지명이 항변하자 하운지는 곧장 곽범태를 향해다가섰다.

“사형!”

“어, 사매. 어, 어서 와. 그, 그런데 무슨 일 있어? 표정이 안 좋은데?”

변함없이 사람 좋은 웃음을 짓고 있는 곽범태의 모습에 하운지는 기가 막혀 말문이 막혔다. 하지만 이내 정색하며 곽범태를 향해 소리를질렀다.

“빨리 그 도부터 숨겨요! 조금 있으면 사부님께서 오실 거예요! 이번에는 무슨 치도곤을 당하려고 그래요?”

그녀의 말이 채 끝나기도 전에 이대제자들의 우렁찬 음성이 연무장을 울렸다.

“사백님을 뵙습니다!”

“사부님을 뵙습니다!”

순간 하운지의 안색은 하얗다 못해 파랗게 질려갔다.

고개를 돌린 하운지는 이대제자들의 인사를 받으며 연무장으로 들어서는 풍검을 발견할 수 있었다.

“사형, 뭐 하고 있어요, 빨리 도를 치우지 않고!”

다급한 그녀의 음성에도 곽범태는 도를 숨기지 않았다. 오히려 빙그레 웃더니 풍검을 향해 허리를 굽히며 인사를 올렸다.

"제, 제자 곽범태가 사부님을 뵈, 뵙습니다."

신형을 돌려 곧장 이쪽으로 다가오는 풍검의 모습에 하운지는 덜컥 가슴이 내려앉았다.

이는 안지명과 안자명 역시 마찬가지였다. 머지않아 떨어질 풍검의 불호령을 생각하니 벌써부터 등줄기가 축축해지는 것을 느꼈다.

잠시 곽범태를 빤히 응시하던 풍검이 손을 뻗어 곽범태의 도를 집어 들었다.

"흠, 그래도 명색이 있지 형산은 오악 중의 하나인데 이처럼 투박한 박도는 구색에 맞지 않는구나. 청강으로 제련한 도를 주문해 두었으니 내일부터는 그걸 쓰도록 하거라."

뜻밖에도 풍검의 음성은 차분하게 가라앉아 있었다. 게다가 도를 주문했다니……. 가슴 졸이고 있던 하운지는 당혹감을 금치 못했다.

영문을 모르기는 안자명과 안지명 역시 매한가지였다. 박도를 들켰을 때 노발대발하던 풍검의 모습과 지금의 모습은 마치 딴사람을 보는 것 같았기 때문이다.

"사형, 이게 어찌 된 일이에요?"

"으응… 그, 그게……."

하운지의 질문에 곽범태는 멋쩍게 웃으며 말끝을 흐렸다.

"내가 설명해 주지."

갑자기 들려온 진영인의 음성에 하운지는 어느새 자신의 곁에 이른 진영인을 발견했다.

"사숙!"

가벼운 웃음으로 인사를 대신한 진영인은 어젯밤 있었던 일을 자세히 설명하기 시작했다.

처음엔 의아한 얼굴로 이야기를 듣던 그녀였으나 진영인의 설명이 이어질수록 놀라움을 감추지 못했다.

"그래서 사부님이 허락하신 거예요?"

자신의 설명이 끝나기가 무섭게 안자명과 안지명이 동시에 입을 열어 묻자 진영인이 웃으며 고개를 끄덕였다.

"난 그것도 모르고……."

그제야 하운지도 놀란 가슴을 쓸어내렸다.

안도의 한숨을 흘리던 하운지는 곽범태를 향해 새초롬히 눈을 흘겼다.

"사형도 그래요. 그랬다면 진작에 말씀해 주실 것이지 왜 사람을 놀라게 하고 그래요?"

"내, 내가… 마, 말이 느리잖아."

순박한 웃음으로 머리를 긁는 곽범태의 모습에 하운지는 못마땅한 표정으로 돌아섰다.

"축하해요, 사형. 결국은 그토록 원하던 도를 익히게 되었네요."

"정말 대단해요, 사형. 사형이 그런 실력을 숨기고 계실 줄은 상상도 못했어요."

"고마워. 자명, 지명 사제."

진심으로 축하를 건넨 안자명과 안지명은 이내 정해진 자리로 걸음을 옮겼다. 아침 수련이 시작된 것이다.

"그럼 수고해."

곽범태의 어깨를 두드린 진영인은 연무장에서 멀찍이 떨어진 벽 쪽

으로 걸음을 옮겼다. 그리고 벽에 등을 기댄 채 막 시작한 아침 수련을
지켜봤다.

"뇌운유정(雷雲流靜)!"

내공이 실린 풍검의 음성이 연무장을 쩌렁하게 울렸다.

"번개를 실은 구름이 고요히 흐른다!"

그 뒤를 이어 하나가 된 이대제자들의 음성이 형산 전체에 울려 퍼
졌다.

풍검은 만족스러운 미소를 머금었다.

일사불란하게 일제히 뇌운검결의 기수식을 취한 이대제자들을 보고
있자니 더없이 뿌듯했던 것이다.

백여 자루에 달하는 검, 그리고 검에서 반사된 아침 햇살이 팔방으
로 비산하는 모습은 장관 그 자체였다. 마치 허공을 가득 메운 수만 개
의 물고기 비늘이 빛을 뿌리는 것 같았다.

하지만 그도 잠시.

근엄한 표정으로 돌아온 풍검은 뇌운검결의 초식들을 차례대로 외
치기 시작했다.

"격풍호운(激風呼雲)!"

"격렬한 바람이 구름을 부른다!"

촤라라라락!

풍검의 외침에 따라 백여 명에 달하는 이대제자들의 검이 동시에 허
공을 갈랐다.

"격운전상(激雲纏相)!"

"격렬한 구름이 서로 엉키다!"

"뇌성진천(雷聲震天)!"

"뇌성이 하늘을 떨어 울린다!"

촤아아악!

백여 자루의 검이 허공을 쓸어내자 연무장 주변의 기류가 급변했다.

풍검은 계속해서 초식명을 이어나갔다.

"낙뢰섬전(落雷閃電)!"

"섬전처럼 벼락이 떨어지니!"

"낙뢰토염(落雷吐炎)!"

"벼락이 화염을 토하다."

"낙뢰붕악(落雷崩嶽)!"

"벼락이 산을 뒤집고!"

"패뢰파천(霈雷破天)!"

"비처럼 쏟아지는 번개는 하늘을 찢다!"

연달아 일곱 번째 초식까지 외친 풍검은 이대제자들의 얼굴을 살폈다. 지금까지는 용케 흐트러지지 않고 잘 따라왔으나 땀으로 범벅된 그들의 얼굴에는 지친 기색이 역력했다.

원래대로라면 패뢰파천의 이름에 걸맞게 비처럼 쏟아진 검기가 검막을 이뤄야만 했다. 하지만 이대제자들 중 누구도 이와 같은 무위를 보이는 이는 없었다.

그도 그럴 것이, 뇌운검결을 시전하기 위해서는 형산파의 독문심법(獨門心法)인 뇌정단공을 익혀야 하는데 뒤로 갈수록 점차 위력을 더해가는 뇌운검결인지라 아직 내공이 약한 이대제자들로서는 낙뢰토염까지가 한계인 것이다.

'어디…….'

문득 풍검은 이대제자들을 시험하고 싶어졌다.

"운뢰중첩(雲雷重疊)!"

"구름과 번개가 중첩되다!"

풍검의 외침에 이대제자들은 일제히 구결을 외치며 검을 휘둘렀다. 하지만 우렁찬 목소리와는 달리 이대제자들의 얼굴에는 당혹감이 떠올랐다.

아니나 다를까.

까가가가가가강!

"윽!"

"헛! 조심해!"

손발이 꼬인 이대제자들의 검이 엉뚱한 검로(劍路)를 탔고, 순식간에 서로의 검이 엉키며 사방에서 헛바람 새는 소리가 분분히 터져 나왔다.

예상했던 결과였으나 풍검은 적잖게 실망하며 마지막 초식을 외쳤다.

"묵운토뢰(墨雲吐雷)!"

"검은 구름이 번개를 토해내다!"

처음과는 달리 마지막 구결을 외치는 이대제자들의 숫자는 다섯 명에 불과했다. 하운지를 비롯한 안자명과 안지명 형제, 그리고 명검의 제자들인 백연과 권태룡뿐이었다. 하지만 이들도 연신 거친 숨을 몰아쉬고 있었다.

그나마 자신의 제자들이 끝까지 따라온 것을 위안 삼으며 풍검이 입을 열었다.

"반 시진을 주겠다. 그때까지 각자 스스로 부족한 부분을 찾아 연습하도록. 궁금한 점이 있으면 내게 물어보거라."

겨우 반 시진밖에 주어지지 않은 개인 연습 시간에 이대제자들은 실망을 감추지 못했다. 하지만 게으름을 피웠다간 풍검의 불호령이 떨어지리란 것을 모를 그들이 아니었다.

적당한 자리를 찾아 걸음을 옮기던 이대제자들의 귀에 육중한 파공음이 들려온 것은 그때였다.

휘잉!

쉬쉬쉬쉭!

이대제자들의 시선이 한곳으로 모아졌다. 그 가운데는 안자명과 안지명, 그리고 하운지도 포함되어 있었다.

그들은 잠시 동안 할 말을 잃은 채 도를 휘두르는 곽범태를 바라봤다.

곽범태가 도를 휘두르는 모습은 단순하기 이를 데 없었다. 위에서 아래로, 아래에서 위로, 오른쪽에서 왼쪽으로, 왼쪽에서 오른쪽으로, 그리고 대각선으로 도를 긋는 것이 전부였다. 하지만 그 안에 담긴 위력은 결코 단순하지 않았다.

박도가 대기를 가를 때마다 터져 나오는 파공음은 서늘하기 그지없었고, 이따금이긴 했으나 도에서 뿜어진 예리한 도기가 청석판으로 된 바닥에 한 치 깊이의 흠을 새기곤 했던 것이다.

그렇게 한참 동안 도를 휘두르던 곽범태는 문득 따가운 시선을 느꼈다.

"왜 그러고 서 있어?"

"……."

곽범태의 질문에도 하운지를 비롯한 안자명과 안지명은 물끄러미 그를 응시할 뿐 아무런 대답도 하지 않았다.

그때였다.

"반 시진은 결코 긴 시간이 아니다. 다른 사람보다 성취가 약간 앞섰다 하여 자만하는 것이라면……."

막 입을 열어 제자들을 꾸짖으려던 풍검이 말끝을 흐렸다. 자신의 제자들, 정확히 곽범태를 제외한 나머지 세 제자의 눈매가 영 심상치 않았던 것이다.

왠지 모를 불안감을 느낀 풍검은 인상을 찌푸리며 고함을 쳤다.

"어서 수련에 전념하지 못할까!"

"예……."

"네……."

마지못해 대답한 하운지와 안자명, 지명 형제는 이내 자신들의 검을 들고 흩어졌다. 하지만 그런 그들의 뒷모습을 바라보던 풍검은 한동안 찜찜한 기분을 지울 수 없었다. 자신을 바라보던 제자들의 복잡미묘한 눈빛 때문이었다.

풍검은 애써 이를 뇌리에서 떨치려 노력했다.

하지만, 불과 하루도 지나지 않아서 풍검은 제자들의 눈빛을 보며 불안했던 이유를 깨달을 수 있었다.

오전 수련이 끝나고 점심 시간이 되었으나 식사가 끝날 때까지 하운지를 비롯하여 안자명과 안지명은 모습을 보이지 않았다.

처음엔 의아히 생각했던 풍검이었으나 이를 대수롭게 여기진 않았다. 그러나 오후 수련 시간에 이르러 연무장에 들어서는 제자들을 발견한 풍검은 할 말을 잃고 말았다.

"……."

풍검은 어이없는 표정으로 자신의 제자들을 바라봤다.

하나 그도 잠시, 결국 풍검의 불같은 성정이 폭발하고야 말았다.

"이 녀석들! 대체 무슨 생각을 하는 게냐!"

풍검의 불호령에 연무장에 모여 있던 이대제자들의 시선이 일제히 하운지와 안지명, 안자명에게 모아졌다.

"식사 시간에 나타나지 않은 것이 이 때문이란 말이냐!"

이어진 사부의 노호성에도 하운지는 이를 충분히 예상한 듯 담담한 태도로 고개를 끄덕였다.

풍검의 노한 눈이 하운지를 향했다.

"검은 어디에 있느냐?"

"처소에 있습니다."

"어서 검을 가져오거라!"

단호하게 고개를 흔드는 하운지의 모습에 풍검이 눈을 부릅떴다.

"사부의 말을 거역하는 것이냐?"

눈썹 끝이 파르르 떨리는 모습으로 미루어 하운지는 풍검의 화가 머리끝까지 치솟았음을 알 수 있었다.

한편으론 두려운 마음이 드는 것도 사실이었으나 하운지는 어깨를 펴고 풍검의 눈을 응시했다.

"저는 검을 익히지 않겠어요."

"어째서?"

"검은 우아하지 못하니까요."

풍검은 끓어오르는 노화를 간신히 참으며 입을 열었다.

"검을 익히지 않겠다는 이유가 고작… 그것 때문이란 말이더냐?"

"고작이라뇨. 하루 종일 검을 휘두르다 보니 손바닥과 손가락에 굳은살이 박힌다구요. 누가 이 손을 보고 여인의 손이라 하겠어요?"

"좋다. 검을 익히지 않겠다면 무엇을 익히겠다는 거냐?"

"장법이요."

"장법?"

풍검은 눈살을 찌푸렸다.

형산파에 전해지는 장법이라곤 고작해야 산매장 정도였다. 그것 역시 장법으로 이름 높은 무당의 면장(綿掌)이나 곤륜의 태청산수(太淸霰手), 그리고 화산의 매화장법(梅花掌法) 등에 비하면 위력이나 묘용이 떨어지는 게 사실이었다.

게다가 박투(搏鬪) 계열의 무공인지라 우아함과는 애초부터 거리가 멀다 할 수 있었다.

어이없어하는 풍검의 내심을 읽었음인지 하운지가 재빨리 입을 열었다.

"거리를 두고 싸우면 돼요."

"격공장(隔空掌)은 아무나 익힐 수 있는 게 아니다."

"검강을 이루는 것보단 쉽겠지요."

"백여 년 전부터 지금까지 형산 문하 중 격공장을 자유자재로 쓸 수 있을 만큼 장법을 대성한 이는 아무도 없다."

"백여 년 전에는 있었잖아요. 십오대 조사인 철무 산인(哲武山人)께서는 장왕(掌王)이라는 명호까지 얻었다 들었습니다."

"그건 그분이 남자라서 가능했던 것이다. 무릇 장법이란 패도적인 기운을 바탕으로 하는 것이기에……."

"그분의 장법은 사매였던 부인으로부터 가르침을 받은 것이라 들었습니다만."

“……!”

풍검이 아차 싶어 재빨리 말을 주워 담으려는 찰나 하운지가 재빨리 말을 이었다.

“하늘을 찢고 산을 무너뜨리는 뇌전의 힘은 예측할 수 없는 변화에서 시작한다. 그 변화의 근본은 태초에 만물을 이룬 음과 양이 부딪치며 균형을 찾아가는 과정이며 이는 모든 자연의 섭리이기도 하다. 하지만 그 과정 안에 담긴 힘은 정해져 있으니 백 년에 걸쳐 이룬다면 느끼는 힘이 미미할 것이나 짧은 시간 동안 균형을 찾는다면 그 힘이 지닌 위력은 누구도 짐작 못하리라. 이를 가리켜 패(覇)라 한다. 그것이 뇌정단공의 요체이다.”

형산 문하라면 누구나 다 알고 있는 뇌정단공의 요결이었다.

논리적인 하운지의 반박에 풍검은 잠시 할 말을 잃었다. 하지만 일단 제자들의 기세를 꺾어놓는 것이 중요했다.

풍검은 하운지를 제쳐 두고 자신의 눈치를 살피고 있는 안자명과 안지명을 노려봤다.

“그건 뭐냐?”

풍검의 질문에 안자명은 전장에서나 쓰일 법한 대부(大斧)를, 그리고 안지명은 자색 빛이 감돌며 제비 꼬리 모양으로 끝이 갈라진 연자창을 들어 올렸다.

“창고에서 찾았습니다.”

“너희들은 그걸 익히겠다는 거냐?”

“네.”

동시에 고개를 끄덕이는 안자명과 안지명을 향해 풍검의 질문이 이어졌다.

"어째서 검이 싫다는 게냐?"

하운지와 달리 잠시 그들은 잠시 대답을 망설였다. 하지만 이내 거의 동시에 입을 열었다.

"남들 다 하는 건 싫어요."

"이놈들!"

풍검의 일갈에 안자명과 안지명은 화들짝 놀라 잔뜩 목을 움츠렸다.

이를 보며 풍검은 회심의 일격을 날리기로 결심했다.

"그 물건들이 어떤 내력을 지닌 것인지 알고 있느냐?"

안자명과 안지명은 의아한 얼굴로 서로를 바라봤다. 창고에 있는 병기들을 뒤지다 눈에 띄는 걸 집어왔을 뿐인 그들이 이를 알 리 만무했던 것이다.

더없이 근엄한 어조로 풍검이 입을 열었다.

"그 물건들은 혈산대부(血山大斧) 장곽(長蠻)과 귀영마창(鬼影魔槍) 진자릉(秦孜陵)이 쓰던 물건이다."

풍검의 말에 안자명과 안지명은 몹시 놀란 듯 두 눈이 동그래졌다. 설마 자신들이 대충 주워 온 물건이 이백여 년 전 공포의 이름으로 흑도에 군림하던 거마(巨魔)들의 병기라곤 짐작하지 못했던 것이다.

혈산대부 장곽, 그리고 귀영마창 진자릉.

이들은 강호에 나타나기가 무섭게 엄청난 마명(魔名)을 떨쳐 울렸다. 적수를 찾아보기 힘든 독보적인 무공으로 강호를 휘젓던 이들은 정사(正邪)를 가리지 않은 살행(殺行)으로 인해 수많은 무림인들로부터 지탄을 받았다.

그러던 중 그들은 우연히 사천당가(四川唐家)의 식솔을 살해하게 되었고, 이 때문에 당가의 가주와 장로들이 직접 나서서 그들을 추적하기 시작했다.

그들이 아무리 적수를 찾아보기 힘들 만큼 절정의 무위를 지녔다고는 하나 수백 년을 이어온 대문파의 저력은 감당할 수 없었다.

이들은 사천에서 호남까지 쫓겨오기에 이르렀고, 이름이 알려지지 않은 기인을 만나 오백여 합을 겨룬 끝에 처음으로 패배를 경험하게 되었다. 그 기인은 그들의 목숨을 살려둔 대신 그들의 병기를 압수했다. 그리고 운이 없게도 그가 떠나간 직후 장곽과 진자룡은 당가의 정예와 맞닥뜨리고 말았다.

한때 강호를 떨어 울리던 그들도 결국엔 당가의 독에 당해 한 줌 핏물로 화하고 말았다. 그동안 그들이 쌓아왔던 악명이 오히려 당가의 명성만 높여준 꼴이 되고 말았던 것이다.

하지만 당시 그들이 자신의 별호이자 성명병기(成名兵器)인 혈산대부와 귀영마창을 지니고 있었더라면 결과는 달라졌을 것이라는 말이 이백 년이 지난 지금도 호사가들의 입에 오르내리고 있었다. 그 정도로 그들이 쌓아 올린 명성은 대단했다.

놀란 나머지 입을 다물지 못하는 안자명과 안지명을 향해 풍검이 다시금 입을 열었다.

"수많은 무림인의 피로 더럽혀진 사마외도(邪魔外道)의 무기를 정녕 사용하고 싶은 것이냐?"

풍검은 내심 이 정도 엄포를 놓았으니 안자명과 안지명이 포기하리라 예상했다. 하지만 이내 풍검은 자신이 큰 실수를 했음을 깨달았다.

흥분으로 벌겋게 달아오른 얼굴과 반짝이는 두 쌍의 눈동자를 발견한 때문이었다.

"반드시 익히겠습니다!"

“꼭 쓰고 싶습니다!”

확실한 역효과였다.

‘아뿔사!’

젊은 시절의 호기를 풍검은 너무 간과했던 것이다.

풍검은 머리가 지끈거렸다.

지그시 관자놀이를 누르며 노기를 간신히 다스린 풍검은 애써 차분한 음성으로 입을 열었다.

“명령이다. 당장 그 물건들을 제자리에 돌려놓고 검을 가지고 와라. 운지 역시 마찬가지다.”

“사부님!”

“명을 거역하면 어찌 되는지 너희들이 더 잘 알 것이다!”

결국 풍검은 극약 처방을 내놓았다. 이에 하운지를 비롯한 안자명과 안지명의 안색이 해쓱해졌다.

그때였다.

“사형, 뭐 하시는 겁니까? 시간이 한참 지난 것 같은데요?”

고개를 돌린 풍검은 어깨를 나란히 한 채 걸어오는 자신의 두 사제를 발견할 수 있었다.

멀뚱히 서 있는 이대제자들과 노기로 벌겋게 달아오른 풍검의 얼굴, 그리고 맨손인 하운지와 대부와 창을 들고 있는 안자명, 안지명의 모습에서 진영인은 바로 상황을 짐작할 수 있었다.

‘녀석들, 그새를 못 참고… 오전 내내 눈빛이 심상치 않더니 결국 먼저 사고를 치는군.’

진영인은 상황이 더욱 악화되기 전에 이를 수습할 필요를 느꼈다.

진영인이 다가서자 하운지를 비롯한 안자명과 안지명의 얼굴에 한줄기 희망의 빛이 떠올랐다.

하지만 애써 노기를 억누른 풍검이 진영인보다 앞서 입을 열었다.

"지금의 이대제자들 가운데서도 너희들의 실력은 단연 뛰어난데 굳이 다른 걸 익힐 필요가 있느냐? 더구나 형산은 검을 제외하곤 특별히 뛰어난 무공이 없잖느냐? 물론 자신만의 무공을 완성한다면 더할 나위 없이 좋겠지만 결코 낙관할 수 있는 일이 아니야. 새로운 것을 개척하는 건 그야말로 가시밭길의 시작이라는 것을 왜 모르는 것이냐."

그제야 명검은 연무장의 분위기가 험악했던 까닭을 깨달을 수 있었다.

"사형의 말이 맞다. 왜 쓸데없는 고집을 부리느냐?"

명검까지 거들고 나서자 하운지와 안자명, 안지명은 다소 원망스런 눈으로 진영인을 바라봤다.

이윽고 어색한 침묵을 깨며 안자명이 입을 열었다.

"사숙 때문이에요."

기어들어 가는 목소리였으나 진영인은 분명히 들을 수 있었다.

"엥? 그건 또 무슨 소리야?"

진영인의 반문에 이번엔 안지명이 입을 열었다.

"평생 검을 연마한다 해도 사숙을 따라잡진 못할 테니까요."

안지명의 말에 풍검은 무거운 장탄식을 터뜨렸다. 비로소 제자들이 검이 아닌 다른 무기를 익히겠다고 고집을 부린 진정한 이유를 깨달았기 때문이다.

비록 한 배분이 높아 사숙이라 불리웠으나 진영인과 그들의 나이는 크게 차이가 나지 않았다. 유년 시절부터 함께 추억을 공유한 그들에게 있어 진영인은 사숙이라기보다 형제와도 다름 아니었다. 하지만 성

장하면서 점차 벌어지는 무위의 격차는 서로 간의 정리를 떠나 무인으로서 상처가 되었을 것이다. 그들에게 있어 진영인은 결코 넘을 수 없는 벽이었기 때문이다.

진영인은 쓴 입맛을 다셨다. 이런 일을 우려하여 육 년 전부터 홀로 수련을 해왔던 것인데 결국엔 이런 상황이 되었으니 허탈했던 것이다.

그리고 한편으로는 서운한 감정이 고개를 들었다.

상대적인 박탈감을 느끼지 않도록 나름대로 배려했던 노력을 그들이 알아주길 바란 것은 아니었다. 하지만 자신의 진심을 이해하지 못한 사질들이 야속한 건 사실이었다.

"무슨 일이냐?"

"운검 사형."

연무장 안으로 들어서는 운검을 풍검이 씁쓸한 웃음으로 맞이했다.

"연무장에서 기합 소리가 들리지 않기에 무슨 일인가 싶어 와봤다."

풍검과 진영인은 묵묵히 입을 다물었다.

명검의 설명을 듣고서야 작금의 상황을 이해한 운검은 빙그레 웃으며 입을 열었다.

"난 또 무슨 대단한 일이라고."

"사형?"

의아한 눈으로 자신을 바라보는 풍검을 향해 운검이 말을 이어갔다.

"일단 이 일은 뒤로 미루도록 하자."

"하지만 사형."

"일대제자들은 현정전에 모이라는 장문인의 명이 있었다. 아무래도 중요한 손님이 방문하신 것 같더구나. 이 아이들의 일은 장문인께 상의드린 뒤 결정하는 것이 좋을 것 같다."

운검에 말에 풍검은 말없이 고개를 끄덕였다.

"추후에 다시 이야기하도록 하자."

고개를 끄덕이는 제자들을 뒤로하고 풍검이 돌아섰다. 그리곤 이내 연무장을 벗어났다. 그 뒤를 따라 명검 역시 연무장을 나섰다.

"왜 그리 멍한 표정으로 서 있는 게냐?"

운검의 질문에 진영인은 애써 밝은 웃음을 지어 보이려 했다. 하지만 누구보다 그를 잘 아는 운검이기에 진영인의 얼굴에 드리워진 그늘을 바로 읽어낼 수 있었다.

"너 역시 일대제자니 빠져서는 안 되겠지?"

진영인은 묵묵히 고개를 끄덕였다. 그리고 연무장을 나서기 전 하운지를 비롯한 안자명과 안지명의 얼굴을 바라봤다.

평소엔 느끼지 못했던 배분의 벽이 지금만큼은 더없이 두텁게 느껴졌다.

"사숙."

말없이 연무장을 빠져나가는 진영인을 하운지가 불러 세웠다.

"왜?"

"…아니에요."

"싱겁긴."

피식 웃으며 돌아서는 진영인의 어깨는 더없이 무거워 보였다. 그리고 그런 진영인의 뒷모습을 바라보는 하운지 역시 얼굴에서 쓸쓸함을 지우지 못하고 있었다.

"운검입니다."

"들어오너라."

운검을 비롯한 일대제자들이 현정전 안으로 들어서자 송현자는 인자한 웃음으로 그들을 맞았다.

송현자의 맞은편에 앉아 있는 노인을 발견한 운검의 눈에 이채가 떠올랐다. 하지만 이내 그를 향해 정중히 예의를 갖추었다.

"형산파 일대제자 운검이 어르신을 뵙습니다."

"허허, 그 헌앙했던 청년이 이젠 중년인이 다 되었군."

"누군들 세월을 피해갈 수 있겠습니까. 하지만 어르신께서는 과거보다 더욱 젊어지신 것 같으니 옛말도 틀릴 때가 있는가 봅니다."

"예끼, 이 사람. 늙은이 놀리는 괘씸한 말버릇은 여전하군 그래."

말과는 달리 악원홍은 흐뭇한 웃음을 머금고 있었다.

"운검 사형의 말대로입니다. 어르신께서는 예전보다 훨씬 정정해지신 것 같습니다."

"허허, 두 사형제가 작정하고 이 늙은이를 놀리는군. 오래전 일을 아직도 꽁하게 마음속에 품고 있었단 말인가?"

악원홍의 말에 풍검은 빙그레 웃으며 고개를 저었다.

"설마요. 이십 년도 더 된 일을 기억하고 있을 만큼 저는 머리가 좋지 못합니다. 아마도 그건 사형 역시 마찬가지일 겁니다."

운검이 풍검의 말을 받았다.

"아무렴. 사십 년 된 매실주의 향긋함을 잊을 수 없지만 그로 인해 노발대발하던 노인네의 모습은 기억할 이유가 없지."

"정확히 사십이 년 된 술일세."

운검은 문득 의아한 얼굴로 자신을 바라보는 진영인과 명검의 시선을 느꼈다.

"인사드리거라. 화산검절 악 어르신이시다. 정사대전이 치열했을

당시 나와 풍검을 비롯한 일대제자들이 잠시 화산에 신세를 진 적이
있었다."

진영인과 명검은 그제야 눈앞에 앉아 있는 노인의 신분을 깨달을 수
있었다.

화산파의 전대 장문인이자 검 하나로 지금의 화산을 일구어낸 화산
검절이 바로 그였던 것이다. 지금은 장문인 직에서 물러났으나 정사대
전 당시 그가 떨친 혁혁한 명성은 아직까지 흑도무림(黑道武林)에 두려
운 이름으로 기억되고 있다 했다.

"일대제자 진영인이 어르신을 뵙습니다."

"일대제자 명검이 어르신을 뵙습니다."

"허허, 되었네. 그만 앉지."

악원홍이 흐뭇한 웃음을 머금고 고개를 끄덕이자 운검을 비롯한 일
대제자들은 탁자로 다가섰다.

막 의자에 앉으려던 진영인은 악원홍의 곁에 바짝 붙어 있는 소녀를
발견했다.

열 살쯤 되었을까.

다과를 야금거리며 자신을 힐끔거리던 소녀는 눈이 마주치기가 무
섭게 쪼르르 달려왔다.

진영인은 슬쩍 웃음을 머금었다. 허리에 손을 올리고 빤히 자신을
올려다보는 모양새가 깨물어주고 싶을 만큼 귀여웠던 것이다.

"안녕, 꼬마 아가씨?"

"당신이 정말 반박귀진의 경지에 이르렀나요?"

난데없는 그녀의 질문에 진영인은 의아한 눈으로 눈앞의 소녀를 바
라봤다.

“누가 그러던?”

“우리 할아버지가 그랬어요. 정말인가요?”

“글쎄…….”

난처한 얼굴로 고개를 든 진영인은 모든 이의 시선이 자신에게 쏠려 있는 것을 발견했다. 악원홍과 운검을 제외하곤 모두 놀라움을 금치 못하는 표정이었다.

할 말을 잃은 채 자신의 대답을 기다리는 그들의 모습에 진영인의 얼굴에는 씁쓸한 웃음이 맺혔다.

이때 송현자가 악원홍을 향해 입을 열었다.

“영인을 본 적이 있습니까?”

“며칠 전 인근 마을의 주루에서 본 적이 있습니다.”

“그렇다면 손녀의 말 역시 사실이겠군요?”

이에 악원홍이 오히려 의아한 얼굴로 반문했다.

“그렇다면 장문인께서는 아직 모르고 계셨단 말씀이오?”

송현자는 대답 대신 고개를 돌려 진영인을 바라봤다.

복잡한 심사가 고스란히 담긴 사부의 시선에 진영인은 마음이 무거워졌다.

“사부님!”

진영인은 급히 바닥에 꿇어앉았다.

“제자가 일부러 사부님과 사형들을 속이려 함은 아니었습니다. 다만…….”

“되었다. 어서 일어서거라.”

진영인을 일으켜 세운 송현자는 만감이 교차하는 눈빛으로 진영인을 바라봤다.

"내가 달고 있는 것은 눈이 아니었구나. 어찌 괄목상대(刮目相對)하는 제자의 모습마저 깨닫지 못했을꼬."

"사부님……."

스스로 책망하는 어조가 다분한 송현자의 음성에 진영인은 큰 죄를 지은 것마냥 가슴이 답답해지는 것을 느꼈다.

그러나 송현자는 이내 부드러운 웃음과 함께 진영인의 머리를 쓰다듬었다.

"안다. 네 나름대로 다른 이들을 배려한 것이겠지. 하지만 조금은 슬프고 부끄러운 게 사실이구나. 이 사실을 다른 사람이 아닌 너에게 직접 들었다면 지금보다 훨씬 기뻤을 것이다."

진영인을 바라보는 송현자의 얼굴에는 대견스러운 기색이 역력했다. 하지만 이것이 진영인을 더욱 괴롭게 만들었다.

차라리 책망이나 호된 꾸짖음이 있었다면 이처럼 마음이 무겁지는 않았으리라.

그런 진영인을 향해 송현자가 다시금 입을 열었다.

"부족한 사부를 만나 그동안 네가 마음의 짐을 떠안고 있었구나. 미안하다, 영인아."

그 한마디에 진영인은 가슴속에서 뜨거운 무언가가 울컥 솟구치는 것을 느꼈다.

결국 진영인은 말을 잇지 못한 채 고개를 푹 숙이고 말았다.

인자한 웃음을 머금은 송현자는 그런 진영인의 어깨를 가볍게 두드렸다. 얼떨떨한 표정을 짓고 있던 풍검과 명검 역시 새삼스러운 눈으로 진영인을 바라보고 있었다.

다만 순식간에 변한 장내의 분위기에 어색함을 느낀 악운경만이 두리번거리며 주위의 눈치를 살필 뿐이었다.

문득 그녀와 시선이 마주친 악원홍이 호목(虎目)을 부릅떴다.

악운경은 흠칫하더니 쭈뼛거리며 악원홍을 향해 다가섰다. 하지만 꿀밤은 피할 수 없었다.

따악!

"요 녀석아, 어찌 오자마자 말썽부터 피우는 것이냐?"

몹시 아픈 듯 두 손을 머리에 올린 채 눈물을 글썽이는 악운경이었다. 거기다 악원홍이 낮게 꾸짖기까지 하자 결국 울음을 터뜨리고 말았다.

"우엥! 할아버지 미워!"

빽 소리를 지른 악운경은 악원홍이 미처 말릴 틈도 없이 밖으로 달아나 버렸다. 악원홍은 그런 손녀의 모습을 황당한 표정으로 바라볼 뿐이었다.

"험험."

이윽고 어색한 헛기침과 함께 악원홍이 입을 열었다.

"하나뿐인 자식이라고 부모가 오냐오냐 키운 탓에 버릇이 없다오. 그나저나 내가 큰 실수를 한 것 같구려."

멋쩍은 표정으로 사과를 하는 악원홍의 모습에 송현자는 고개를 저었다.

"아닙니다. 오히려 제가 감사할 일이죠. 어르신이 아니었다면 제 어리석은 제자는 계속 마음의 짐을 떠안고 있어야 했을 테니까요."

송현자는 여전히 고개를 들지 못하는 진영인의 어깨를 가볍게 떠밀었다.

"네가 그 아이를 데려오너라."

"네, 사부님."

"놔두시오. 그래 봐야 형산 안을 벗어날 리는 없을 테니."

만류하는 악원홍을 향해 진영인이 입을 열었다.

"형산에는 사람의 발길이 닿지 않은 곳이 많습니다. 게다가 자칫 안개라도 만난다면 방향을 잃기 쉽습니다."

형산은 운봉무쇄(雲封霧鎖)라는 말로도 유명하다. 일 년 중 대부분이 신비로운 안개에 휩싸여 있기 때문이다.

이를 떠올린 악원홍은 웃으며 고개를 끄덕였다.

"그럼 부탁함세."

진영인은 곧장 신형을 돌려 현정전을 나섰다.

멀어지는 진영인의 뒷모습을 바라보는 송현자를 향해 악원홍이 웃음과 함께 말을 건넸다.

"장문인께선 참 복도 많소이다."

"예?"

의아한 얼굴로 송현자가 돌아보자 악원홍은 눈빛으로 진영인을 가리켰다.

"보면 볼수록 뛰어난 청년이오. 무공은 물론이거니와 심성 역시 반듯하니 참으로 뿌듯하시겠소."

"제겐 너무나 과분한 제자지요. 형산의 그릇은 저 아이를 담지 못함에도 불구하고 사부와 제자라는 구실로 저 아이를 이곳에 묶어두는 것 같아 미안할 뿐입니다."

악원홍은 껄껄 웃음을 터뜨렸다.

"겸양도 지나치면 실례가 되는 법이외다. 제자를 보면 사부를 알 수 있는 법. 하나같이 훌륭한 기도를 지닌 장문인의 제자들을 보고 있자니 이 노인네는 배가 아플 지경인데 장문인께서는 엄살을 떠시는구려."

한차례 고개를 끄덕이는 것으로 대답을 대신한 송현자는 운검을 비롯한 풍검과 명검을 향해 입을 열었다.

"행여 이번 일로 인해 너희 사형제들 사이가 껄끄러워지지 않을까 염려되는구나."

이에 운검이 자신의 사제들을 바라보며 미소를 머금었다.

"영인을 시기할 만큼 저나 사제들은 못나지 않았습니다."

풍검과 명검 역시 고개를 끄덕였다.

"저 역시 어렴풋이 짐작은 하고 있었습니다. 하지만 반박귀진의 경지에까지 이르렀을 줄은 몰라 당황했을 뿐입니다."

"비록 나이는 어리다 하나 제게는 엄연히 사형이신데 어찌 감히 제자가 영인 사형을 시기하겠습니까."

그제야 송현자의 입매에 부드러운 웃음이 떠올랐다.

"너희들 생각이 그렇다니 다행이구나."

보는 이로 하여금 절로 흐뭇해지게 하는 사제 간의 모습에 악원홍은 조용히 웃으며 고개를 끄덕였다.

이후 한참 동안 진영인에 대한 이야기를 나누는 이들의 모습을 지켜보며 악원홍은 부러움을 금치 못했다.

마치 제 일처럼 기뻐하는 그들 사형제의 모습이 더없이 보기 좋았던 것도 있지만 당금의 화산에서는 좀처럼 찾아보기 힘든 화기애애한 분위기가 이들에겐 일상과도 같이 느껴졌기 때문이다.

'예전에는 화산도 이와 같았건만……'

악원홍의 얼굴에 한줄기 근심의 기색이 스쳤다 사라졌다.

이를 눈치챈 송현자는 악원홍의 앞에 놓여진 찻잔에 차를 따르며 입을 열었다.

"손님을 두고 저희끼리 떠들었습니다."

"아니오, 아니오. 매우 보기 좋소이다. 오히려 이 불청객이 실례를 끼쳐 미안할 다름이오."

손사래를 치는 악원홍을 향해 송현자는 그제야 궁금했던 것을 물었다.

"그런데 섬서에서 예까진 어인 일이십니까?"

한 모금의 차로 목을 축인 악원홍은 송현자와 눈을 마주했다.

"조만간 화산에서 오악대회(五嶽大會)가 열릴 것이오."

"오악대회라면?"

"최근 들어 섬서와 호북 인근의 흑무련 휘하 문파 몇 개가 심상치 않은 움직임을 보이고 있소."

"그들이 다시 발호할 기미를 보인단 말입니까?"

우려를 담은 송현자의 질문에 악원홍은 천천히 고개를 끄덕였다.

"음……."

송현자는 침음성을 터뜨렸다.

과거 정사대전으로 인해 형산이 치러야 했던 수많은 젊은이들의 희생을 떠올린 까닭이었다. 그리고 이는 정사대전을 경험했던 운검과 풍검 역시 마찬가지였다.

"자세히 설명해 주시겠습니까?"

송현자의 질문에 악원홍은 찻잔을 만지작거리며 입을 열었다.

"약 보름 전에 호북의 운양표국(雲壤鏢局) 일행 사십여 명이 행방불명되었소. 그들은 며칠 뒤 무당산 근처 방현(坊縣) 인근에서 시신으로

발견되었는데 시신에서 찾은 상처는 그들의 무공에 당한 것이 틀림없
었소.”

운영표국은 호북에서도 가장 유명한 표국 중 하나였다. 보표 대부분
이 무당의 속가제자 출신이었고, 이 때문에 무당파의 비호를 받고 있는
곳이었다. 재력과 무력을 바탕으로 호북의 작은 무당이라 불리는 곳이
기도 했다.

악원홍이 다시금 말을 이어갔다.

“게다가 한 달 전에는 섬서의 철자보(鐵嵫堡)가 괴인들에게 습격을
받았소. 그로 인해 손님으로 머물던 효운장(梟暈莊)의 장주 대력신장(大
力神掌) 철군영(鐵顔瑛)이 목숨을 잃었고, 절반이 넘는 철자보의 식솔들
역시 괴인들에게 살해당했소.”

“철자보라면⋯⋯?”

“그렇소. 철담비도(鐵膽飛刀)가 장주로 있는 곳이오.”

철자보가 비록 명성이 뛰어난 것은 아니었으나 보주인 악자군은 정
파의 인사들과 교분이 두터운 인물이었다.

“괴인들이 흑무련 휘하의 무인들이라 짐작하신 이유가 있겠지요?”

송현자의 질문에 악원홍은 품 안에서 검은색이 감도는 작은 화살촉
을 꺼내 탁자 위에 올렸다.

“탈혼시(奪魂矢)⋯⋯.”

이를 알아본 송현자가 눈살을 찌푸렸다.

화살촉은 이리의 이빨처럼 날카로운 미늘이 역으로 돋아나 있었다.
일단 박히면 약간의 움직임만으로도 살을 비집고 파고들도록 설계되어
있어서 살을 도려내지 않고는 제거할 수 없는 낭아전(狼牙箭)의 일종이
었다.

게다가 화살촉 아래로 갈수록 점점 길어지는 삼중의 미늘은 낭아전 중에서도 흉악하기로 손꼽히는 탈혼시만이 지닌 특징이었다.

흑무련의 대표적인 암기이자 과거 정사대전 당시 수많은 정파인들의 목숨을 앗아간 끔찍한 물건이기도 했다.

"철자보의 장원 곳곳에 떨어져 있었소. 그리고 그들은 우리 화산의 속가문파들에게도 몇 차례의 도발을 감행해 왔소. 당시 정사대전에 참전한 적이 있던 노련한 속가제자 몇 명이 그들이 사용하던 무공을 알아볼 수 있었는데 틀림없는 흑무련 휘하의 무인들이 사용하는 무공이었소."

"상호불가침을 약조한 이후 이미 이십 년 넘게 충돌하는 일이 없었거늘……."

송현자의 탄식에 악원홍 역시 나직이 한숨을 흘렸다.

"그뿐만이 아니오. 무당의 삼장로인 명도 진인(明度眞人)이 이번 일들에 대한 것을 묻기 위해 공야휘 늙은이를 찾아갔는데 그대로 연락이 끊어졌소."

"그분이 직접 천마성(天魔城)을 방문했단 말입니까?"

"그렇소. 이십여 년 전 조약을 맺었던 당사자들끼리 이 사태를 수습하려 했겠지요. 하지만 명도 진인은 돌아오지 않았고, 이 일로 인해 무당은 벌집을 쑤셔놓은 것마냥 뒤숭숭한 분위기라오."

송현자는 지그시 눈을 감았다.

패황(覇皇) 공야휘(公冶輝).

당금 흑무련의 련주이자 마도의 지붕이라 일컬어지는 천마성의 성주. 한 자루 도와 압도적인 무위로 흩어져 있던 마도를 흑무련이라는 이름 아래 규합한 그는 당금의 흑도무림에게는 절대자와도 다름 아니었다.

이윽고 송현자가 눈을 떠 악원홍을 바라보았다.

"하지만 이십 년 전 상호불가침을 먼저 제안한 것은 그가 아니었습니까?"

"그게 나 역시 의문이오. 예전에 그와 몇 번 마주친 적이 있는데 그는 결코 자신이 한 말을 번복할 만큼 가벼운 인물이 아니었소."

악원홍은 과거 조우했던 공야휘의 모습을 새삼 떠올렸다.

"그가 지닌 패도적인 기세는 효웅(梟雄)으로 불릴지언정 스스로 간웅(奸雄)으로 격하시킬 만큼 어리석은 위인이 아니라 판단하기에 모자람이 없었소."

"그렇다면 일련의 사건들이 그의 주도 하에 이루어진 일이 아니라는 겁니까?"

"그건 알 수 없는 일이오. 열 길 물속은 알아도 한 길 사람 속은 모른다 했으니… 어쩌면 그가 노망이 났을 수도 있고, 아니면 흑무련을 아우르는 그의 영향력이 약해졌을 수도 있소. 현재 개방을 비롯한 천이단(天耳團) 등 정보를 다루는 문파가 최악의 경우를 염두에 두고 조사를 진행하고 있는 중이오."

"최악의 경우라면?"

"이 모든 게 공야휘의 주도 아래 이루어진 것일지도 모른다는 가정이오."

"……!"

송현자는 침묵했으나 그의 눈에는 우려와 근심이 가득했다.

그런 그를 향해 악원홍이 말을 이었다.

"아직은 확실한 것이 없으니 속단할 필요는 없지만 그렇다고 만약의 사태를 대비해서 나쁠 건 없지 않겠소? 조만간 화산 제자 몇이 초청장을 가지고 형산을 방문할 것이외다."

"당연히 응해야지요."

고개를 끄덕인 송현자는 창밖으로 시선을 던졌다.

정사대전은 그로부터 많은 것을 앗아갔다. 수많은 동문 제자들의 목숨은 물론 형산의 몰락을 부추긴 그날의 사건 역시 지겨운 정사대전의 후유증이었다.

찌를 듯 높이 솟아오른 축융봉은 더없이 짙은 안개에 잠겨 있었다. 그리고 이를 바라보는 송현자의 눈빛에는 더없이 착잡한 심정이 묻어나고 있었다.

第六章

수서양단(首鼠兩端)

"**다**람쥐처럼 잽싼 녀석이군."

주위를 둘러보던 진영인은 실소를 머금었다. 현정전을 뛰쳐나간 지 얼마 되지도 않았건만 그 영악한 꼬마 계집애는 금세 사라지고 없었던 것이다.

"휴, 어디서부터 찾는다?"

나직이 탄식을 터뜨린 진영인은 일단 가까운 청운동 쪽으로 향하기 시작했다.

청운동으로 연결된 월동문을 넘는 순간 진영인은 문득 걸음을 멈추었다. 잔뜩 풀이 죽은 표정으로 월동문 곁을 서성이는 사질들의 모습을 발견했던 까닭이다.

"여기서 뭐 하고 있어?"

"사숙……."

서로 눈치를 살피며 쭈뼛거리기를 잠시, 안자명이 앞으로 나섰다.

"사숙을 기다리고 있었어요."

"무엇 때문에?"

"그게……."

말끝을 흐리며 고개를 숙이는 안자명을 대신해 안지명이 입을 열었다.

"사숙께 사죄하고 싶어서요."

"됐어. 뭘 그런 것 가지고."

대수롭지 않다는 듯이 진영인은 손을 저었으나 안자명과 안지명은 대뜸 진영인 앞에 엎드렸다.

"사숙, 용서해 주세요. 하늘에 두고 맹세컨대 결코 사숙을 시기하거나 미워해서가 아니었어요."

이에 오히려 당황한 것은 진영인이었다.

"왜들 이래? 어서 일어나!"

진영인은 손을 뻗어 안자명과 안지명을 일으켜 세웠으나 그들은 좀처럼 바닥에서 일어설 기미를 보이지 않았다.

"이 자리에서 굶어 죽는 한이 있어도 사숙이 용서해 주시기 전엔 절대 일어나지 않겠어요."

"됐어. 그 일에 대해서라면 난 그다지 서운하게 생각하지 않으니 어서 일어나."

이때 말없이 진영인을 바라보던 하운지가 앞으로 나섰다.

"저희들에게 실망하셨다는 거 알아요."

"아니, 나는……."

"늘 웃는 사숙이었지만 그처럼 슬프게 웃는 모습은 처음이었어요."

그 말을 끝으로 하운지는 구슬 같은 눈물을 뚝뚝 떨구기 시작했다.

"미안해요. 정말 미안해요. 하지만… 그게 결코 본심이 아니었다는 건 사숙께서도 알아주셨으면 해요. 저희는 다만……."

하운지는 목이 메어 말을 잇지 못했다.

투두둑!

빗방울이 바닥을 두드리는 듯한 소리에 고개를 돌린 진영인은 씁쓸한 얼굴로 한숨을 터뜨렸다. 안자명과 안지명이 엎드려 있는 흙바닥 역시 어느새 눈물에 흠뻑 젖어 있었던 것이다.

"사, 사숙."

말없이 상황을 지켜보던 곽범태가 진영인을 불렀다.

"누, 누구보다 이 녀석들을 잘 아는 사람은 사, 사숙 아닙니까. 사숙께서 자릴 뜬 이후에 이 녀석들은 계속 이곳에서 사숙께서 오기만을 기다렸습니다. 그, 그만 용서해 주세요."

바닥에 엎드려 고개를 숙인 채 안자명과 안지명이 입을 열었다.

"사숙, 차라리 저희들을 꾸짖고 벌을 주십시오!"

"어떤 벌이라도 사숙께서 내리신다면 기꺼이 감내하겠습니다."

"일어나라."

"사숙!"

"어서 일어나지 못할까!"

추상같은 진영인의 호통에 하운지는 물론 안자명과 안지명, 그리고 곽범태마저 놀란 눈으로 그를 바라봤다.

늘 보기 좋은 웃음으로 자신들을 대하던 진영인이다. 이처럼 화를 내는 그의 모습을 단 한 번도 본 적이 없는 그들은 몹시 두렵고 당황스러워 아무런 말도 하지 못했다.

주춤거리며 일어서는 안자명과 안지명을 향해 진영인이 입을 열었다.

"어떤 벌이라도 감내하겠다고 했지?"

"예……."

"좋아. 이 악물어."

"네?"

"이 악물라고."

진영인의 명령에 안자명과 안지명은 어금니를 꽉 깨물었다.

퍽! 퍽!

시원한 격타음과 함께 안자명과 안지명의 얼굴이 휙 돌아갔다.

털썩!

진영인의 주먹에 얻어맞은 안자명과 안지명은 바닥에 넘어진 채 한동안 일어설 줄을 몰랐다. 얼얼한 턱을 어루만지며 당황한 표정으로 진영인을 올려다볼 뿐이었다.

그런 그들을 향해 진영인이 씨익 웃어 보였다.

"이걸로 용서해 줄게. 사질들은 내 마음을 아프게 했고 나는 사제들의 턱을 아프게 했으니 이 정도면 공평한 거래지?"

"사숙……."

안자명과 안지명의 뺨을 타고 주르륵 눈물이 흘러내렸다.

"어이, 우는 거야, 웃는 거야?"

진영인의 말에 안자명과 안지명은 서로의 얼굴을 바라보곤 이내 키득거리기 시작했다.

그도 그럴 것이, 얼굴은 온통 눈물 범벅이었고 웃는 듯 마는 듯 묘하게 찡그려진 서로의 표정은 실로 가관이었던 것이다.

"이제 운지 차례로군."

진영인이 자신을 바라보자 하운지는 흠칫하여 신형이 굳어졌다. 하지만 이내 각오를 다진 듯 진영인을 향해 다가섰다. 그리고 이를 악문 채 두 눈을 질끈 감았다.

그러나 한참이 지나도 턱에서 충격이 느껴지지 않았다.

가늘게 실눈을 뜬 하운지는 빙글거리며 웃고 있는 진영인을 발견했다.

"뭐, 뭐예요?"

"하하, 그래도 질녀는 여자인데 어찌 이 녀석들처럼 우악스런 방법을 쓰겠어?"

하운지는 내심 안도의 한숨을 삼켰다. 하지만 심상치 않은 진영인의 웃음을 마주하고 있자니 불안한 감정이 슬그머니 고개를 들었다.

"그럼요?"

"운지는 이걸로 용서해 주지."

펄럭!

말이 끝나기가 무섭게 하운지는 허공에 치솟은 자신의 치맛자락을 발견할 수 있었다.

비록 치마 안에 속바지를 입고 있다곤 하나 그녀의 얼굴은 노을이 내려앉은 것마냥 더없이 붉게 달아올랐다.

"시숙!"

빽 소리를 지른 하운지는 자신도 모르게 손을 휘둘렀다. 하지만 진영인의 신형은 이미 십 장이나 물러서 있어 그녀의 손은 애꿎은 허공만 가르고 말았다.

"하하, 지금은 누굴 찾느라 운지 너를 상대해 줄 시간이 없구나. 이

따가 다시 이야기하자꾸나.”

진영인이 막 신형을 날리려는 찰나 눈치 빠른 안지명이 재빨리 외쳤다.

“그 꼬마라면 조금 전에 산문 쪽으로 향했어요.”

고개를 끄덕인 진영인은 문득 생각난 듯 자신의 사질들을 향해 입을 열었다.

“풍검 사형은 내가 설득할 테니 내 노력이 헛되지 않도록 너희들도 최선의 노력을 다하도록 해라.”

연거푸 고개를 끄덕이는 사질들을 뒤로하고 진영인은 곧장 산문 아래로 내달렸다.

‘점점 안개가 짙어지는데 큰일이로군.’

진영인은 조바심이 났다.

소나기라도 퍼부으려는 듯 하늘엔 어느새 먹구름이 가득했고, 주위는 소리없이 안개에 잠기기 시작했기 때문이다.

아무리 진영인이라 할지라도 짙은 안개 속에서 사람을 찾는 건 결코 쉬운 일이 아니었다. 게다가 형산의 도처에는 기암과 절벽들이 즐비해 있어 초행인 사람들은 길을 잃는다거나 발을 헛딛는 사고가 빈번했다. 모처럼 형산을 방문한 손님의 손녀가 다치기라도 한다면 자신은 물론 형산파의 위신에도 크게 흠집이 날 터였다.

잠시 생각을 정리하던 진영인은 곧바로 신형을 솟구쳤다.

높은 나뭇가지를 밟고 올라선 진영인은 구름처럼 발밑을 흐르는 안개를 응시하며 청각을 최대한으로 끌어올렸다.

그러기를 잠시.

진영인은 문득 얼굴을 스치는 바람에 섞인 희미한 인기척을 감지했다.

"저쪽인가?"

나뭇가지가 낭창하게 휘어지나 싶더니 그 탄력을 이용한 진영인의 신형이 허공을 갈랐다. 안개를 뚫고 고개를 내민 나무들을 밟으며 삼백여 장을 이동하자 희미한 소리는 점점 뚜렷해졌고, 진영인은 머지않아 그것이 여아의 울음소리라는 것을 알 수 있었다.

"엉엉! 할아버지!"

바닥에 주저앉아 대성통곡하는 악운경을 발견한 진영인은 안도의 한숨을 흘렸다.

진영인이 나무 위에서 뛰어내리자 악운경은 화들짝 놀라 어깨가 굳어졌다.

"귀… 귀신……?"

새파래진 얼굴로 더듬거리는 그녀의 모습에 진영인은 의아한 얼굴로 주위를 둘러보았다. 그리곤 이내 껄껄 웃음을 터뜨렸다. 악운경이 자신을 귀신으로 오해한 이유를 깨달았기 때문이다.

짙은 안개로 인해 어지간히 안력이 높지 않고서는 삼 장 앞에 떨어진 사물도 분간하기 어려웠다. 당연히 그녀는 흐릿한 자신의 윤곽만을 볼 수 있을 테니 귀신으로 여긴다 해도 하등 이상할 게 없었다.

하지만 악운경은 진영인의 웃음소리마저 두려운 듯 귀를 막고 눈을 감은 채 열심히 무언가를 중얼거리기 시작했다.

"여, 영가(靈歌)가 지혜를 얻어서 선도왕생(善途往生)할지어다! 영가가 지혜를 얻어서 선도왕생할지어다!"

그것이 귀신을 쫓는 진언이라는 것을 깨달은 진영인은 실소를 머금고 그녀에게 다가섰다. 그리곤 손을 뻗어 가볍게 악운경의 볼을 꼬집었다.

"애석하지만 나는 귀신이 아니라서 그런 주문은 통하지 않아."

커다란 눈을 끔벅거리며 진영인을 바라보던 악운경은 이내 닭똥 같은 눈물을 뚝뚝 떨구며 진영인의 허벅지를 붙들었다.

"우엥!"

"괜찮니, 꼬마야?"

여전히 진영인을 붙든 채 떨어지지 않으면서도 악운경은 고개를 들어 진영인을 노려봤다.

"경아는 꼬마가 아니야!"

콧물을 훌쩍이면서도 당돌한 태도를 잃지 않는 그녀의 모습에 진영인은 터져 나오는 웃음을 간신히 참아야만 했다.

"험험."

두어 번의 기침으로 목소리를 가다듬은 진영인이 다시금 입을 열었다.

"이런 산속에서 갑자기 안개에 갇힌다면 어른이라도 두려워하기 마련인데 어린 아가씨가 울지도 않고 용케 나를 찾아왔구나. 과연 화산검절 어르신의 손녀는 매우 용감하군."

그제야 악운경은 소매로 얼굴을 닦더니 배시시 웃음을 흘렸다.

"아저씨가 길을 잃어버린 것 같아서 경아가 데려가려 한 거야."

그 귀여운 모습에 진영인 역시 장난기가 동했다.

진영인은 진중한 표정으로 그녀에게 정중히 포권을 취했다.

"나 진모는 그대의 의협심에 진심으로 탄복하는 바이오. 오늘의 은혜는 훗날 반드시 갚도록 하겠소. 그러니 소저의 방명을 알려주시겠소?"

"난 악운경이야. 향초 이름 운(芸)에 옥처럼 빛날 경(璟)."

"소생은 진영인이라 하오. 옥빛 영(瑛)에 눈빛 인(瞵) 자를 쓴다오."

진영인은 번쩍 악운경을 들어 올려 자신의 어깨 위에 얹었다.

"엄마야!"

갑작스런 그의 행동에 놀란 악운경은 깜짝 놀라며 진영인의 목을 끌어안았다.

"지금 당장 소생이 할 수 있는 답례는 이것밖에 없구려."

그 말과 동시에 진영인은 신형을 솟구쳤다. 그리고 안개 위로 삐죽이 솟구친 나무 꼭대기를 밟으며 죽죽 앞으로 치고 나갔다.

"와아!"

진영인의 발밑으로 흐르는 안개와 빠르게 스치는 주위의 풍경에 악운경은 탄성을 터뜨렸다. 마치 구름을 밟고 나는 듯한 기분에 취해 두려움 따위는 날려 버린 지 오래였다.

그런 그녀를 곁눈질하며 흐뭇해하는 진영인이었다. 하지만 어느 순간 진영인의 신형이 돌연 멈춰 섰다.

처음과 달리 미미하게 인상을 찌푸린 진영인의 모습에 악운경은 의아한 눈으로 진영인을 바라봤다.

탁!

악운경을 안은 채 진영인은 나무 위에서 내려섰다.

주위를 둘러보던 진영인이 악운경을 향해 나직이 속삭였다.

"악 소저, 근처에 불순한 무리들이 숨어 있는 것 같소. 소저는 나를 구하느라 몹시 지쳐 있을 테니 소생이 그들을 물리치리다. 그러니 행여 그들을 보더라도 두려워해서는 아니 되오."

악운경이 힘차게 고개를 끄덕이자 진영인은 빙그레 웃으며 그녀의 머리를 쓰다듬었다. 그리고 머지않아 쩌렁한 진영인의 일갈이 자욱한 안개를 흩어냈다.

"누가 감히 이곳에서 지저분한 살기를 흘리는 것이냐!"

웅혼한 내력이 실린 진영인의 음성이 긴 여운을 남기며 사라졌으나 주변은 여전히 고요했다.

진영인은 말없이 근처의 나뭇가지를 꺾어 들었다. 그리고 이십 장쯤 떨어진 곳을 향해 손을 뿌렸다.

쐐애애액!

카앙!

"크윽!"

예리한 파공음과 함께 일순 안개가 썰물처럼 갈라지나 싶더니 차가운 금속성과 답답한 신음 소리가 동시에 터져 나왔다.

흩어진 안개 사이로 비틀거리는 인영을 발견한 악운경의 눈이 크게 홉떠졌다. 설마 진짜로 누군가 숨어 있으리라고는 생각지 못했던 까닭이다. 하지만 비명을 지르거나 소란을 떨지는 않았다. 다만 진영인의 옷자락을 움켜쥔 손에 더욱 힘이 들어갔을 뿐이다.

'비록 어리지만 그래도 화산 문하로군.'

내심 감탄한 진영인은 이내 눈빛을 차갑게 굳히며 사내를 노려봤다.

"겁먹은 고양이마냥 웅크린 채 숨어 있는 당신은 누구요?"

명백한 조롱이 담긴 질문이었다. 이에 복면 사이로 드러난 흑의인의 눈에서 자욱한 살기가 일렁였다.

흑의인은 말없이 자신의 어깨에 박혀 있는 나뭇가지를 뽑아냈다. 그리고 동강이 난 채 바닥에 뒹굴고 있는 자신의 검을 집어 들었다.

"너와는 상관없는 일이니 그냥 가던 길이나 마저 가라."

쇠 종이 깨지는 것처럼 카랑카랑한 음성이었다.

이에 진영인은 슬쩍 웃음을 머금었다.

“그런데 어째서 당신의 말과 달리 당신 일행은 은밀히 나의 후위로 움직이는 것이오?”

그 말에 복면인의 눈에 흠칫하는 기색이 떠올랐다 사라졌다.

“암기로 나를 공격한 것이 우연은 아닌가 보군. 하지만 넌 그냥 이곳을 지나쳤어야 했다.”

스윽.

복면인의 말이 끝나기가 무섭게 자욱한 안개 사이로 여덟 명의 사내가 유령처럼 모습을 드러냈다.

“쳐랏!”

복면인의 명령이 떨어지자 이들은 일제히 진영인을 향해 신형을 날렸다.

“어딜!”

팟!

진영인의 어깨가 흔들리는가 싶더니 허깨비처럼 그 자리에서 사라졌다. 극성의 운영미보가 펼쳐진 것이다.

“엇?!”

복면인의 당혹스러운 음성이 채 사라지기도 전 진영인은 어느새 흑의인들의 전면에 이르러 있었다.

진영인은 그대로 육성의 공력을 담은 산매장으로 정면에 위치한 흑의인의 가슴을 후려쳤다.

쩌엉!

가슴에 일격을 허용한 흑의인은 그대로 십 장 정도를 날아 안개 속에 묻혀 버렸다.

이를 시작으로 진영인은 그들이 방비할 틈을 주지 않고 연달아 산매장의 초식들을 펼쳐 내기 시작했다.

쩌저저저정!

허공을 가득 메운 현란한 수영과 함께 육중한 격타음이 연이어 터져 나왔다.

쿵! 쿠웅! 쿵쿵!

나무 둥치와 흙바닥에 처박힌 수하들의 모습에 복면인은 경악을 금치 못했다.

"어, 어떻게……?"

당황한 나머지 복면인은 말을 잇지 못했다. 하지만 진영인은 얼굴 앞으로 자신의 손을 들어 유심히 바라볼 뿐이었다.

어느새 그의 손은 퉁퉁 부어 있었다.

'온몸에 철판이라도 두른 걸까?'

진영인은 흑의인들을 가격했을 당시 손바닥에 전해진 둔탁한 충격을 떠올렸다.

그때였다.

"……!"

진영인의 눈에 의아함이 서렸다.

비록 육성의 공력을 실은 산매장이었으나 그 안에 담긴 힘은 능히 커다란 바위를 부수고도 남을 만큼 웅혼한 것이었다. 어지간한 고수라도 족히 보름은 요양해야 거동할 수 있을 터였다. 하지만 하나둘씩 신형을 일으키는 흑의인들은 그 어떤 충격도 받지 않은 듯 천천히 자신을 향해 다가서고 있었다.

“이놈들은 동피철골(銅皮鐵骨)이란 말인가?”

의아해하는 진영인을 향해 복면인이 기분 나쁜 웃음을 터뜨렸다.

“크크큭, 과연 금강동인(金剛銅人)! 네놈의 솜방망이 같은 공격으로는 그들의 피부에 흠집 하나 낼 수 없다.”

“조금 전만 해도 겁에 질려 있던 인간이 입에 담을 말은 아닌 것 같군.”

“……!”

진영인의 조소에 복면 사이로 드러난 그의 얼굴이 분노로 붉게 달아올랐다.

“저놈을 갈가리 찢어 죽여라!”

복면인의 외침에 흑의인들은 다시금 진영인을 향해 쇄도해 왔다.

이에 차분히 눈빛을 가라앉힌 진영인은 뇌정단공을 극성으로 끌어올렸다.

파지직!

진영인의 양손에 일렁이던 푸르스름한 기운이 점차 짙어지나 싶더니 이내 구체화된 형태로 맺혀갔다.

그리고 흑의인들과 불과 이 장의 거리를 남겨뒀을 때 진영인이 손을 앞으로 내뻗었다.

콰아앙!

갑자기 뇌성이 터져 나와 공기를 찢어발겼다. 그리고 자욱한 먼지 사이로 달려들던 속도보다 더욱 빠르게 튕겨지는 흑의인들의 신형이 보였다.

콰지직!

두꺼운 나무를 부러뜨린 흑의인들은 그러고도 한참을 더 날아 바닥에 떨어졌다.

"이, 이기생형(異氣生形)!"

진영인의 손에 맺혀 있는 푸른 기운을 목도한 복면인이 경악성을 터뜨렸다. 하지만 진영인은 일말의 대꾸도 없이 전면을 응시할 뿐이었다.

문득 진영인이 피식 마른 웃음을 터뜨렸다.

"정말 튼튼한 녀석들이로군."

어이가 없다 못해 기가 막혔다.

안개와 뒤섞인 뿌연 먼지 가운데 또다시 신형을 일으키는 흐릿한 인영들을 발견했기 때문이다.

갈가리 찢겨진 그들의 옷 사이로 드러난 맨살에는 그을린 자국만이 남아 있을 뿐 뚜렷한 외상은 찾아볼 수 없었다. 하지만 전력을 실은 산매장에는 충격을 받은 듯 술 취한 사람처럼 비틀거리고 있었다.

그러나 이도 잠시, 이들은 이내 신형을 바로잡고 다시금 진영인을 향해 신형을 날려왔다.

"흠……."

진영인은 눈살을 찌푸렸다.

전력을 실은 산매장은 능히 백 근의 화약과도 맞먹는 위력을 담고 있었다. 비록 검을 사용하진 않았다 하나 그들이 멀쩡하게 견뎌내자 은근히 자존심이 상했던 것이다.

한편으로는 예상을 훨씬 상회하는 그들의 능력에 의구심이 들었다. 하지만 순식간에 짓쳐든 흑의인들의 모습에 생각은 잠시 미루기로 결정했다.

진영인의 일장이 한 번 더 흑의인들에게 닥쳐들었다.

콰앙!

그리고 또 일장.

콰콰콰쾅!

휘익!

진영인이 신형을 날렸다. 그리고 이번에는 바닥에서 꿈틀거리는 그들의 머리 위로 산매장을 퍼부었다.

콰르르르릉!

그렇게 연달아 삼 장이나 때려내고서야 진영인은 복면인을 향해 고개를 돌렸다.

"당신들은 누구요?"

복면인은 말이 없었다. 복면 사이로 드러난 창백한 얼굴과 가늘게 떨리는 어깨가 그의 심정을 나타낼 뿐이었다. 압도적인 진영인의 무위에 기가 질린 것이다.

이때 어디선가 긴 휘파람 소리가 들려왔다.

삐익!

휘파람 소리를 들은 복면인은 한차례 흠칫하더니 진영인을 향해 입을 열었다.

"애초 우리는 당신을 기다린 것이 아니었소. 한 가지 일만 처리되면 우리는 곧장 이곳을 떠날 것이니 당신도 가던 길이나 마저 가시오."

진영인은 빙그레 웃음을 머금었다.

"그럼 어째서 나를 찢어 죽이려 했던 것이오?"

복면 사이로 드러난 그의 눈에는 당황하는 기색이 역력했다.

"그, 그건… 내 실수임을 인정하오. 그러니……."

하지만 차가운 진영인의 음성이 복면인의 말을 잘랐다.

"나는 당신들의 정체를 물었소."

빠드득.

복면 속에서 이빨 가는 소리가 들려왔다.

이윽고 복면인이 애써 태연한 음성으로 입을 열었다.

"어쨌든 나는 당신에게 분명히 사과했소. 그러니 더 이상 우리를 물고 늘어지지 마시오."

그 말을 끝으로 복면인은 신형을 돌려 안개 속으로 모습을 감추었다. 동시에 쓰러져 있던 흑의인들 역시 벌떡 일어나 복면인이 사라진 방향으로 신형을 날렸다.

"허!"

어이없는 표정을 짓던 진영인은 재빨리 손을 뻗어 달아나는 흑의인들 중 한 명을 잡아챈 다음 바닥에 내동댕이쳤다.

쾅!

"적반하장도 유분수로군. 감히 형산에서 함부로 행동하고도……."

진영인은 말을 끝맺지 못했다.

쉬익!

갑자기 튀어 오른 흑의인이 얼굴을 노리고 갈퀴 같은 손을 휘둘렀기 때문이다.

"어딜!"

슬쩍 비켜선 진영인은 그대로 상대의 맥문을 움켜쥐었다. 그리고 그대로 다시 한 번 바닥에 내동댕이쳤다.

콰앙!

하지만 진영인은 흑의인의 손목을 놓고 급히 물러섰다.

'혈도가 존재하지 않는 것인가?'

마혈(痲穴)에 속하는 맥문(脈門)을 제압당하면 온몸이 저려와 움직일 수가 없는 게 일반적이다. 하지만 흑의인의 강철처럼 단단한 손목에서는 혈도라 불리울 만큼 약한 곳을 찾아볼 수 없었다.

"음……."

우연히 흑의인과 눈이 마주친 진영인은 자신도 모르게 침음성을 흘리고 말았다. 온통 흰자위로 채워진 흑의인의 눈은 살아 있는 사람의 그것이 아니었기 때문이다.

그렇다고 귀담(鬼譚)에서나 나올 법한 강시도 아니었다. 시체를 제련한 강시는 움직임이 뻣뻣하고 자연스럽지 못하다 들었다. 하지만 무공을 사용하는 이들의 동작은 매우 자연스러웠다. 게다가 심장이 뛰고 숨을 쉬는 게 분명했던 것이다.

"어쩔 수 없군."

흑의인의 공격을 피해 그의 뒤로 돌아간 진영인은 그대로 그의 등에 일장을 갈겼다.

퍼엉!

진영인은 균형을 잃고 넘어진 그의 등을 밟은 다음 천근추를 시전했다.

쩌적!

바닥에 금이 가며 흑의인의 신형이 흙 속에 움푹 틀어박혔다.

"어찌한다?"

발밑에서 바둥거리는 흑의인은 일단 제쳐 둔 채 진영인은 난처한 눈으로 악운경을 바라봤다.

이대로 복면인들을 놓칠 수는 없었다. 그렇다고 어떤 위험이 도사리고 있을지 알 수 없는 곳에 그녀를 데리고 갈 수도 없는 노릇이고, 안개 자욱한 이곳에 어린아이 홀로 남겨두는 것 역시 위험했다.

문득 이곳이 산문과 멀리 떨어져 있지 않다는 것을 떠올린 진영인은 악운경을 향해 입을 열었다.

"지금부터 내가 아주 크게 소리를 지를 거야. 그러니 귀를 꼭 막고 있어야 한다."

"응."

어느새 말 잘 듣는 어린애가 된 악운경은 고개를 끄덕이더니 양손으로 귀를 막았다. 그리고 약간은 두려운 눈으로 진영인을 바라봤다.

그런 그녀를 향해 진영인은 빙그레 웃어주었다.

이에 악운경 역시 진영인을 따라 웃었다.

천천히 내공을 끌어올린 진영인은 허공을 향해 뇌룡음(雷龍音)을 터뜨렸다.

"우우우!"

허공을 떨어 울리는 엄청난 굉음이 긴 여운을 남기며 흩어질 즈음 멀리서 이에 화답하는 외침이 있었다.

"우우!"

"목소리를 보니 풍검 사형이로군."

조용히 미소를 머금은 진영인은 가까운 곳에 떨어져 있는 나뭇가지를 향해 손을 뻗었다.

휘류류류!

보이지 않는 힘에 이끌려 나뭇가지가 진영인의 손으로 빨려드는 것처럼 날아들었다.

"그거 격공섭물(隔空攝物)이죠?"

악운경의 외침에 진영인이 고개를 끄덕였다.

"잘 아는구나."

"예전에 할아버지가 보여준 적이 있어요."

고개를 끄덕인 진영인은 흑의인의 옷을 찢어 나뭇가지에 감았다. 그리고는 진기를 끌어올렸다.

화악!

그의 손끝에서 푸른 불꽃이 튀어 오르더니 순식간에 헝겊에 옮아 붙었다.

불붙은 나뭇가지를 악운경의 앞에 던져 주며 진영인이 입을 열었다.

"이건 뭔지 알겠니?"

"음, 삼매진화(三昧眞火)요!"

"정말 똑똑하구나."

진영인의 칭찬에 악운경은 배시시 웃음을 흘렸다.

그런 그녀를 향해 진영인이 말을 이어갔다.

"그걸 들고 있으면 금방 너희 할아버지가 너를 찾을 수 있을 것이다."

"아저씨는 나쁜 사람들을 잡으러 가려구요?"

진영인이 고개를 끄덕이자 악운경은 걱정스러운 표정으로 진영인을 바라봤다.

"여기에 저 혼자 있어야 해요?"

"머잖아 사람들이 이곳으로 올 거야. 경아는 똑똑할 뿐만 아니라 용감하니까 의연하게 그들을 기다려야 한다. 알겠지?"

"응……."

마지못해 고개를 끄덕이는 악운경을 향해 진영인은 재차 다짐을 받았다.

“절대 여기를 벗어나면 안 된다.”

“응, 경아는 잘할 수 있어.”

진영인은 비로소 천근추를 거두었다. 그리고 악운경을 안고 훌쩍 뒤로 물러섰다.

자신을 찍어누르던 압력이 사라지자 흑의인은 벌떡 일어났다. 흐릿한 눈으로 주위를 살피던 흑의인은 공격할 대상이 없음을 깨닫고는 일행이 사라진 방향으로 신형을 날렸다.

흑의인이 안개 속으로 사라지자 잠시 후 악운경을 안은 진영인이 장내에 모습을 나타냈다.

진영인이 자신을 내려놓자 악운경은 재빨리 그의 소매를 붙들었다.

“이따가 경아랑 많이 놀아줘야 돼?”

“오빠라고 부르면.”

“응, 오빠.”

흐뭇한 얼굴로 진영인은 악운경의 머리를 쓰다듬었다. 그리곤 흑의인을 쫓아 신형을 날렸다.

진영인이 사라진 방향을 멍하니 바라보던 악운경이 이내 표정을 달리했다.

“저기 불빛이 보여요!”

낯선 여인의 음성이 들려오자 악운경은 손에 든 횃불을 마구 흔들었다. 그리고 잠시 후 자신을 향해 달려오는 악원홍을 발견할 수 있었다.

“할아버지!”

품으로 뛰어드는 손녀를 받아 든 악원홍은 격전의 흔적이 남아 있는 주변을 의아한 얼굴로 바라봤다.

"사숙은? 사숙은 어디 가셨지?"

낯선 여인의 다급한 음성에 악운경은 고개를 돌렸다.

하운지의 눈부신 미모를 대한 악운경은 그 짧은 순간 커다란 눈을 깜박이며 그녀와 진영인의 관계를 가늠했다. 그리고는 입술을 삐죽이더니 악원홍의 품에 얼굴을 묻어버렸다.

조바심이 난 하운지의 음성이 날카로워졌다.

"사숙은 어디로 가신 거야?"

"몰라!"

빽 소리를 지르는 악운경을 대신해 악원홍이 대신 사과했다.

"미안하네. 낯을 심하게 가리는 아이니 이해해 주게나."

악원홍은 이내 부드러운 말로 손녀를 타이르기 시작했다.

"우리 경아 착하지? 방금 크게 소리 지른 아저씨는 어디로 갔느냐?"

악운경은 손을 들어 한곳을 가리켰다.

"나쁜 사람들 잡으러 갔어."

"나쁜 사람들?"

"응. 오빠를 죽인다고 했거든."

순간 하운지의 안색이 창백해졌다. 그리고 이는 풍검과 명검을 비롯한 진영인의 사질들 역시 마찬가지였다.

"명검 사제는 이대제자들과 함께 이곳을 수색하게. 난 곧바로 사제를 찾아보겠네."

"알겠습니다."

풍검의 말에 명검이 고개를 끄덕일 때 돌연 하운지가 지시도 기다리지 않고 악운경이 가리킨 방향으로 신형을 날렸다.

"사, 사매!"

“사저!”

당혹성을 터뜨린 곽범태, 그리고 안자명과 안지명 역시 주저 않고 하운지를 따라 신형을 날렸다.

“이 녀석들이!”

제멋대로 행동하는 제자들의 모습에 풍검의 눈썹이 역팔자를 그렸다.

“사제, 이곳을 부탁하네.”

그리고 그 역시 안개 속으로 사라졌다.

“할아버지… 미안해요…….”

무엇이 미안하다는 것일까? 의아한 눈으로 바라보는 악원홍을 향해 악운경이 기어들어 가는 목소리로 입을 열었다.

“할아버지랑 한 약속 있잖아……. 그거 못 지킬 거 같애…….”

잠시 기억을 더듬던 악원홍은 이내 며칠 전 주루에서 나눈 손녀와의 대화를 떠올릴 수 있었다. 그리곤 피식 웃음을 터뜨렸다.

“이 녀석아, 평생 시집 안 가겠다고 한 건 너였지 내가 가지 말라 한 적은 한 번도 없었다.”

“헤헤, 그런가?”

꿀밤을 맞고도 배시시 웃는 악운경이었다. 작은 소녀의 양 볼에는 어느덧 발그레한 홍조가 머물고 있었다.

혹의인의 뒤를 쫓기 시작한 지 약 이각이 흘렀을 무렵 진영인은 급히 신형을 멈췄다. 전방에 운집해 있는 수많은 인기척을 느꼈기 때문이다.

잠시 생각을 정리하던 진영인은 이내 조심스럽게 그들의 지척으로 접근했다. 우선은 이들의 정체와 목적을 알아내는 것이 급선무였던 까닭이다.

장내가 훤히 내다보이는 곳에 자리를 잡은 진영인은 스물네 명에 달하는 금강동인을 확인할 수 있었다. 처음 자신을 공격했던 복면인은 흙바닥에 엎드려 있었다. 그 맞은편에는 목내이처럼 깡마른 노인이 서 있었는데 아무래도 그가 이들의 수장(首長)인 듯싶었다.

보기에도 섬뜩한 녹색 안광을 흘리며 노인이 입을 열었다.

"어떻게 된 것이냐?"

"그, 그게… 생각지도 못한 인물에게 방해를 받았습니다."

복면인의 음성은 두려움에 질려 있었다.

"생각지도 못한 인물?"

복면인은 황급히 진영인에 대해 설명하기 시작했다.

"그는 이제 막 약관을 넘긴 듯한 청년이었습니다. 엄청난 장법을 쓰는 자였는데 이기생형의 경지에 이르러 있어 금강동인들조차 그에겐 속수무책이었습니다."

"이기생형?"

정신없이 고개를 끄덕이는 복면인을 향해 노인의 차가운 음성이 떨어졌다.

"약관의 나이에 이기생형이라……. 그게 가능하다 생각하느냐?"

"하지만 사실입니다."

복면인에게서 시선을 거둔 노인은 주위에 시립해 있는 금강동인을 바라봤다. 그리고는 다시 입을 열었다.

"그래서 그는 처리했느냐?"

잠시 흠칫하던 복면인이었으나 이내 황급히 고개를 주억거렸다.

"그가 방해하는 일은 더 이상 없을 것입니다."

근처에서 이를 지켜보던 진영인은 피식 웃음을 터뜨렸다.

'어설프게 둘러대는 것을 보니 눈앞의 영감이 어지간히 두려운 모양이로군.'

실소하던 진영인은 문득 주변을 훑는 노인의 시선을 발견하곤 급히 기척을 감추었다.

별다른 이상이 없다고 판단한 노인은 이윽고 복면인을 향해 입을 열었다.

"금강동인을 풀어 십 리 이내를 쥐 잡듯이 뒤져라."

"형산파가 근처에 있습니다."

"상관없다."

"하지만 행여 그들과 마찰이 일어나면 지금까지 은밀하게 행동했던 모든 것이 상부의 눈에 드러날 수……."

"두달."

흠칫!

자신의 이름을 부르는 노인의 서늘한 음성에 가두달은 급히 하던 말을 삼켰다.

짙은 녹광을 뿌리며 가두달을 노려보던 노인은 이윽고 자신의 손에 들린 물건을 그에게 던졌다.

"이건……!"

"그 계집이 신고 있던 당혜(唐鞋)다. 부상을 당했으니 멀리 가진 못했을 터, 주변을 자세히 살핀다면 분명 흔적을 발견할 수 있을 것이다."

그제야 진영인은 그들이 한 명의 여인을 찾고 있다는 것을 알 수 있었다.

머뭇거리는 가두달을 향해 노인이 눈을 부릅떴다.

"이 정도 금강동인이라면 형산파 따위는 반 시진 안에 쓸어버릴 수 있다. 그러니 그들은 신경 쓸 필요 없다. 그러나 계집과 꼬마를 놓친다면 그분들은 네게 죽음으로 책임을 물을 것이다."

"보, 복명!"

가두달은 황망히 대답하며 신형을 일으켰다. 하지만 막 신형을 돌린 그의 눈이 더없이 크게 홉떠졌다. 인상을 찡그린 채 전면에서 다가오는 한 사람을 발견했기 때문이다.

"너는……!"

놀라서 말을 잇지 못하는 가두달을 무시하고 진영인은 곧장 노인을 향해 입을 열었다.

"형산을 쓸어버린다고? 누구 마음대로?"

"네놈은 누구냐?"

"조금 전 그 친구가 말하지 않던가?"

싸늘하게 가라앉은 노인의 시선이 가두달을 향했다.

애처로울 정도로 벌벌 떠는 수하를 바라보는 노인의 얼굴에는 그 어떤 감정도 담겨 있지 않았다.

삐각!

돌연 가두달의 머리가 수박처럼 깨져 나갔다. 동시에 핏물과 함께 튀어 오른 뇌수가 사방으로 비산했다.

눈 하나 깜짝 않고 수하를 죽이는 노인의 모습에 진영인은 자신도 모르게 눈살을 찌푸리고 말았다.

"네놈은 형산 문하인가?"

노인의 질문에 진영인은 대답하지 않았다. 머리가 으깨진 채 간헐적인 경련을 일으키는 가두달의 시신을 바라볼 뿐이었다.

퍼헉!

노인이 가두달의 시신을 걷어차 눈앞에서 치웠다. 그리고 다시 입을 열었다.

"형산 문하냐고 물었다."

진영인은 노인의 잔인한 손속에 치를 떨었다.

"그러는 당신은 누구요?"

"염왕에게 물어봐라."

노인의 입매에 비릿한 웃음이 감도나 싶더니 돌연 석상처럼 시립해 있던 스물네 명의 금강동인이 일제히 진영인을 향해 신형을 날려왔다.

진영인은 급히 뇌정단공을 끌어올렸다.

콰아아앙!

굉음과 함께 흙먼지가 일었다.

그대로 전면을 향해 내지른 진영인의 일장에 세 명의 금강동인이 튕겨 나갔다.

진영인은 운영미보를 펼쳐 연이어 들이닥치는 금강동인들의 공격을 피하는 한편 쉬지 않고 산매장을 뿌려댔다.

콰콰콰콰쾅!

연달아 터져 나온 벽력음과 함께 순식간에 절반이 넘는 금강동인이 바닥을 굴렀다. 하지만 그들은 약간의 시간이 흐르자 다시금 신형을 일으켜 진영인을 공격해 왔다.

'뭐 이따위 괴물들이 다 있어?'

진영인이 내심으로 욕을 퍼붓고 있을 때 멀지 않은 곳에서 섬뜩한 노인의 음성이 들려왔다.

"과연 믿는 구석이 있었군."

"……!"

진영인은 미간을 향해 날아드는 한줄기 강맹한 기운을 느꼈다.

촤악!

"크윽!"

진영인은 급히 산매장을 뿌려 금강동인들을 떨쳐 냈다. 그리고는 뒤로 물러나 자신의 뺨을 손바닥으로 쓸었다.

간신히 피하긴 했으나 길게 찢어진 뺨에서 흥건한 핏물이 묻어 나왔다.

'지풍(指風)인가?'

진영인은 놀란 가슴을 쓸어내렸다. 만약 조금만 늦게 눈치챘더라도 자신은 미간에 구멍이 뚫린 채 바닥을 뒹굴고 있을 것이 틀림없었다.

비록 절정의 무위를 지닌 진영인이었으나 지금까지 살아오며 이처럼 목숨의 위협을 느낀 적은 없었기에 가슴이 심하게 두근거렸다.

하지만 언제까지 멍하게 서 있을 수는 없는 일이었다. 어느새 금강동인들이 득달처럼 달려들고 있었기 때문이다.

뇌정단공을 극성으로 끌어올린 진영인은 정신없이 산매장을 뿌렸다. 그리고 한편으로는 노인을 찾기 위해 주변을 살폈다. 하지만 그 어디에서도 노인의 모습은 찾아볼 수 없었다.

그때였다.

쉬익!

'또!'

진영인은 급히 상체를 틀었다.

팔락!

날카로운 지풍이 가슴 어림을 스치며 상의를 길게 찢어놓았다.

진영인은 급히 지풍이 쏘아진 곳을 향해 신형을 날렸다. 하지만 그 앞을 다섯 명에 이르는 금강동인이 막아섰다.

"비켜!"

꽈르르릉!

뇌성을 동반한 진영인의 일장에 얻어맞은 금강동인들은 그대로 십 장이나 튕겨 나가 바닥에 처박혔다. 하지만 이미 그곳에서 노인은 찾아볼 수 없었다.

"클클클, 나를 찾는 것이냐?"

쉬익!

또다시 날아드는 지풍. 하지만 진영인은 피하지 않았다.

따아아앙!

차가운 금속성과 함께 진영인의 신형이 일 장가량 주르륵 밀려났다. 어느새 진영인의 손에는 한 자루 청강검이 들려 있었다.

"검? 후훗, 뇌운검결 따위로……."

어디선가 들려온 노인의 음성에 진영인의 눈에서 새파란 한광이 튀어 올랐다.

"형산을 모욕한 대가가 어떤 것인지 깨닫게 해주겠다."

우르르릉!

은은한 뇌성과 함께 진영인의 검이 허공에 화려한 잔영을 남겼다.

순간, 검끝에서 번뜩인 한줄기 백광이 허공을 갈랐다.

츄릿!

쩌엉!

“키에엑!”

처음으로 금강동인에게서 비명이 터져 나왔다. 진영인을 향해 달려들던 금강동인의 어깨에는 어느새 손가락만한 구멍이 뚫려 있었다.

진영인은 홀쩍 신형을 날려 금강동인들 사이로 뛰어들었다.

츠츠츠츠!

콰앙! 쾅! 콰콰쾅!

“키악!”

“캬!”

난무하는 검기의 소용돌이 속에서 금강동인들의 신형이 하나둘 나가떨어지기 시작했다. 처음과는 달리 진영인의 검에 당한 이들은 바닥에 쓰러져 꿈틀거릴 뿐 좀처럼 일어서지 못하고 있었다.

뇌운유정의 기수식을 시작으로 격풍호운, 격운전상에 이른 진영인의 검이 뇌성진천에 이르렀다.

꽈아아앙!

귀청이 찢어지는 듯한 벽력음이 대기를 뒤흔들었다.

순간 진영인의 주변 경물이 이지러졌다. 막강한 압력에 급격히 빠져나간 공기가 본래의 자리를 찾으며 만들어낸 현상이었다.

후우욱!

순식간에 들이닥친 후폭풍에 휩쓸린 금강동인들이 사방으로 나가떨어졌다. 하지만 그 이후에도 진영인의 검은 멈추지 않았다. 오히려 초식이 더해갈수록 그의 손에 들린 검끝에서 일렁이는 푸른 서기는 더욱 짙어지고 있었다.

츠츠츠츠츠!

다섯 줄기의 하얀 검광이 진영인의 검을 떠났다. 그리곤 균형을 잃은 채 비틀거리는 금강동인들을 사정없이 두드렸다.

콰콰콰콰쾅!

"키이이익!"

비명과 함께 펄쩍 뛰어오른 금강동인들은 이내 바닥에 쓰러져 꿈틀거렸다.

쉬익!

순간 자신의 가슴을 향해 날아드는 강맹한 기운을 느낀 진영인은 그대로 스물네 번 연달아 검을 휘둘렀다.

츠츠츳!

처음엔 단순히 위아래로 움직이던 그의 검이 어느 순간 진동의 폭을 넓혀갔다.

파아앗!

그리고 종국에는 폭발하듯 터져 나가는 검영(劍影)과 함께 전면에 푸른 막을 생성했다.

뇌운검결의 절대 수비식.

비처럼 쏟아지는 벼락이 하늘을 찢는다는 뇌운검결 제팔초식 패뢰파천이 진정한 위용을 드러낸 것이다.

찌이익!

검막에 부딪친 노인의 지풍은 갈가리 찢겨 허공에 흩어졌다.

"거, 검막!"

노인의 입에서 경악성이 터져 나왔다.

순간 진영인의 시선이 한곳을 향했다. 미약하지만 노인의 인기척을 감지해 낸 것이다.

우우우웅!

묵직한 울음을 토하며 진영인의 검이 급격한 변화를 일으켰다. 검막은 사라지고 없었으나 진영인의 전면에는 어느새 수많은 검기가 중첩되어 만들어낸 운무가 가득 메우고 있었다.

뇌운검결의 아홉 번째 초식, 운뢰중첩이었다.

파파파파팟!

강기와도 다름없는 운무에 닿기 무섭게 돌 조각이 먼지가 되어 흩날렸다.

"헉!"

자신을 향해 짓쳐드는 검기의 구름을 발견한 노인은 헛바람을 들이켰다.

콰르르릉!

이때 요란한 뇌성과 함께 한줄기 푸른 뇌전이 운무를 떠났다. 운뢰중첩에 이은 뇌운검결의 최상승 절기 묵운토뢰였다.

츄아악!

"크아아악!"

숫구치는 핏줄기와 함께 주위의 경물이 흔들렸다. 그리고 희뿌연 안개 사이로 어깨를 움켜쥔 채 비틀거리는 노인의 모습이 드러났다.

자신의 옷을 타고 빠르게 번져 가는 핏물과 진영인을 번갈아 보며 노인은 믿을 수 없다는 표정으로 입을 열었다.

"형산파에 너와 같은 고수가 있다는 말은 듣지 못했다. 너는 누구냐?"

"진영인. 형산파 일대제자다."

"일대제자? 노부가 겨우 일대제자 따위에게……."

허탈한 웃음을 흘리던 노인이 왈칵 피를 토했다. 그리고 힘겹게 고개를 들어 진영인을 노려보았다.

"죽여라!"

"나는 당신처럼 살인을 즐기는 취미는 없소."

"그렇다면 나를 어쩔 셈이냐?"

진영인이 빙그레 웃음을 머금었다.

"나와 함께 가주셔야겠소."

흠칫하던 노인의 얼굴에 비릿한 흉소가 떠올랐다.

"그런 일은 없을 것이다. 너는 기회가 있을 때 나를 죽였어야 했다."

천천히 신형을 일으킨 노인의 얼굴에 맺힌 웃음이 더욱 짙어졌다.

의아한 얼굴로 노인을 바라보던 진영인은 문득 등 뒤에서 느껴지는 인기척에 고개를 돌렸다.

"정말 끈질기군!"

온몸에 구멍이 뚫리고도 비틀거리며 일어서는 금강동인들을 발견한 진영인은 황당함을 금치 못했다.

그때였다.

"아휴! 정말이지, 귀찮아 죽겠어! 내가 왜 이런 산구석까지 와야 하는 건데?"

갑자기 들려온 여인의 음성에 진영인은 고개를 돌렸다.

"……!"

진영인의 눈이 크게 떠졌다. 오 장쯤 떨어진 바위에 앉아 있는 여인과 그 옆에 웅크리고 있는 사내를 발견한 까닭이었다.

'이처럼 가까이 접근할 때까지 눈치채지 못했다니!

진영인의 얼굴에 떠오른 감정을 읽었음인지 여인은 고혹적인 자태로 웃음을 터뜨렸다.

“호호호, 놀란 눈이 더욱 귀여운걸?”

“당신들은 누구요?”

여인은 대답 대신 진영인의 뒤를 향해 슬쩍 시선을 던졌다.

‘같은 일행이란 말인가!’

진영인은 경각심을 일깨웠다. 눈앞의 이들은 지금까지 만나본 사람들 중 가장 위험한 분위기를 지니고 있었다.

第七章

권토중래(捲土重來)

"**호**, 호약란!"

등 뒤에서 들려온 노인의 음성에 진영인은 고개를 돌렸다. 그리곤 의아함을 금치 못했다. 노인의 두 눈에 떠오른 감정. 그것은 극한에 이른 공포였던 것이다.

'일행이 아니었단 말인가?'

이때 호약란이라 불리운 여인이 깔깔 웃음을 터뜨렸다. 그리곤 진영인을 향해 화사한 미소와 함께 입을 열었다.

"소녀의 수고를 덜어준 형산의 진 공자님께 진심으로 감사드립니다. 본래는 이에 대한 답례를 하는 것이 강호의 도리겠으나 지금은 상황이 여의치 않으니 훗날로 미루겠습니다. 자, 이제 그 늙은 쥐새끼를 제게 넘겨주시겠습니까?"

"불가하오."

"어째서죠?"

"형산에 침입한 이유와 목적을 알기 전에는 이자를 풀어줄 수 없소. 게다가 당신들과 이자가 같은 일행이 아니라는 보장도 없지 않소?"

스윽.

진영인의 말이 떨어지기가 무섭게 호약란의 옆에서 바위처럼 웅크리고 있던 사내가 천천히 신형을 일으켰다.

"……!"

진영인의 눈에 언뜻 놀라움이 떠올랐다. 웅크리고 있을 때는 몰랐으나 그가 허리를 바로 펴자 키가 육 척에 달하는 곽범태보다 머리 하나는 더 컸던 것이다. 게다가 그는 유달리 긴 팔을 지니고 있었는데 바닥을 향해 늘어뜨린 팔의 두께는 자신의 허벅지만 했다.

'살다 살다 이렇게 엄청난 체구를 지닌 사람은 처음 보는군.'

내심 감탄을 하던 진영인은 이내 자신을 향해 한 걸음 다가서는 사내의 모습에 경각심을 일깨웠다.

이때 호약란이 급히 사내를 제지했다. 그리고 다시금 부드러운 표정으로 입을 열었다.

"우리는 그와 한패가 아닙니다. 그러니 공자께서도 쓸데없는 고집을 거두십시오."

마치 생떼를 쓰는 아이를 타이르는 듯한 그녀의 어조에 진영인은 기분이 상했다.

그런 진영인의 마음을 읽었음인지 그녀는 싱긋 웃으며 말을 이었다.

"형산에도 문규(門規)가 있겠지요?"

"무슨 말을 하고 싶은 것이오?"

진영인의 반문에 호약란의 미소가 더욱 짙어졌다.

"형산 문도 중 배신자가 있다고 해요. 그럼 의당 문규에 따라 배신자를 처벌하겠지요. 하지만 타 문파 사람이 이를 방해한다면 공자는 어떻게 하겠습니까?"

"이 노인이 당신네 문파의 배신자란 말이오?"

"이제야 말이 통하는군요."

웃으며 고개를 끄덕이는 호약란과 노인을 번갈아 바라보던 진영인은 두려움 가득한 노인의 표정에서 그녀의 말이 거짓이 아님을 느낄 수 있었다.

"그렇다면 이자의 내력과 형산에 침입한 이유를 당신이 설명할 수 있겠소?"

잠시 생각을 정리하던 호약란이 나직한 한숨과 함께 고개를 흔들었다.

"그건 불가능합니다."

"어째서요?"

"이 일은 형산파와는 관계가 없는 일이며 공자가 알게 되어 좋을 게 없기 때문이죠. 오히려 화를 면하기 힘들 것입니다."

"마치 나를 생각해 주는 듯한 말투구려."

"어머? 모르셨나요? 저는 오늘 공자와 처음 만났지만 소녀는 공자에게 깊은 호감을 느꼈답니다."

유혹적인 미소를 던지는 호약란의 모습에 진영인은 눈살을 찌푸렸다. 비록 아름다운 미모와 아찔한 미소를 지녔으나 그녀가 더없이 위험한 향기를 품고 있다는 것을 본능적으로 직감했기 때문이다.

"그렇다면 나 역시 이자를 넘겨줄 수 없소. 이자에 대한 조사가 끝나면 당신들에게 넘겨줄 테니 당신들에게 연락할 장소를 알려주고 떠나시오."

단호한 진영인의 거절에 호약란의 얼굴에서 웃음이 사라졌다.

"그래도 우리가 그를 데려가겠다면 공자께서는 무력으로라도 저지하시겠단 말인가요?"

"못할 것 같소?"

그녀와 달리 진영인은 여전히 여유를 잃지 않았다. 빙그레 웃으며 대꾸하는 진영인의 모습에 호약란은 잠시 동안 말없이 그를 응시했다.

이윽고 한참의 침묵 끝에 호약란이 엉뚱한 질문을 던져 왔다.

"공자, 사람을 죽여본 적이 있나요?"

침묵으로 대답을 대신하는 진영인을 향해 그녀가 말을 이어갔다.

"제 무공은 살기가 너무 짙어 도중에 거둘 수 없답니다. 만약 우리가 싸우게 된다면 공자나 저 둘 중의 하나는 죽어야 한다는 말이지요. 저는 지금까지 손으로 셀 수 없을 만큼의 살인을 해봤습니다. 하지만 공자는 아닌 것 같군요. 목숨을 건 생사결은 비무와 다르답니다. 살인 경험의 유무는 극명한 결과의 차이를 가져오지요."

"당신은 살인을 매우 자랑스럽게 여기는 것 같구려."

호약란은 기분 나빠하기는커녕 오히려 웃으며 고개를 끄덕였다.

"그래요. 자랑스러워요. 제가 많은 사람을 죽였다고는 하나 결코 제 개인의 영달을 위해서가 아니었으니까요. 하지만……."

잠시 말끝을 흐리던 호약란이 진영인의 눈을 똑바로 응시했다.

"공자와 싸우는 것은 피하고 싶군요. 왠지 마음이 아플 것 같거든요. 그리고 그 아픔이 상당히 오래갈 것 같아요."

"하하하, 그건 당신들이 돌아가면 간단히 해결될 문제 아니오? 그럼 우리는 굳이 싸울 필요가 없을 것이고 누가 다치는 일 역시 없을 것이오.”

잠시 진영인을 바라보던 호약란이 긴 한숨을 터뜨렸다.

“하아, 정말 어쩔 수 없군요. 어째서 정파를 자처하는 인물들은 하나같이 이처럼 까다롭게 구는 거죠?”

말을 마친 호약란은 서서히 진영인을 향해 다가서기 시작했다.

이에 진영인 역시 말없이 검을 들어 그녀를 가리켰다.

‘어지간히 사치를 즐기는 여인이로군.’

그녀가 손가락에 끼고 있는 하나같이 화려한 반지를 보며 진영인은 내심 그녀의 허영심을 한심하게 여겼다.

무인에게 있어 장신구란 방해만 될 뿐이었다. 게다가 저처럼 많은 반지는 손을 쥐거나 펼 때 상당한 불편함을 감수해야만 할 것이다.

이때 뜻하지 않은 일이 벌어졌다.

“죽엇!”

쉬익!

노인이 괴성과 함께 호약란을 향해 지풍을 날린 것이다.

“치잇! 이런 망할 늙은이가!”

진영인에게 모든 신경을 기울이고 있던 호약란은 예상치 못한 노인의 공격에 당황하여 급히 뒤로 물러섰다. 하지만 지풍은 워낙 빨라 어느새 그녀의 미간에 이르러 있었다.

퍽!

둔탁한 소음이 들려오자 노인의 입가에 회색의 미소가 번졌다. 하지만 이내 그는 경악에 눈을 부릅떴다.

“타, 탈혼지가……!”

노인에게 있어 이번 공격은 혼신의 힘을 다한 일격이었다. 하지만 호약란 옆에 서 있던 사내는 가볍게 움켜쥐는 것으로 이를 와해시켜 버린 것이다.

"고마워, 풍람."

묵묵히 고개를 끄덕이는 마풍람에게서 시선을 거둔 호약란은 고개를 돌려 노인을 노려봤다. 차가운 한광을 뿜는 그녀의 눈빛은 진영인조차 처음 접하는 무시무시한 살기를 담고 있었다.

질식할 것만 같은 그녀의 기파에 노인은 부르르 신형을 떨었다. 하지만 이내 발작적으로 소리를 지르기 시작했다.

"주, 죽여! 전부 죽여!"

노인의 말이 떨어지는 것과 동시에 스물넷에 달하는 금강동인이 일제히 호약란과 마풍람을 향해 신형을 날렸다.

"흥! 스스로 의지도 지니지 못한 인형 따위가!"

자신들을 포위한 채 순식간에 거리를 좁혀오는 금강동인들을 바라보면서도 호약란은 차갑게 코웃음을 쳤다.

피잉!

공기를 찢는 날카로운 파공음.

쓰컥!

뒤이어 뼈를 자르고 살을 찢는 섬뜩한 음향이 허공을 가득 메웠다. 그와 동시에 스물네 개의 머리가 허공으로 솟구쳤다.

촤아아악!

머리를 잃은 금강동인들의 목에서 솟구친 핏줄기는 비처럼 쏟아져 대지를 적셨다.

털썩!

철퍽! 후두두둑!

분리된 금강동인들의 몸과 머리가 흥건하게 고인 핏물 위로 떨어졌다.

"……!"

단 한 수로 그들의 머리를 날려 버린 호약란의 무공도 무공이었으나 눈 하나 깜짝 않고 스물네 명을 도륙해 버린 그녀의 잔인한 손속 앞에 진영인은 할 말을 잃었다.

"호호호, 이게 저와 진 공자의 차이점이에요. 진 공자 역시 얼마든지 이들을 죽일 수 있었음에도 불구하고 결정적일 때 손을 쓰길 망설이더군요."

"당신처럼 악랄하게 손을 쓸 이유를 느끼지 못했을 뿐이오."

안타까운 눈으로 시신들을 쓸어보는 진영인의 모습에 호약란의 얼굴에서 씁쓸한 감정의 편린(片鱗)이 스쳤다 사라졌다.

"무림에 몸담고 있는 이상 언젠가 당신도 그 검에 피를 묻히게 될 거예요. 그때도 당신이 지금과 같은 눈을 할 수 있을까요?"

진영인은 침묵으로 대답을 대신했다.

이때 갑자기 호약란이 진영인의 뒤쪽을 향해 소리를 질렀다.

"움직이는 즉시 사지가 달아날걸? 틈을 노려 달아날 생각은 하지 않는 게 좋아."

기회를 보아 자리를 피하려던 노인의 신형이 흠칫하며 굳어졌다.

호약란이 다시금 진영인을 바라봤다. 그녀는 숨이 턱턱 막힐 듯한 요염함을 뿜어내며 보기에도 아찔한 미소를 던지고 있었다.

"날 봐요."

"……!"

교태로운 그녀의 음성을 듣는 순간 진영인은 자신도 모르게 가슴이 진탕되는 것을 느꼈다.

'섭혼공(攝魂功)!'

진영인은 순간적으로 그녀의 미소 속에 섭혼공의 기운이 실려 있음을 깨달았다.

흔들리는 진영인의 눈빛을 읽었음인지 호약란의 음성이 더욱 끈적해졌다.

"공자와 내가 싸우는 것은 서로에게 있어 아무런 득이 되지 못해요. 그자를 저에게 넘기고 공자는 이 일을 기억에서 지워 버리세요. 그럼 서로가 불행해지는 일은 없을 거예요."

교성에 가까운 그녀의 달뜬 음성은 사내의 애간장을 녹일 듯한 색기(色氣)를 담고 있었다.

진영인은 그녀의 섭혼공으로부터 벗어나기 위해 급히 뇌정단공을 운기했다. 기맥을 내달리는 뇌전의 기운을 바탕으로 진영인은 간신히 평정심을 회복할 수 있었다.

번쩍.

진영인의 두 눈에서 차가운 빛이 폭사되었다.

"갈!"

쩌렁한 일갈이 대기를 흔들었다.

진영인의 기파를 정면에서 마주한 호약란은 일순 숨이 막히며 진기가 역류(逆流)하는 것을 느꼈다.

"왁!"

결국 호약란은 한 모금의 피를 토하고 말았다. 섭혼공이 깨지자 그 안에 실려 있던 진기가 반탄되어 고스란히 내상으로 돌아온 것이다.

그제야 호약란은 자신이 진영인을 너무 얕보고 있었음을 깨달았다.

"내게 사술 따위가 통하리라 생각했다면 오산이오."

평소 온화하던 성품과 극명하게 대비되는 차디찬 음성이 진영인의 입술을 비집고 흘러나왔다.

소매를 들어 입가에 묻은 피를 훔쳐 낸 호약란의 눈에서 자욱한 살기가 일렁이기 시작했다.

"훙, 권주를 마다하고 굳이 벌주를 받겠다니 더 이상 나도 사정을 두지 않겠어요."

진영인이 검을 들어 기수식을 취하자 호약란은 가볍게 감아쥔 양손을 가슴 앞에서 교차했다. 그리고 말없이 그녀 옆을 지키던 마풍람 역시 차가운 눈빛을 흘리며 양손을 늘어뜨렸다.

파파파팍!

기파와 기파가 얽히며 대기가 급격히 요동쳤다.

그야말로 일촉즉발의 상황.

이때 진영인의 뒤쪽에 우두커니 서 있던 노인의 눈이 교활하게 번뜩였다. 그리고 다른 이들이 눈치채지 못하게 조심스럽게 몸을 움직이기 시작했다. 첨예하게 대치한 이들의 상황을 이용해 탈출하려 한 것이다.

티디디딩!

"억?"

노인은 의아함에 눈을 부릅떴다. 보이지 않는 무언가가 자신의 몸에 닿는 것을 느꼈기 때문이다.

하나 이도 잠시.

쫘라라락!

비파의 현을 거칠게 잡아뜯는 듯한 음향과 함께 노인의 양팔과 두

다리가 자욱한 피보라와 함께 허공으로 튀어 올랐다.

"크아악!"

처절한 비명 소리에 고개를 돌린 진영인은 사지가 잘려 나간 채 처참한 모습으로 꿈틀대는 노인을 발견할 수 있었다.

"흥! 감히 내 경고를 무시해?"

비웃음을 담은 호약란의 음성에 노인은 절망스런 표정으로 아무렇게나 바닥을 뒹구는 자신의 팔다리를 바라보았다.

진영인은 호약란을 향해 시선을 던졌다. 그녀의 말로 미루어 분명 그녀가 손을 쓴 것이 분명한데 어떤 방법으로 노인의 사지를 절단했는지 알 수 없었기 때문이다.

그녀가 자신의 무위를 훨씬 웃돌지 않는 이상 자신의 눈을 피해갈 수는 없었다. 하지만 그녀와 대치해 있는 동안 진영인은 호약란으로부터 그 어떤 미묘한 움직임도 느낄 수 없었다.

"크으으……."

신음을 흘리던 노인의 눈에 독기가 서렸다.

휘익!

순간 말없이 서 있던 마풍람이 돌연 노인을 향해 신형을 날렸다.

자신은 안중에도 두지 않는 그의 행동에 진영인의 눈에서 불꽃이 튀어 올랐다.

"멈춰라!"

진영인은 급히 마풍람을 막아서려 했다. 하지만 막 몸을 날리려는 찰나 호약란의 살기 어린 미소가 그의 눈에 들어왔다. 그리고 정체를 알 수 없는 위화감이 도처에서 느껴졌다.

본능적으로 위험을 느낀 진영인은 급히 신형을 멈춰 세웠다.

우우웅!

이때 마풍람의 양손에서 수만 마리의 벌 떼가 날갯짓하는 듯한 소리가 들리나 싶더니,

콰직!

"끄아아악!"

숨넘어가는 비명과 함께 노인의 잘려진 사지 부분이 심하게 으스러졌다. 그리고 폭포처럼 쏟아지던 피가 줄어들었다.

세상에서 가장 잔인하고 우악스런 지혈 방법에 진영인은 자신도 모르게 인상을 찡그리고 말았다.

우드득!

게다가 마풍람은 그대로 손을 뻗어 노인의 턱을 움켜쥐더니 관절을 빼버렸다. 그리고는 노인의 입에 손가락을 넣어 이빨 속에 감춰진 독단(毒丹)을 꺼내 들었다.

"그렇게 쉽게 죽음을 허락할 만큼 우리는 자비롭지 못해."

고통을 견디지 못하고 혼절한 노인을 향해 입을 연 호약란은 진영인을 향해 시선을 옮겼다.

"호호호, 공자, 갑자기 석상이라도 되어버린 건가요?"

명백한 그녀의 도발에도 진영인은 섣불리 움직이지 않았다.

이때 침묵으로 일관하던 마풍람이 처음으로 입을 열었다.

"장난은 그만둬. 출혈을 막았다곤 해도 이자의 목숨은 얼마 남지 않았다. 그분의 행방을 알아내려면 서둘러야 해."

그 말을 끝으로 마풍람은 노인을 들쳐 업은 채 안개 속으로 신형을 날렸다.

"칫."

잠시 진영인을 노려보던 호약란 역시 마풍람이 사라진 방향으로 신형을 날렸다.

"공자를 위해 선물을 남겨두겠어요. 그럼 다음에 뵙기로 하죠. 물론 공자가 그때까지 살아 있다면요. 호호호!"

그녀의 웃음소리가 메아리처럼 여운을 남기며 흩어졌다. 하지만 그들이 사라지고 나서도 진영인은 움직일 수 없었다. 주변에서 느껴지는 묘한 위화감이 여전히 신경을 자극하고 있었기 때문이다.

하지만 언제까지고 제자리에 서 있을 수만은 없는 노릇이었다.

"사숙! 어디 계세요!"

멀지 않은 곳에서 하운지의 음성이 들려왔던 것이다.

하운지뿐만이 아니었다. 점점 자신과 거리를 좁혀오는 익숙한 인기척은 풍검을 비롯한 곽범태 일행의 것임을 진영인은 어렵지 않게 짐작할 수 있었다.

"오지 마!"

급히 소리친 진영인은 도처에서 느껴지는 위화감의 원인을 찾기 시작했다. 하지만 아무리 둘러봐도 별다른 이상이 눈에 띄지 않았다.

진영인은 호약란이 떠나기 전에 남긴 말이 단순한 협박이 아니라는 것을 직감적으로 알 수 있었다. 그녀의 미소 안에 담긴 짙은 살기를 모를 만큼 진영인은 어리석지 않았던 것이다.

'분명 뭔가가 있다.'

진영인은 노인이 당혹성을 터뜨렸던 그때의 상황을 떠올렸다. 그리고 그의 팔다리가 떨어져 나갈 때 들렸던 이상한 소리를 기억해 냈다.

투두둑!

콧등을 차갑게 두들기는 빗방울의 감촉에 진영인은 고개를 들었다.

쏴아아아!

한두 방울씩 떨어지던 빗방울은 순식간에 굵은 빗줄기가 되어 쏟아지기 시작했다.

티디디딩!

뿌연 물안개를 피워 올리며 대지를 두들기는 빗줄기 속에서 진영인은 미세하긴 했으나 비파 현을 가볍게 퉁기는 듯한 소리를 들을 수 있었다.

'저건?'

진영인의 시선이 허공에 고정되었다. 한순간이긴 했으나 빗방울이 허공에서 잠시 멈춰 선 듯한 느낌이 들었던 까닭이다.

진영인은 그곳에 신경을 집중했다.

아니나 다를까.

거미줄에 맺힌 물방울처럼 허공에 맺혀 대롱거리던 빗방울이 이어진 다른 빗방울에 밀려 바닥에 떨어지곤 했다.

"……!"

진영인은 급히 고개를 돌려 바닥에 떨어진 노인의 팔다리의 단면을 살폈다. 예리한 검기에 잘린 것처럼 매끄러웠다.

그제야 진영인은 호약란이 사용한 수법의 정체를 깨달았다.

"결계(結界)인가……."

진영인의 입술을 비집고 짧은 신음성이 흘러나왔다.

그대로 눈은 감은 진영인은 뇌정단공을 극성으로 끌어올렸다. 그리곤 조금씩 기파를 개방하여 대기에 진기를 흘려 넣기 시작했다. 그러자 머지않아 오 장에 달하는 공간을 어지럽게 뒤덮고 있는 검기와도 같은 삼엄한 기의 그물이 존재하고 있음을 확인할 수 있었다.

“사숙!”

이때 갑자기 뒤에서 들려온 하운지의 음성에 진영인은 가슴이 철렁 내려앉았다.

“멈춰!”

진영인의 외침에 흠칫하며 걸음을 멈춘 하운지는 의아한 눈으로 진영인을 바라보았다.

“왜 그래요?”

“이곳은 위험하다! 사방에 결계가 쳐져 있어!”

“결계요?”

하운지를 뒤따라오던 안자명이 주위를 두리번거리기 시작했다. 하지만 이내 피식 웃으며 진영인을 향해 입을 열었다.

“아무것도 보이지 않는데요?”

안지명도 고개를 끄덕였다.

“아무것도 없어요, 사숙. 언제까지 그렇게 비를 맞고 서 계실 거예요? 벌써 옷이 흠뻑 젖었다구요.”

“지금 당장 그 자리에서 물러서라! 어서!”

진영인이 버럭 고함을 지르자 이들은 일순 크게 당황했다. 평소 자신들이 알던 온화한 그가 아니었기 때문이다. 더구나 지금의 진영인은 전신의 모든 내력을 끌어올린 상태에서 기파를 개방하고 있어 보는 것만으로도 숨이 턱턱 막힐 것 같은 엄청난 위압감을 뿜어내고 있었다.

이윽고 곽범태가 자신의 사제들을 향해 입을 열었다.

“사, 사숙이 저렇게 말씀하시는 데에는 부, 분명 그만한 이유가 있을 거야. 그러니 어, 어서…….”

그때였다.

"까악!"

무심코 진영인이 서 있는 주위로 시선을 던진 하운지가 비명을 지르며 바닥에 주저앉았다. 여기저기 흩어져 있는 목 없는 시신들을 발견한 때문이었다.

"헉!"

뒤늦게 하운지의 시선을 따라 고개를 돌린 곽범태와 안자명, 안지명 역시 헛바람을 들이켰다. 그리고 당황한 나머지 안지명은 들고 있던 연자창을 떨어뜨리고 말았다.

하지만 연자창은 바닥에 떨어지지 않았다.

손잡이 부분은 이미 바닥에 닿아 있었으나 창날 부분은 보이지 않는 무언가에 걸려 바닥에서 두 치쯤 높이에 떠 있었던 것이다.

투웅.

"……!"

공기를 타고 전해지는 낮은 울림. 하지만 진영인의 얼굴은 딱딱하게 굳어졌다.

아니나 다를까.

티디디디딩!

처음의 낮은 울림을 시작으로 사방에서 빗방울이 튀어 오르기 시작했다.

안지명의 창이 결계를 건드린 것이다.

쫘라라라락!

그리고 곧바로 비파의 현을 거칠게 잡아뜯는 듯한 음향. 결코 잊지 못할 섬뜩한 소리가 이어졌다.

미세한 진동을 타고 순식간에 발동된 결계는 순식간에 예리한 칼날이 되어 안지명과 그의 사형제들을 단숨에 조여갔다.

"하압!"

기합과 함께 신형을 날린 진영인은 간발의 차로 사질들 앞을 막아설 수 있었다.

동시에 진영인의 검이 움직였다.

퍼엉!

바닥을 긁고 지나가는 검극을 따라 폭발한 흙더미가 허공으로 솟구쳤다.

스컥!

보이지 않는 무언가에 흙더미의 허리가 잘려 나갔다. 이를 통해 진영인은 자신을 향해 날아드는 결계의 방향을 짐작할 수 있었다.

파아앗!

눈부신 검광과 함께 진영인의 전면에 반투명한 백색 장막이 둘러졌다.

따다다다다당!

차가운 금속성이 연달아 허공을 울려 퍼졌다.

"거, 검막!"

반쯤 넋이 나가 있던 하운지 일행이었으나 눈앞의 신기에 입을 다물지 못했다.

치익!

순간 어깨를 훑는 화끈한 통증을 느낀 진영인은 급히 검의 방향을 틀었다.

티잉! 팅!

검면으로 후려쳐 목을 향해 날아드는 공격을 막아낸 진영인은 곧장 땅을 박차며 허공으로 신형을 솟구쳤다.

우우우웅!

나직한 울음을 토하던 진영인의 검이 돌연 셀 수 없는 검기를 쏟아내기 시작했다.

콰콰콰콰콰쾅!

진영인이 뿌린 예리한 검기는 그대로 결계의 중심을 가닥가닥 잘라버렸다. 그리고 이어진 후폭풍이 거칠게 이를 집어삼켰다.

후두둑!

팔방으로 비산했던 흙더미와 빗물이 우수수 쏟아졌다. 그리고 수십 개의 벽력탄이 동시에 터진 것처럼 황폐화된 장내가 모습을 드러냈다.

탁!

바닥에 내려선 진영인은 신형을 휘청였다. 급격한 내력 소모로 인한 현기증 때문이었다.

이윽고 신형을 바로 세운 진영인은 허리를 숙여 바닥에 떨어진 무언가를 집어 들었다.

토막토막 잘려진 결계의 정체.

그것은 눈에 보이지 않을 만큼 가느다란 실이었다.

진영인은 힘을 주어 실을 잡아당겼다. 하지만 끊어지기는커녕 오히려 손가락에 생채기만 남겨놓았다. 이처럼 가늘고 견고한 실이기에 그와 같은 날카로움을 지닐 수 있었던 것이다.

"사숙! 괜찮아요?"

손에 들린 실을 말없이 바라보던 진영인은 자신을 부르며 다가서는 사질들을 향해 버럭 고함을 질렀다.

"오지 말라고 했잖아! 어째서 내 말을 듣지 않는 거야!"

"그야… 사숙이 걱정되어서……."

"누가 내 걱정 해달라고 했던가!"

진영인의 고함 소리에 하운지를 비롯한 곽범태와 안자명, 안지명은 할 말을 잃은 채 진영인을 바라봤다. 이처럼 불같이 화를 내는 진영인의 모습을 처음 대한 것이다.

"사, 사숙……."

평소와는 크게 다른 진영인의 모습에 이들이 크게 당황하고 있을 때였다.

"영인!"

진영인은 하운지 일행의 뒤쪽을 향해 시선을 던졌다. 언제 왔는지 그곳에는 풍검이 서 있었다.

풍검은 천천히 진영인에게 다가섰다.

짜악!

얼떨결에 뺨을 맞은 진영인은 무서운 눈빛으로 풍검을 노려봤다.

"어째섭니까?"

으르렁거리는 듯한 낮은 진영인의 음성에 풍검이 진영인을 향해 호통을 쳤다.

"몰라서 묻는 것이냐? 지금 네 모습을 봐라!"

그 말과 함께 풍검은 진영인의 멱살을 잡고 한쪽에 자리잡은 바위로 끌고 갔다. 그리고는 움푹 패인 곳에 고여 있는 빗물을 향해 진영인의 얼굴을 돌렸다.

"……!"

맑게 고여 있는 물에 비친 자신의 얼굴을 보는 순간 진영인은 적잖은 충격을 받았다.

붉게 충혈된 눈과 야차같이 일그러져 있는 얼굴. 그 안에 머물고 있는 것은 명백한 살기였다.

톡.

빗방울에 파문을 일으키며 흐려지는 자신의 얼굴을 한참 동안 멍하니 바라보던 진영인은 이윽고 천천히 고개를 들어 풍검을 마주 봤다.

"제가……."

"네 사질들을 봐라."

단호하게 자신의 말을 자르는 풍검의 음성에 진영인은 고개를 돌렸다. 그리고 하운지를 비롯한 사질들의 얼굴을 살폈다.

"……."

진영인은 지그시 입술을 깨물었다. 두려움에 질려 있는 사제들의 얼굴이 날카로운 바늘이 되어 가슴을 찔러댔던 까닭이다.

풍검이 멱살을 움켜쥔 손을 풀자 진영인은 걸음을 옮기기 시작했다.

"사숙… 피가……."

"조금 긁혔을 뿐 별것 아냐."

조심스레 자신을 향해 말을 건네는 하운지를 향해 힘없이 웃어 보인 진영인은 이내 그녀를 뒤로한 채 장내를 떠났다.

진영인이 사라지고 나서 잠시 장내의 시신들을 살피던 풍검이 제자들을 향해 입을 열었다.

"우리도 이만 돌아가자."

고개를 끄덕인 하운지 일행은 풍검을 따라 말없이 걸음을 옮겼다.

쏴아아아아!

여름의 시원한 빗줄기가 전신을 두들겼으나 이들 중 어느 누구도 자신의 옷이 젖는 걸 신경 쓰는 사람은 없었다.

　형산에 복귀한 진영인은 송현자에게 간단히 상황을 보고했다. 그리고 자세한 것을 물어오는 악원홍의 질문에 자신이 아는 바를 모두 대답한 다음 현정전을 나섰다.
　송현자는 자신의 숙소로 돌아가는 진영인의 모습을 걱정스런 눈으로 바라보고 있었고, 악원홍은 눈을 감은 채 진영인으로부터 들은 이야기를 바탕으로 생각을 정리하고 있었다.
　"음……."
　이윽고 침음성과 함께 악원홍이 눈을 떴다.
　"뭔가 짐작 가는 것이 있으신지요?"
　"아마 장문인께서도 짚이는 바가 계실 것이오."
　"호약란이라는 여인과 풍람이라는 사내에게 끌려간 노인의 정체는 탈혼마군(奪魂魔君) 위호상(危虎傷)이 아닐는지요?"
　고개를 끄덕이는 악원홍을 향해 송현자가 다시금 질문을 던졌다.
　"하지만 위호상을 끌고 간 그들에 관해서는 마땅히 떠오르는 바가 없습니다."
　"아마도 그들은 사대명왕이 아닐까 싶소."
　"사대명왕(四大明王)!"
　악원홍의 말에 송현자는 놀라움을 금치 못했다.
　"정말 그들이 사대명왕이란 말입니까?"
　"나 역시 확신하지는 못하오. 그 치열했던 정사대전에서조차 그들은 모습을 보이지 않았으니 말이오. 다만 확실한 건 흑무련 내에서 위호상을 그처럼 어린애 다루듯 할 수 있는 인물은 그리 흔치 않다는 것이오."

"음……."

송현자는 고개를 끄덕였다.

위호상이 누구던가?

그가 스물넷의 나이에 탈혼지라 불리우는 지풍과 상대의 눈을 속여 몸을 숨기는 은신술로 강호에 나선 것은 이미 오십 년 전이었다. 사파에서조차 그를 꺼려할 정도로 고강한 무공만큼이나 심성이 악랄해 그의 손에는 피가 마를 날이 없었다.

숱하게 많은 정파인을 해친 그는 공적이 되어 정파에 쫓기기 시작했고, 그 와중에 정사대전이 발발했다. 이때부터 흑무련 휘하에 들어간 위호상은 정사대전을 경험한 이라면 그를 모르는 이가 없을 정도로 더욱 악명을 떨치기 시작했던 것이다.

"그런데 어째서 같은 흑무련 사람들끼리……?"

"하아, 나 역시 정확히 짐작할 수 있는 건 없구려. 다만 그들이 나눈 대화로 미루어 보건대 아마 흑무련 내부에서 갈등이 빚어진 모양이오."

"음……."

"위호상의 독단적인 움직임만으로 사대명왕이 두 명씩이나 움직일 리는 없소. 아마도 흑무련 휘하 중에 위호상이 속해 있는 특정 문파나 단체가 공야휘에게 반기를 들었을 가능성이 높소."

턱을 괸 채 잠시 생각을 정리하던 송현자가 이윽고 고개를 끄덕였다.

"위호상이 찾고 있는 인물을 우리가 먼저 찾는다면 그 자세한 내막을 알 수 있을지도 모르겠습니다."

"하지만 그들의 특징을 모르지 않소? 여인과 꼬마라는 것만으로는 모래사장에서 바늘 찾기와 다름없소."

"희박하지만 만에 하나라는 것이 있습니다. 여인이 부상을 입었다 했으니 제자들을 풀어 인근 의원들을 수소문해 보겠습니다."

"그래 주시겠소? 나는 천이단과 개방을 통해 이 사실을 알리겠소."

말을 마친 악원홍은 그대로 현정전을 나섰다. 그리고 이 말을 남기는 것을 잊지 않았다.

"장문인의 제자가 단신으로 위호상과 그 수하들을 물리쳤다는 말을 듣고 처음엔 반신반의했다오. 젊은 나이에 그처럼 뛰어난 무위를 지녔다니 그런 제자를 둔 장문인이 나로서는 부러울 따름이오."

악원홍의 말에 송현자는 그저 씁쓸한 미소와 함께 고개를 끄덕일 뿐이었다.

'어리기에 더욱 위험하지요.'

혼자 속으로 삭이고 마는 송현자였다.

이윽고 악원홍이 현정전 밖으로 사라지자 송현자가 입을 열었다.

"누구 있느냐?"

"제자 명검입니다."

현정전 안으로 들어서는 명검을 향해 송현자가 고개를 끄덕였다.

"운검을 불러주겠느냐?"

"쯧쯧……."

문을 열고 처소 안으로 들어선 운검은 벽에 기대어 앉아 있는 진영인을 발견하고는 인상부터 찌푸렸다. 상처를 돌보지 않아 진영인의 뺨과 어깨에서는 아직까지 피가 흐르고 있었던 것이다.

"사형."

"되었다. 그냥 앉아 있어라."

급히 일어서는 진영인을 만류하며 운검은 들고 온 약 상자를 내려놓았다. 그리고 그 안에서 작은 병을 꺼내 들었다.

부욱.

피와 엉겨 피부에 달라붙어 있는 진영인의 옷을 잡아 찢은 운검은 상자 안에 담긴 작은 병을 꺼내 어깨의 상처에 기울였다. 감초와 파뿌리를 달여 그 물을 식힌 감총전(甘蔥煎)이었다.

몹시 쓰라릴 텐데도 진영인은 신음조차 흘리지 않았다. 그저 미미하게 인상을 찌푸릴 뿐이었다.

감총전에 핏물이 씻겨 나가자 길게 베어진 어깨의 상처가 드러났다. 유심히 상처를 살피던 운검은 나직한 한숨을 흘리며 입을 열었다.

"다행히 피부만을 베였구나. 상처는 좀 오래가겠지만 근육이나 뼈가 다치지 않은 게 천만다행이다. 덧나기 전에 봉합을 해야 하니 조금 아프더라도 참거라."

말을 마친 운검은 상자를 뒤져 작은 헝겊을 꺼내 들었다. 곱게 싸여 있던 헝겊을 풀자 고리처럼 휘어진 작은 바늘과 실이 모습을 드러냈고, 바늘에 실을 연결한 운검은 벌어진 진영인의 상처를 꿰매기 시작했다.

웬만한 명의(名醫) 뺨 칠 실력을 지닌 운검인지라 짧은 시간 안에 봉합을 마칠 수 있었다.

상자에서 작은 목갑을 꺼내 든 운검은 그 안에 담긴 가루약을 진영인의 상처 위에 골고루 뿌렸다.

"매화산(梅花散)이다. 예전 화산에 머물 때 약간 얻어났었지. 이만큼 탁월한 지혈제는 찾아보기 힘들지. 따로 타승고(陀僧膏)나 생기산(生肌

散)을 쓸 필요가 없거든."

지금까지 묵묵히 치료 과정을 지켜보던 진영인이 운검을 바라봤다.

"사형……."

"말해라."

"강호가 무엇입니까?"

운검은 잠시 진영인을 바라보았다. 그리곤 말없이 상자에서 붕대를 꺼내 진영인의 어깨를 동여맸다.

단단히 붕대를 매듭 지은 운검은 남은 부분을 이빨로 찢은 뒤 다시금 상자 안에 넣었다. 그리곤 차분한 음성으로 입을 열었다.

"풍검에게 들었다. 호되게 당했다지?"

쓸쓸하게 웃는 진영인을 향해 운검이 말을 이었다.

"말하기 좋아하는 호사가들은 흔히 강호에서는 무공이 칠, 경험이 삼이라 한다. 하지만 실제로 강호를 겪어본 이들은 다르게 말하지. 무공이 삼, 경험이 칠이다. 아무리 고강한 무공을 지녔어도 풍부한 경험을 지닌 노련한 고수들을 상대하는 건 매우 버겁지. 늙은 생강이 맵다는 말도 이 때문에 나온 것이다."

진영인은 고개를 돌려 창밖으로 시선을 던졌다.

"하아……."

그리곤 나직이 한숨을 흘렸다. 무언가 알 수 없는 아쉬움이 가슴속을 횅하게 만들고 있었다. 그것이 미처 채우지 못한 호승심이라는 것을 깨닫는 데는 그리 오랜 시간이 걸리지 않았다.

그런 진영인을 바라보던 운검의 입가에 보일 듯 말 듯한 미소가 걸쳐졌다.

"강호에 나가고 싶은 것이냐?"

진영인은 놀란 얼굴로 운검을 바라봤다. 운검의 입가에 맺혀 있던 웃음이 더욱 짙어졌다.

"그동안 누구보다 가까운 곳에서 너를 지켜본 나다. 어떤 생각을 하고 있는지는 표정만 봐도 알 수 있지."

"사형."

잠시 말이 없던 진영인이 운검과 시선을 마주했다. 그리고 약각은 격앙된 어조로 입을 열었다.

"저는 어쩌면 지금까지 우물 안의 개구리였는지도 모릅니다. 처음엔 그들의 잔인한 손속에 당혹감을 느꼈습니다. 그리고 그들의 무위에 감탄했지요. 하지만 시간이 지날수록 어느새 피가 끓어오르는 저를 발견했습니다."

운검의 심유한 눈빛이 진영인을 향했다. 그리고 운검은 진영인의 눈 속에서 일렁이는 투지의 불꽃을 읽어낼 수 있었다.

"그들이 네 안에서 잠자고 있던 괴물을 끄집어냈구나."

말과는 달리 운검은 여전히 웃고 있었다.

"형산이 갑자기 좁게 느껴졌겠지? 지금까지 그들과 같은 호적수는 만나보지 못했을 테니까."

묵묵히 고개를 끄덕이는 진영인을 향해 운검이 말을 이어갔다.

"지금의 기울어진 형산은 네 웅지를 펴기엔 너무 협소한 것이 사실이다. 이는 사부님 역시 느끼고 계실 것이다. 내 너의 뜻을 사부님께 여쭈어보겠다."

"사형."

운검은 조용히 진영인의 손을 마주 잡았다.

"하지만 이것만은 명심해 두길 바란다. 아무리 모자라고 부족할지언정 네가 돌아올 곳은 이곳뿐이라는 사실을. 강호란 험난하고 예측할 수 없는 곳이어서 무수한 시련이 뒤따를 것이다. 그리고 지금까지 경험하지 못한 난제들이 너를 기다리고 있을 것이다. 하지만 언제나 네 뒤에 형산이 있음을 잊지 않았으면 한다.”

손을 통해 전해진 운검의 온기에서 진영인은 자신을 생각하는 그의 진심을 느낄 수 있었다.

“사형…….”

“나는 너를 믿는다.”

천천히 고개를 끄덕이는 진영인의 어깨를 운검이 웃으며 두드렸다.

똑똑.

이때 조심스럽게 방문을 두드리는 소리가 들려왔다.

“사, 사숙…….”

뒤이어 들려온 어눌한 음성은 곽범태의 것이었다.

“저들을 계속 밖에 세워둘 생각이냐?”

진영인의 시선이 문을 향했다. 그러고 보니 인기척이 한두 명이 아니었다. 아마도 하운지를 비롯한 안자명과 안지명 역시 함께 왔으리라.

약간 난처한 얼굴로 자신을 바라보는 진영인을 향해 운검이 웃으며 입을 열었다.

“그들에게 이성을 잃은 모습을 보여준 것은 분명 네 불찰이다. 하지만 실수를 하지 않는 사람이 어디 있겠느냐?”

“사형, 하지만…….”

“너는 지나치게 주위 사람을 의식하고 배려하는 경향이 있더구나. 하지만 그들이 너를 믿듯 너도 그들을 믿어주는 것이 어떻겠느냐? 한 번의 실수를 허물 삼을 만큼 그들은 결코 속 좁은 위인들이 아니란다.”

잠시 동안 진영인은 말없이 운검을 바라봤다.

“그렇군요.”

그제야 진영인의 얼굴에 희미한 웃음이 떠올랐다.

신형을 일으킨 진영인은 문으로 다가섰다.

문을 열자 익숙한 얼굴들이 눈에 들어왔다.

“사질들 왔… 어엇?”

약간은 어색한 웃음과 함께 입을 열던 진영인은 갑자기 품 안으로 뛰어드는 작은 인영을 발견하곤 당혹성을 터뜨렸다.

얼떨결에 악운경을 안아 든 진영인은 눈물을 글썽이며 자신을 올려다보는 그녀의 모습에 피식 웃음을 머금었다.

“오빠, 많이 아파?”

어느새 악운경은 진영인을 스스럼없이 오빠라 부르고 있었다.

“사숙……..”

자신을 부르는 하운지의 음성에 진영인은 고개를 돌려 그녀를 비롯한 사질들을 바라봤다.

“미안해, 사질들. 내가…….”

“아니에요, 사숙. 사숙께선 잘못하신 게 없어요. 사과해야 하는 건 오히려 저희들이죠.”

안자명이 재빨리 나서며 황망히 고개를 가로저었다.

이때 물기 어린 시선을 던지던 하운지가 진영인에게 다가섰다. 그리곤 곱게 접힌 장포를 진영인에게 내밀었다.

비로소 진영인은 찢기고 피에 절어 엉망인 자신의 옷을 알아챘다.

“고맙다, 운지야.”

장포를 받아 들던 진영인은 문득 상처 가득한 하운지의 손가락을 발견했다.

의아해하는 진영인의 눈빛을 읽었음인지 하운지는 재빨리 등 뒤로 손을 감췄다. 그리곤 기어들어 가는 목소리로 입을 열었다.

"사숙께 맞을지 모르겠어요. 열심히 만들긴 했는데 처음이라서 생각보다 쉽지 않더군요."

진영인은 며칠 전 그녀를 방문했을 때 황급히 무언가를 숨기던 그녀의 모습을 떠올릴 수 있었다. 그리고 사방에 흩어져 있던 헝겊과 실을 기억해 냈다. 바느질에 서툰 그녀는 이 옷을 만들며 수없이 바늘에 찔리고 다쳤으리라.

"잘 입을게."

웃으며 건넨 진영인의 말에 하운지는 붉어진 얼굴로 고개를 끄덕였다.

이때 진영인의 품에 안겨 이를 보고 있던 악운경이 잔뜩 볼을 부풀리며 진영인을 바라봤다.

따가운 그녀의 시선을 느낀 진영인은 의아한 얼굴로 그녀를 바라봤다.

"우리 경아가 왜 이리 심술이 났을까?"

경계 어린 눈빛으로 힐끗 하운지를 바라보던 악운경이 소리치듯 대답했다.

"오빠 옷은 내가 만들어줘야 해!"

"경아가 옷도 만들 줄 알아?"

진영인의 반문에 악운경은 샐죽한 표정을 지어 보였다.

"지금은 못 만들지만… 경아도 조금만 크면 옷 만들 수 있다 뭐. 그러니 그 옷 입지 마. 오빠는 경아가 만든 옷만 입어야 한단 말야.”

“어째서 그래야 하는데?”

악운경의 양 볼에 발그레한 홍조가 떠올랐다. 그리곤 조심스레 진영인의 눈치를 살피며 기어들어 가는 목소리로 입을 열었다.

“엄마가 그랬단 말야. 시집가면 지아비 옷을 지어주는 건 아내 몫이라고⋯⋯.”

점차 작아지는 그녀의 목소리는 나중엔 거의 들리지 않아 진영인과 하운지만이 들을 수 있었다. 몹시 부끄러웠던지 악운경은 그 말을 끝으로 진영인의 품에 얼굴을 묻어버렸다.

잠시 황당한 표정을 짓던 진영인은 이내 껄껄 웃음을 터뜨렸다.

“하하하, 이거 영광이로군.”

평소와 다름없는 진영인의 밝은 미소에 곽범태를 비롯한 그의 사질들은 비로소 안도하며 표정이 풀어졌다. 어이없는 얼굴로 악운경을 바라보던 하운지 역시 이내 웃으며 고개를 흔들었다.

“휴, 식사도 거른 채 이리저리 뛰어다녔더니 몹시 시장한걸.”

“식당에 재료 남은 게 있어요. 간단한 우육편사(牛肉編絲)를 만들어 드릴게요.”

재빨리 대답하는 하운지의 음성에 진영인은 흡족한 얼굴로 고개를 끄덕였다. 익힌 소고기를 실처럼 찢어 특별한 양념을 올린 뒤 다시 한번 익혀낸 우육편사는 그가 제일 좋아하는 요리였던 것이다.

“으음⋯⋯.”

갑자기 진영인이 신음과 함께 인상을 찌푸렸다.

“사숙!”

놀란 표정으로 자신을 향해 다가서는 하운지를 향해 진영인이 입을 열었다.

“크으, 상처가 너무 고통스러운걸.”

걱정스런 눈으로 진영인을 바라보던 안자명은 자신과 눈이 마주치는 순간 진영인이 눈을 찡긋하는 것을 발견했다.

“아!”

주먹으로 자신의 손바닥을 탁 내려친 안자명은 재빨리 안지명의 소매를 잡아끌었다.

“지명, 마을에 갔다 오자.”

“그래.”

눈치 빠른 안지명 역시 진영인의 생각을 일찌감치 눈치채고 있었다.

“가, 갑자기 마을은 왜?”

곽범태의 질문에 안자명과 안지명이 동시에 입을 열었다.

“술 사러 가요.”

“고통을 잊는 데 술만한 건 없으니까요.”

재빨리 대답하고 달려가는 그들 형제의 뒷모습에서 비로소 하운지는 진영인의 의도를 파악했다.

새초름히 눈을 흘기는 하운지를 향해 진영인이 멋쩍은 웃음을 흘렸다.

“저런, 시키지도 않은 일을······.”

그런 진영인의 모습에 하운지는 슬쩍 웃음을 머금었다.

“이번만 특별히 눈감아 드리죠.”

의외란 표정으로 자신을 바라보는 진영인을 향해 하운지가 한쪽 눈을 찡긋했다.

“그럼 전 식당에서 기다릴게요. 안주 없는 술은 몸에 해로우니까요.”

돌아서는 하운지의 등을 향해 악운경이 입술을 삐죽였다.

"치치치, 우육편사 따위……."

그런 그녀를 향해 빙그레 웃으며 진영인이 입을 열었다.

"흔하다 할 수 있는 요리지만 그녀가 만든 우육편사는 매우 특별하단다. 중원 어디에서도 그와 같은 맛은 찾기 힘들거든."

"나중에 경아가 크면 그거보다 훨씬 맛있는 거 해줄 수 있어."

"기대하고 있으마."

자신의 머리를 쓰다듬는 진영인의 손길에 악운경은 그제야 웃으며 고개를 끄덕였다.

"옷을 갈아입고 오마."

진영인은 악운경을 내려놓고 다시금 방 안으로 들어섰다.

하운지가 가져온 새옷으로 갈아입던 진영인이 문득 멍한 눈으로 벽을 응시했다.

'대체 그것은 뭐였을까?'

스스로 생각해도 이상했던 당시의 기분을 떠올리며 진영인은 왠지 모를 불안함을 느껴야만 했다. 물속에 비쳐졌던 그때의 모습은 단순한 호승심이라 치부하기엔 석연치 않은 이질감이 존재하고 있었던 것이다. 하지만 이내 고개를 흔들어 미진하게 남은 생각들을 떨쳐 냈다.

'신경이 날카로운 상태에서 나도 모르게 그들의 살기에 동화된 것이겠지.'

진영인은 알지 못했다. 정작 자신이 간과해서는 안 될 일을 놓치고 말았던 것이다. 그 불안함의 정체가 어디에서 기인한 것인지 깨달은 것은 한참의 시간이 지난 뒤였다.

第八章

화서지몽(華胥之夢)

어슴푸레한 안개가 흐르는 새벽. 한 자루 검만 챙긴 진영인은 곧
장 산문을 나섰다. 그리고 평소엔 잘 향하지 않는 자개봉(紫蓋峰) 쪽으
로 걸음을 돌렸다.

그렇게 얼마를 걸었을까.

서서히 동이 터오르는 햇살에 안개가 흩어질 무렵 진영인은 널따란
공터에 다다를 수 있었다. 불과 이틀 전 호약란 일행과 일전을 치른 곳
이었다.

군데군데 남아 있는 격전의 흔적과 채 수습하지 못한 시신들을 바라
보던 진영인은 나직이 한숨을 흘렸다.

이대로 시신을 방치했다가는 짐승을 불러 모으는 결과를 초래할 것
이다. 이미 목숨이 끊어진 시신들이야 산짐승의 밥이 된다 해도 상관
없었지만 한 번 사람의 피 맛을 본 산짐승이 살아 있는 사람에게 흉포

한 이빨을 들이밀지 않으리란 법도 없었다.

진영인은 천천히 뇌정단공을 끌어올렸다.

퍼펑!

가볍게 긋는 검을 따라 땅거죽이 폭발하듯 터져 나갔다.

그렇게 연달아 여섯 번의 검기를 뿌린 진영인은 커다랗게 입을 벌린 구덩이 속에 시신들을 옮기기 시작했다. 그리고 구덩이 한 켠에 쌓인 흙더미를 향해 일장을 내갈겼다.

와르르 무너진 흙더미가 시신을 삼키고 구덩이를 메웠다.

진영인은 순식간에 생겨난 무덤을 바라봤다.

'사람의 죽음이란 이처럼 허무한 것인데……'

진영인은 무덤 앞에서 죽은 이들의 넋을 달래는 진언(眞言)을 외우고 돌아섰다.

걸음을 옮기던 진영인이 문득 멈춰 섰다. 허리를 숙인 진영인의 손에는 그날 자신이 토막토막 끊어놓았던 한 자 정도 길이의 견사(堅絲)가 들려 있었다.

'형산에서 그들이 찾던 사람은 누구였을까.'

자꾸만 꺼림칙한 생각이 들었다. 그도 그럴 것이, 흑무련의 본산이 있는 대파산과 이곳 형산까지는 상당한 거리가 있었기 때문이다. 그들이 주로 활동하는 곳 역시 대파산이 잇닿아 있는 호북과 섬서, 사천이 중심이었다.

새로 생긴 무덤과 손에 들린 견사를 번갈아 바라보던 진영인은 이내 골치가 아픈 듯 머리를 흔들었다.

진영인은 견사를 소매 속에 갈무리하고는 다시금 걸음을 옮기기 시작했다.

그렇게 얼마를 걸었을까.

무성하게 우거진 대나무 밭 근처에 이른 진영인은 문득 허기를 느꼈다.

"죽은 사람은 죽은 사람이고 산 사람은 살아야지."

떠오른 해의 높이로 미루어 서둘러 달린다 해도 식사 시간에 맞춰 도착하지 못하리란 사실을 깨달은 진영인은 오히려 편한 마음으로 주위를 둘러봤다.

비록 하운지가 만든 음식과 비교할 수는 없었으나 이처럼 야외에서 먹는 음식도 나름대로의 풍미가 있었다.

근처에 떨어져 있는 바둑알만한 크기의 돌 조각을 집어 든 진영인은 심호흡을 한 뒤 세게 진각을 굴렸다.

쿠웅!

웅혼한 내력이 실린 진각이 땅을 울리고 근처의 나무를 흔들었다.

푸드득!

피잉!

황급히 날아오르는 꿩을 발견하는 것과 동시에 작은 돌 조각이 진영인의 손가락을 떠났다.

날개를 맞고 떨어지는 꿩을 허공에서 낚아챈 진영인은 대충 털을 뽑아 손질한 뒤 한쪽에 던져 놓았다. 그리고 불을 피우기 위해 마른 나뭇가지를 찾기 시작했다.

전날 비가 와서인지 마른 장작을 찾기란 쉬운 일이 아니었다. 간신히 대여섯 개의 마른 가지를 구한 진영인은 양 손바닥 사이에 나뭇가지를 끼우고 뇌정단공을 끌어올렸다.

파지직!

마주친 손바닥을 비비자 그 안에서 연기가 솟았다. 진영인은 쌓아놓은 나뭇가지 위에 조심스럽게 불씨를 떨어뜨렸다. 처음엔 파란 연기만을 피워 올리던 모닥불이었으나 몇 번 입김을 불자 금세 기세 좋게 타오르기 시작했다.

"아무리 생각해도 실생활에 가장 도움이 되는 무공은 삼매진화 같단 말야?"

흡족한 표정으로 고개를 끄덕인 진영인은 몇 개의 젖은 나뭇가지들을 모닥불 주변에 꽂아 말리는 한편 꿩의 뱃속을 비우고 그 안에 채워 넣을 재료를 찾기 시작했다.

다행히 비가 온 뒤라 대밭 주변에는 막 땅을 뚫고 나온 신선한 죽순이 즐비했다. 먼지가 씻겨 나간 댓잎 역시 곧바로 요리에 사용할 수 있었다.

죽순을 가득 채운 꿩을 다시 대나무 잎으로 여러 겹 둘러싼 진영인은 그 위에 진흙을 두껍게 바른 다음 모닥불 속에 던졌다.

그리고 모닥불의 주변에 꽂아놓은 나뭇가지들이 마르면 불속에 던져 넣으며 불이 꺼지지 않도록 주의를 기울였다.

타닥! 타닥!

경쾌한 소리와 함께 넘실대는 불꽃을 보며 진영인은 소금이 없는 것을 아쉬워했다.

형산은 다른 오악에 비해 그리 험한 편이 아니었다. 하나 도처에 인적이 닿지 않은 곳이 많아 한 번 길을 잃으면 방향을 찾기 힘들었다. 그래서 간혹 길을 잃는 사태에 대비해 형산의 제자들은 늘 소도와 화섭자, 그리고 소금을 휴대하는데 범인의 수준을 벗어난 진영인에겐 해당되지 않는 사항이었던 것이다.

그렇게 근 반 시진 정도의 시간이 흘렀다.

사그라지는 모닥불 사이를 헤집은 진영인은 돌처럼 굳은 진흙 덩이를 꺼낸 다음 검집으로 쳐서 깨뜨렸다.

갈라진 흙 사이로 드러난 댓잎을 한 겹 한 겹 풀어헤치자 잡털 섞인 껍질은 이파리와 함께 떨어져 나갔고, 향긋한 김을 피워 올리는 하얀 속살이 나타났다.

"음……."

흡족한 표정을 지어 보이던 진영인이 문득 아쉬운 듯 입맛을 다셨다. 이처럼 좋은 안주를 눈앞에 두고 이와 함께할 술이 없는 것이 안타까웠던 것이다.

'그래도 이게 어디야.'

진영인은 손을 뻗어 잘 익은 꿩 다리를 뜯어 들었다.

바스락.

막 입으로 음식을 가져가던 순간 진영인은 미세한 인기척을 느꼈다.

소리가 들려온 곳으로 고개를 돌린 진영인은 수풀 사이로 자신을 바라보고 있는 한 쌍의 눈동자와 시선이 마주쳤다.

눈이 마주치기가 무섭게 수풀 속으로 숨어버리는 작은 그림자를 보며 진영인은 의아함을 금치 못했다.

마을과 멀리 떨어진 깊은 산속에 어린아이가 돌아다닌다는 것은 흔한 일이 아니었다. 게다가 인근에는 사냥꾼이나 벌목꾼조차 살고 있지 않았던 것이다.

진영은 꿩 다리를 든 채 한참 동안 아이가 사라진 수풀을 바라보고 있었다.

그렇게 약 일각 정도의 시간이 지났다.

바스락.

진영인은 다시금 수풀 속에서 조심스럽게 고개를 내미는 겁먹은 눈동자를 발견할 수 있었다.

꿀꺽.

오 장 정도 떨어진 거리였지만 진영인은 그것이 입 안에 가득 고인 침을 삼키는 소리라는 것을 눈치챘다. 그제야 아이의 눈동자가 자신이 아닌 손에 들린 꿩 다리에 고정되어 있다는 것을 깨달았다.

진영인은 슬쩍 웃으며 입을 열었다.

"이리 오려무나."

흠칫.

진영인의 목소리를 듣기가 무섭게 아이는 다시 숲 속으로 달아나 버렸다.

이에 잠시 쓴웃음을 머금던 진영인은 바닥에 쌓여 있는 댓잎 위에 꿩 다리를 내려놓았다.

아니나 다를까. 한참의 시간이 흘러 진영인은 주위를 서성이는 인기척을 느낄 수 있었다.

진영인은 일부러 고개를 돌리지 않고 크게 소리 내어 입을 열었다.

"내 생애 이처럼 맛있는 꿩고기는 처음 보는군! 수많은 산해진미를 갖다 바친다 해도 결코 이 맛과 바꾸지 않을 거야!"

진영인은 손으로 꿩의 가슴살을 찢어 댓잎 위에 맛깔스럽게 올려놓기 시작했다. 그러자 향긋한 내음이 온 숲 속에 진동했다.

육즙이 묻은 손가락을 쪽쪽 빨면서 진영인은 다시금 입을 열었다.

"아아, 이럴 줄 알았다면 교자 따위로 배를 채우는 게 아니었어. 이처럼 맛있는 음식을 눈앞에 두고도 배가 불러 다 먹지를 못하다니 안

타깝기 그지없군. 어떡한다? 이처럼 더운 여름에는 금방 상하고 말 텐
데……. 이렇게나 맛있는 음식을 버려야 한다니 정말 억장이 무너지는
군.”

우측에 늘어선 대밭을 향해 힐끗 시선을 던진 진영인은 빙그레 미소
를 머금었다. 대밭 속에 숨어 목 울대를 움직이는 아이의 모습을 발견
했기 때문이다.

진영인은 이내 과장스러운 움직임으로 자리를 털고 일어섰다.

“아아, 진정으로 안타깝도다. 만약 누군가 이곳에 있었다면 이 진미
를 맛보게 해줬을 텐데.”

진영인은 망설이는 모습이 역력한 아이를 살피며 한참을 기다렸다.
그러나 아이는 잔뜩 겁을 먹은 토끼처럼 좀처럼 모습을 드러내지 않았
다.

결국 진영인은 신형을 일으켰다. 그리고 바닥에 남은 불씨를 발로
비벼 끄기 시작했다.

“음식이 썩으면 벌레가 들끓을 테니 애석하지만 땅속에 파묻어야겠
군.”

그 말을 끝으로 진영인은 정말 땅을 파기 시작하더니 그 안에 꿩고
기를 넣고 흙을 덮어버렸다.

탁탁 손을 털어 먼지를 떨군 진영인은 못내 아쉬운 사람처럼 한숨을
흘리며 장내에서 사라졌다.

차 한 잔 마실 시간이 흘렀을까.

측백나무 위에 모습을 숨긴 진영인은 조용히 웃음을 머금었다. 조심
스럽게 주위를 살피며 모닥불 근처로 다가서는 사내아이의 모습을 확
인할 수 있었기 때문이다.

대략 열 살쯤 되었을까.

몹시 낡고 바래 누더기와도 다름없는 소년의 옷차림은 그간 겪은 고초가 적지 않았음을 반증하고 있었다. 더구나 언뜻 드러난 팔다리에는 생채기가 가득했고 넝마와 같은 옷에서는 말라붙은 핏자국도 발견할 수 있었다.

주변에 사람이 없음을 확인한 아이는 두 손으로 땅을 파기 시작했다. 그리고 잠시 후 소년은 진영인이 묻어두었던 꿩고기를 꺼내 들고 의아한 표정을 지었다. 댓잎에 곱게 싸여 흙 한 점 묻지 않은 꿩고기의 양이 생각보다 상당했던 것이다.

'어지간히 의심이 많은 녀석이로군.'

곧바로 먹지 않고 어디론가 음식을 가져가는 아이의 모습에서 진영인은 쓴웃음을 머금었다. 그리고 조심스럽게 아이의 뒤를 밟기 시작했다.

'이런 곳이 있었던가?'

대숲을 지나 소년이 멈춰 선 곳은 이틀 전 호약란 일행과 싸웠던 곳과 그리 멀리 떨어지지 않은 곳이었다.

다시 한 번 주위를 살핀 소년은 엉금엉금 바위를 오르더니 나무에 가려져 보이지 않는 곳으로 모습을 감췄다.

탁!

가볍게 바위 위에 내려선 진영인은 그제야 바위 뒤에 작은 토굴이 있음을 발견할 수 있었다. 토굴의 위치는 매우 절묘했는데 약간 떨어진 바위가 앞을 막고 있고 그 위는 나무에 덮여 있어 자세히 보기 전에는 발견하기가 힘들었다.

진영인은 곰곰이 생각하기 시작했다. 보아하니 소년은 무공을 익힌 것 같지 않았다. 그런 아이를 산속에 홀로 방치했다가는 짐승들에게 당하기 십상이었다.

어떻게 하면 아이가 놀라지 않게 불러낼 수 있을까 진영인이 고심하고 있을 때였다.

"이걸 어디서 구한 거니?"

뜻밖에도 토굴 안에서 여인의 음성이 들려왔다.

'보호자가 있었나?'

진영인이 의아해하고 있을 때 계속해서 여인의 목소리가 이어졌다.

"아정, 내가 당분간 밖에 나가지 말라고 했었잖아. 그 사람들은 아직도 우릴 찾고 있을 게 틀림없어. 게다가 도둑질까지 하다니……."

"아냐, 누나. 이건 어떤 사람이 버린 거야."

"손도 대지 않은 음식을 버렸다고?"

"응, 정말이야."

잠시 적막이 흐르더니 소년이 다시금 입을 열었다.

"정말이야. 그 사람이 버리려고 땅에… 묻어놓은 걸 내가 가져왔단 말야."

점차 작아지던 소년의 음성은 마지막에는 거의 들리지 않을 정도였다.

'혹시 이들이?'

진영인은 문득 호약란과 마풍람이 찾고 있던 여인과 꼬마를 떠올렸다.

그때였다.

"하아……!"

무거운 한숨을 터뜨린 여인이 착 가라앉은 음성으로 입을 열었다.

"당신은 무척이나 교활한 사람이군요. 이처럼 치졸한 방법까지 써야
만 했나요?"

마치 자신을 꾸짖는 듯한 여인의 말에 진영인은 놀라움을 금치 못했
다. 그도 그럴 것이, 인기척을 드러내지 않도록 최대한 조심스럽게 움
직인 자신의 존재를 이처럼 쉽게 알아챈다는 것은 그녀가 결코 평범한
사람이 아니라는 것을 반증하는 것이었기 때문이다.

"당신은 이 안에서 저와 대화를 나눌 용의가 있나요?"

이어진 여인의 질문에 진영인은 쓴웃음을 머금었다. 굴 속에 들어가
기 위해서는 몸을 웅크려야만 하는데 그 상태에서 공격을 받는다면 피
할 곳이 전혀 없었기 때문이다.

지난번 호약란의 일로 상당한 고초를 치렀던 만큼 진영인은 매사에
신중을 기하기로 결심했다.

"비좁고 음침한 토굴보다는 볕이 잘 드는 이곳이 대화를 나누기엔
더욱 좋을 것 같소."

"하지만 저는 부상이 심해 움직이기 힘들답니다."

잠시 생각을 정리하던 진영인은 빙그레 웃음을 머금었다.

"토굴은 튼튼하오?"

"무슨 말이죠?"

"그 안에 들어가는 도중에 토굴이 무너지기라도 하면 큰일 아니오?"

여인은 차가운 웃음과 함께 입을 열었다.

"제가 만약 당신이었다면 그런 식으로 말을 돌려 협박하지 않았을
거예요. 상대의 약점을 이용하다니, 비겁하단 생각이 들지 않나요?"

여차하면 토굴을 무너뜨리겠다는 경고를 모를 만큼 여인은 어리석
지 않았던 것이다.

“그럼 실례하겠소.”

그제야 진영인은 허리를 숙이고 토굴 안으로 들어섰다. 간신히 몸을 통과할 수 있을 만큼 비좁은 굴을 일 장 정도 따라 들어가자 어른 열 명이 앉을 수 있을 만큼 상당히 넓은 공간이 나타났다.

약간의 시간이 지나 어둠에 눈이 익자 진영인은 맞은편에 앉아 있는 여인과 소년을 발견할 수 있었다.

“이 음식의 주인은 당신이겠죠?”

여인의 질문에 진영인은 빙그레 웃음을 머금었다.

“아니오.”

“당신이 만든 것이 아니란 말인가요?”

“내가 만든 것은 맞지만 지금은 그 아이 것이오.”

여인은 물끄러미 진영인을 바라보다 나직이 한숨을 흘렸다.

“그랬군요. 당신의 호의를 오해했어요. 미안해요.”

진영인은 내심 감탄하며 고개를 끄덕였다.

짧게 오간 몇 마디 말로 여인은 그 안에 숨어 있는 진영인의 뜻을 파악한 것이다.

“혹시 호약란이나 풍람이란 이름을 아시오?”

여인은 순간 흠칫하더니 아정이라 불리운 소년을 바짝 끌어당겼다.

불신의 감정이 역력한 그녀의 모습에 진영인은 쓴웃음을 머금었다.

“나는 당신들을 해칠 생각이 없으니 안심하시오.”

그러나 여인은 좀처럼 진영인을 믿지 않는 눈치였다.

“당신은 누구죠?”

“나는 진영인이란 사람이오.”

“진영인?”

"형산파 일대제자요."

말을 마친 진영인은 바닥에 털썩 앉으며 한쪽 벽에 등을 기댔다.

"사람은 배가 고프면 신경이 날카로워지는 법이니 일단 배부터 채우고 이야기합시다."

그제야 아정이라 불리운 소년은 진영인의 눈치를 살피며 바닥에 놓인 꿩고기를 집어 들었다.

쭈뼛거리며 자신을 향해 꿩 다리를 내미는 아정을 향해 진영인은 웃으며 고개를 저었다.

"난 지금 배가 고프지 않으니 네가 먹으렴."

하지만 아정은 고집스럽게 진영인의 손에 꿩 다리를 쥐어주었다. 그리고는 뚫어져라 진영인을 바라볼 뿐 음식엔 손을 대지 않았다.

"아!"

진영인은 내심 쓴웃음을 삼켰다.

음식에 독이 들어 있지 않다는 것을 보여주기 위해 진영인은 덥석 꿩 다리를 뜯기 시작했다.

생각보다 요리는 맛이 없었다. 죽순의 수분 때문에 꿩 고유의 시큼한 맛이 더욱 강해졌던 것이다.

음식을 우물거리며 진영인은 소년을 향해 싱긋 웃어 보였다.

"맛은 보장 못하지만 확실히 독은 들어 있지 않은 것 같구나."

그제야 소년은 댓잎 위에 잘게 찢어진 꿩고기를 여인 앞으로 내밀었다.

"아정, 난 배가 고프지 않으니 먼저 먹으렴."

말없이 고개를 흔드는 소년을 향해 여인은 미소를 머금었다.

그리 빼어난 미모는 아니었으나 여인이 웃자 어두운 토굴 안이 일순 환해지는 것 같았다.

"당신을 위해 이곳까지 음식을 가져온 그 아이의 성의를 생각해 주시오."

진영인의 말에 여인은 그제야 자그마한 살점을 집어 입으로 가져갔다.

'심성이 착한 녀석일세?

환하게 웃는 소년의 모습에 진영인은 내심 흐뭇함을 느꼈다. 하지만 이내 의아함을 느꼈다. 소년은 쩝쩝 소리를 내며 음식을 먹는 흉내만 낼 뿐 음식엔 손도 대지 않고 있었던 것이다. 그리고 자신의 몫까지 여인의 손에 쥐어주고 있었다.

여인과 소년을 자세히 관찰하던 진영인은 뒤늦게 이유를 깨달았다. 비록 눈을 뜨고는 있으나 흐릿한 여인의 눈동자는 초점이 없었다. 소년은 그런 여인을 위해 허기를 참으며 연기를 하고 있었던 것이다.

아이의 착한 심성을 엿볼 수 있는 모습에서 진영인은 안쓰러움과 함께 대견함을 느꼈다.

"꿩이야 쉽게 잡을 수 있으니 너도 배를 채우는 게 어떠냐?"

진영인의 말에 소년의 얼굴이 새빨갛게 달아올랐다. 그리고 잠시 의아한 표정을 짓던 여인의 눈가에 이내 물기가 어리기 시작했다.

그런 그들을 바라보는 진영인의 눈빛이 부드러워졌다.

"정말 부러운 모습이오."

의아한 얼굴로 자신을 바라보는 여인을 향해 진영인이 말을 이어갔다.

"이처럼 끔찍이 누이를 위하는 동생은 어딜 가도 쉽게 찾아볼 수 없을 것이오."

살짝 얼굴을 붉힌 여인은 소매를 들어 눈물을 훔쳐 냈다. 그리곤 진영인을 향해 조용히 미소를 배어 물었다.

"형산파의 진 공자라 하셨지요? 공자의 친절에 감사드립니다."

아직 눈물이 남아 있는 여인의 미소를 보는 순간 진영인은 마치 고요한 물결 위에 파문이 번져 가듯 묘한 감정이 가슴을 흔드는 것을 느꼈다.

"공자?"

"하핫, 미안하오. 토굴 안을 둘러보느라……."

어색하게 웃으며 고개를 돌리던 진영인은 문득 자신을 빤히 바라보고 있는 소년과 눈이 마주쳤다.

머쓱한 표정을 지어 보인 진영인은 손짓으로 소년을 불렀다. 그러자 처음 그를 경계하던 것과 달리 소년은 순순히 진영인에게 다가섰다.

진영인은 소년의 손에 자신이 들고 있던 꿩 다리를 쥐어주었다.

"이름이 뭐냐?"

진영인의 질문에 소년은 고개를 돌려 여인을 바라봤다. 이에 여인이 소년을 대신하여 입을 열었다.

"죄송해요. 그 아이는 심하게 낯을 가려서 낯선 사람이 있을 때는 입을 열지 않는답니다. 그 아이는 제 이복동생으로 단리 성에 정이란 외자 이름을 씁니다."

"단리정이라……. 좋은 이름이구나."

진영인의 칭찬에 소년은 처음으로 환하게 웃었다. 그리고 진영인이 눈빛으로 음식을 권하자 손에 들린 꿩 다리를 입으로 가져갔다.

몇 번 씹지도 않고 허겁지겁 음식을 삼키는 단리정의 모습에 진영인은 빙그레 웃으며 입을 열었다.

"이 녀석, 체하겠다. 모자라면 다시 만들어줄 테니 천천히 먹어라."

우물거리며 고개를 주억거리는 단리정을 향해 빙그레 웃어 보인 진영인은 고개를 돌려 여인을 바라봤다.

"그만 소매 속의 비수는 치우는 게 어떻소?"

"아!"

황급히 소매를 뒤로 감추는 여인의 얼굴이 노을이 내려앉은 것처럼 더없이 붉어졌다.

"죄송해요."

진영인은 잠시 의아한 얼굴로 여인을 바라봤다. 자신의 기척을 알아챌 정도라면 평범한 여인은 아닐 텐데 비수를 다루는 그녀의 모습은 무공을 익히지 않은 것처럼 매우 어색했기 때문이다. 뿐만 아니라 그녀의 움직임은 전체적으로 불편해 보였다.

이윽고 진영인은 그 이유를 깨달을 수 있었다.

"눈이 보이지 않게 된 건 최근의 일 같은데 이유를 물어도 되겠소?"

잠시 말이 없던 여인은 이내 처연한 미소를 지어 보였다.

"아정과 함께 달아나던 중 그들의 암기에 당했어요. 그때부터 사물이 점점 흐릿해지기 시작하더니 이틀째 되던 날 눈이 보이지 않더군요."

"상처를 살펴봐도 되겠소?"

진영인의 질문에 여인은 당황한 듯 얼굴을 붉힐 뿐 좀처럼 입을 열지 않았다. 이에 진영인이 다그치듯 말을 이었다.

"내 생각이 맞다면 그들은 섬여(蟾蜍)의 독을 사용한 것 같소. 눈에 들어가야 시력을 잃게 되는 대부분의 두꺼비 독과 달리 묘강에 서식하는 섬여의 독은 피부나 혈액을 통해서 같은 효과를 낸다 들었소. 치료가 늦으면 영원히 시력을 잃을 수도 있소."

"하지만……."

이때 단리정이 무릎걸음으로 여인에게 다가섰다. 그리고 망설이는 그녀의 소매를 잡아당기며 눈물을 글썽였다.

한참 동안 말이 없던 여인은 이윽고 한숨을 흘리며 고개를 끄덕였다.

"…알았어요."

스르륵.

천천히 움직이는 여인의 손을 따라 그녀가 입고 있던 상의가 얇은 매미 껍질처럼 그녀의 어깨를 타고 흘러내렸다.

"……!"

예상치 못한 그녀의 행동에 당황한 진영인의 눈이 더없이 크게 떠졌다. 하지만 이내 쿵쾅거리는 심장을 애써 진정시키며 고개를 돌렸다.

"무, 무슨 짓이오?"

자신도 모르게 말을 더듬는 진영인의 얼굴은 불붙은 석탄 가루가 내려앉은 것과 다름없었다. 그런 그를 향해 여인이 기어들어 가는 음성으로 입을 열었다.

"방금 전에 치료를 하신다고……."

진영인은 순간적으로 멍한 얼굴이 되었다. 그리고 약간의 시간이 지나서야 여인의 어깨에 박혀 있는 작은 침을 발견할 수 있었다.

"험험, 토굴 안이 어두워서……."

진영인은 머쓱한 표정으로 헛기침을 터뜨렸다. 하지만 여인은 피부에 와 닿는 진영인의 시선을 느꼈음인지 목까지 발갛게 달아오른 채 말이 없었다.

진영인은 천천히 여인에게 다가섰다.

여인의 어깨에 박혀 있는 침은 중간 부분이 부러져 있었는데 흡사 벌에 쏘인 듯 주위가 퉁퉁 부어 있었다.

진영인은 여인의 상세를 살피는 한편 그녀가 무안하지 않도록 화제를 돌렸다.

"그런데 당신은 무공을 익히지 않은 것 같은데 어떻게 내가 접근한 것을 눈치챈 것이오?"

진영인의 생각을 읽었음인지 여인도 마지못해 입을 열었다.

"당신이 왔을 때 풀벌레들이 울음을 그쳤거든요."

푹 고개를 숙인 채 대답하는 그녀의 음성은 부끄러운 심정이 고스란히 묻어나 있었다.

고개를 끄덕인 진영인은 한 손으로 그녀의 어깨를 붙들었다. 그리고 다른 한 손으로는 중간이 부러져 나간 침을 잡았다.

"아프더라도 참으시오."

자신의 어깨에 진영인의 손이 닿자 여인은 불에 데인 듯 흠칫 놀랐으나 이내 입술을 꼭 깨문 채 부끄러움을 참았다.

"악!"

"이런……."

뾰족한 비명 소리와 난감한 진영인의 음성이 동시에 토굴 안을 울렸다. 반 치쯤 뽑히던 침이 오히려 더 깊숙이 그녀의 어깨로 파고들었던 것이다.

"미안하오. 이건 단순한 침이 아니었구려."

어쩔 줄 몰라 하는 진영인을 향해 여인은 애써 부드러운 미소를 지어 보였다.

“아니에요. 미리 말해 주지 않은 제가 미안하죠. 저도 처음엔 제거해 보려 했지만 부러져 버렸어요. 아무래도 화살촉처럼 끝에 역으로 날이 서 있는 것 같아요. 그래서 빼려고 하면 할수록 더욱 깊숙이 파고 들죠.”

고통을 참는 여인의 얼굴에는 어느새 굵은 땀방울이 맺혀 있었다.

“이걸 어쩐다?”

난처한 얼굴로 주위를 둘러보던 진영인은 눈물이 그렁그렁한 눈으로 자신을 바라보는 단리정과 눈이 마주쳤다.

“하아…….”

한숨을 토한 진영인은 침이 박혀 있는 부위를 자세히 살폈다. 처음과 달리 침은 그녀의 어깨에 깊숙이 들어가 지금은 끝 부분만 간신히 보일 뿐이었다.

이윽고 진영인은 마음을 굳히고 여인을 향해 입을 열었다.

“소도를 빌려주시겠소?”

여인은 말없이 자신의 비수를 집어 진영인에게 내밀었다. 비수를 받아 든 진영인은 혀를 내밀어 바싹 말라오는 입술을 축인 다음 삼매진화를 일으켜 비수를 달구기 시작했다.

“지금부터 내가 하는 행동에는 그 어떤 사심도 품고 있지 않다는 것을 기억해 주시오.”

여인이 말없이 고개를 끄덕이자 진영인은 소독을 마친 예리한 비수 끝으로 침이 박혀 있는 여인의 어깨 부위를 반 치 깊이로 찔렀다. 그러자 시커멓게 죽은피가 뭉클거리며 흘러내렸다.

‘미치겠군.’

고통을 참느라 지그시 깨문 여인의 입술이 눈에 들어온 순간 진영인은 또다시 심장이 쿵쾅대는 것을 느꼈다. 주책없는 심장을 진정시키느라 진영인은 적지 않은 노력을 기울여야 했다.

어느 여인에게나 마음이 흔들릴 만큼 진영인은 가벼운 사람이 아니었다. 더구나 그에게는 오랜 세월 마음에 품어온 여인이 있었다. 하지만 지금 상황에서 그녀를 치료할 방법은 오로지 하나뿐이었고, 아무리 진영인이 무림인이라지만 남녀 간의 법도를 모를 만큼 무지하지 않았기에 망설일 수밖에 없었던 것이다.

더구나 자신의 불찰로 인해 그녀의 부상이 오히려 악화된 상태에서 치료를 그만둘 수는 없는 노릇.

마음을 굳힌 진영인은 두 손으로 상처 부위를 벌렸다. 그러자 흘러내리는 피 속에서 침의 끝 부분이 모습을 드러냈다.

손을 놓으면 침은 더욱 깊숙이 파고들 것이 틀림없었다. 두 손을 사용하지 못하는 상황에서 침을 제거하려면 이빨을 사용할 수밖에 없는데 차칫 그녀가 오해라도 한다면 큰 낭패인 것이다.

"소저, 지금부터 어떤 일이 있더라도 놀라지 마시오."

새삼 다짐을 받는 진영인의 말에 여인의 얼굴에 의혹과 두려움이 동시에 떠올랐다.

"나를 믿으시오?"

다시금 질문을 던진 진영인은 내심 쓴웃음을 머금었다. 생면부지의 낯선 사람을 믿으라는 말 자체가 어불성설이었던 것이다. 하지만 돌아온 그녀의 대답은 뜻밖이었다.

"믿을게요."

진영인은 잠시 눈을 깜박이며 여인의 얼굴을 응시했다.

비록 눈에 띄는 미인은 아니었으나 부드럽게 휘어진 아미와 차분함이 느껴지는 눈매는 정감이 가는 얼굴이었다.

잠시 망설이던 진영인은 그녀의 말에 힘을 얻어 천천히 여인의 어깨를 향해 입을 가져갔다.

"……!"

불처럼 뜨거운 진영인의 입술이 자신의 어깨에 닿자 여인의 눈이 더없이 크게 흡떠졌다.

이는 진영인 역시 마찬가지였다. 어깨라고는 하나 침이 박혀 있는 위치가 묘했던지라 그녀의 가슴에 얼굴을 묻는 형국이 되고 만 것이다. 게다가 난생처음 느껴보는 여인의 체향이 코끝으로 스며들자 더욱 정신을 차릴 수 없었다.

'진영인아, 진영인아, 정신 차려라. 네겐 운지가 있질 않느냐.'

스스로를 다그친 진영인은 입 안으로 흘러들어 오는 피를 빨아냈다.

"하악!"

여인의 신음 소리에 진영인은 가슴이 진탕하는 걸 느꼈으나 그 순간 입 안에 고여드는 핏물을 머금으며 간신히 침을 무는 데 성공했다.

진영인은 재빨리 침을 뽑아냈다.

쨍그랑!

바닥에 침을 뱉어낸 진영인은 마치 생사를 가늠하는 사투를 벌인 사람처럼 벌게진 얼굴로 가쁜 숨을 몰아쉬었다. 하지만 이내 침착하게 뇌정단공을 끌어올렸다. 손바닥에 진기를 모아 쓸어내리듯 그녀의 어깨를 문지르자 벌어진 상처에서 검은 피가 뭉클거리며 흘러내리며 그녀의 옷을 적셨다.

대략 서너 번 정도 이를 반복한 진영인은 흘러내리던 피의 색깔이 짙은 선홍색을 띠기 시작하자 재빨리 혈도를 눌러 지혈을 했다.

부기가 가라앉는 것을 확인한 진영인은 비로소 안도의 한숨을 흘렸다.

"다행히 독은 제거된 것 같소. 하지만 여독으로 인해 당분간은 앞을 볼 수 없을 것이오. 우리 사형의 의술이라면 단번에 여독을 해독할 수 있을 것 같은데 나와 함께 가시겠소?"

진영인의 말에도 불구하고 여인은 얼굴을 붉힌 채 달뜬 숨을 몰아쉴 뿐이었다.

이윽고 한참의 시간이 흘러 여인이 가볍게 고개를 저었다.

"도움에 진심으로 감사드립니다. 하지만 그럴 수는 없습니다."

"어째서요?"

진영인의 반문에 잠시 말이 없던 여인은 나직한 한숨과 함께 입을 열었다.

"정파와 사파는 세불양립(勢不兩立)이라는 걸 모르시나요?"

상의를 끌어 올리며 여인은 말을 이어갔다.

"저는 당신들이 말하는 마도(魔道)의 사람입니다. 형산은 엄연한 오악검파. 제가 몸을 의탁할 만한 곳이 못 됩니다. 은혜를 갚는 것도 모자라 폐까지 끼친다면 저는 얼굴을 들 수 없을 것입니다."

"으음……."

진영인은 침음성을 삼켰다. 역시 짐작대로였던 것이다.

그런 진영인을 향해 여인은 처연한 미소와 함께 입을 열었다.

"만약 제가 살아 있다면 훗날 반드시 보은하겠습니다. 그러니 공자께서도 자신의 길을 가십시오."

"보은을 바라고 한 일이 아니오."

다소 무뚝뚝한 여인의 얼굴에 쓸쓸한 감정이 떠올랐다.

‘그토록 좋은 사람도 내가 사파의 사람인 걸 알고 나자 태도가 달라지는구나. 역시 할아버지 말씀이 옳았어.’

단리설은 자신이 괜한 말을 한 것은 아닌가 하는 후회가 밀려왔다. 하지만 차마 그에게는 거짓말을 할 수 없었다.

자신이 처한 상황과 알 수 없는 서러움이 밀려와 단리설은 금방이라도 눈물이 쏟아질 것만 같았다.

그런 그녀를 바라보며 진영인은 착잡함을 금할 수 없었다. 마치 남을 대하듯 선을 긋는 그녀의 말이 서운했던 것인데 그녀가 이를 오해했음을 알 수 있었기 때문이다.

“당신이 원하든 원하지 않든 나는 본 파에 당신들을 데리고 갈 것이오.”

진영인의 말에 단리설은 심한 배신감을 느꼈다.

‘그를 믿고 솔직히 말했던 것인데… 나의 어리석음이 아정을 호랑이 굴에 던져 놓는구나.’

치열했던 정사대전은 정파와 사파를 결코 섞일 수 없는 물과 기름으로 만들어놓았다. 그리고 단리설은 그동안 정파에 인질로 붙들렸던 사파 사람들이 어떠한 대접을 받아왔는지 익히 들어 알고 있었다. 하지만 이어진 진영인의 말에 그녀는 참았던 눈물을 떨구고야 말았다.

“당신의 신분에 대해서는 당분간 함구하겠소. 그러니 당신과 아정은 내 손님으로 형산에 머물면 되는 것이오. 그리고 시력을 완전히 회복한다면 당신을 억지로 붙들지 않을 테니 그동안은 형산의 그늘에 몸을 숨기시오.”

단리설의 얼굴이 다시금 밝아졌다. 그러나 그녀는 여전히 고개를 가로저었다.

"당신은 그들이 얼마나 무서운지 몰라요."

"강시 같은 놈들을 끌고 다니던 깡마른 노인이라면 걱정할 것 없소."

"제가 두려워하는 건 그가 아니에요."

"그렇다면 호약란과 풍람이라는 사내를 말하는 것이오?"

단리설은 말없이 고개를 끄덕였다.

약간의 시간이 흐르고 난 뒤 단리설이 차분한 음성으로 입을 열었다.

"그들은 흑무련의 사대명왕이에요."

"사대명왕?"

기억을 더듬던 진영인은 문득 오래전 풍검으로부터 들었던 이야기를 떠올릴 수 있었다.

정사대전이 치열했던 당시에도 그들은 사람들 앞에 모습을 드러내지 않았다. 심지어 이름이나 성별, 나이조차도 알려진 바가 없었다. 하지만 천하를 통틀어 십대고수를 뽑는다면 반드시 그들이 상위를 차지할 것이라는 말이 공공연히 떠돌곤 했다.

몇몇 이는 강호의 뜬소문이라 치부했으나 길고도 지루했던 정사대전이 막을 고하던 날 흑무련 휘하의 삼락방(三樂房)이란 문파 하나가 하룻밤 사이 궤멸하는 일이 벌어졌다.

삼락방은 사실 정파에서 흑무련에 심어놓은 간자들이었다. 게다가 정사대전 당시 그들은 늘 선두를 지킬 만큼 상당한 무위를 지니고 있었다. 하지만 삼백에 이르는 그들로도 단 한 사람으로 인해 멸문을 피할 수 없었다.

시신들에 남겨진 상흔이나 쓰러져 있는 위치들로 미루어볼 때 그들을 도륙한 것은 한 사람의 소행이 분명했다. 게다가 부서진 삼락방 현판 아래에는 '배신자는 결코 명부를 주관하는 명왕의 눈을 피하지 못한다' 라는 피로 쓰여진 글귀가 남아 있었다.

이로 인해 강호가 한동안 술렁였고, 더 이상 흑무련 사대명왕의 존재를 의심하는 사람은 없었다.

"하지만 그건 이십 년도 더 된 이야기 아니오? 호약란이란 여인은 기껏해야 저보다 서너 살 위로밖에 보이지 않았소."

"당시의 삼락방을 멸문시켰던 자는 신풍마유(神風魔儒) 유철악(劉鐵岳)이란 자예요. 모종의 일로 인해 그를 제외한 나머지 사대명왕이 죽었고, 이를 대신해 유철악의 제자 둘과 다른 한 사람이 빈자리를 메워 지금의 사대명왕이 되었죠. 당신이 언급한 호약란과 마풍람은 유철악의 제자예요."

"나머지 한 사람은?"

"그에 대해서는 저 역시 알지 못해요. 단지 소문으로만 들었을 뿐이에요. 한땐 정파의 인물이었다가 마도로 돌아선 사람이라 들었어요."

무심결에 고개를 끄덕이던 진영인은 문득 의아함을 느꼈다. 사대명왕에 대해서는 지금까지도 알려진 게 전혀 없었다. 비록 흑무련에 몸담고 있는 사람일지라도 사대명왕의 신분을 이토록 정확히 알고 있는 그녀의 정체에 대해 짙은 의구심이 들었던 것이다.

진영인이 말이 없자 단리설은 그제야 고소를 머금었다. 그가 무슨 생각을 하고 있는지 짐작했던 것이다.

"제 외조부께서는 공야 성에 휘라는 이름을 쓰고 계세요."

"패황!"

진영인은 놀라움을 금치 못했다. 그리고 머잖아 혼란스러움을 느꼈다. 마도의 제왕이라고까지 불리우는 공야휘의 외손녀가 같은 흑무련 사람에게 쫓기는 이유를 도저히 짐작할 수 없었던 것이다.

"어째서 그들이 당신을 쫓는지 알 수 있겠소?"

"그건……."

그때였다.

"호호, 대공녀께서는 진 공자가 무척 마음에 드셨나 보군요. 하지만 거기까지예요. 더 이상 언급하면 아마도 그분께서 좋아하지 않으실 걸요?"

갑작스럽게 들려온 여인의 음성에 단리설의 얼굴에서 핏기가 가셨다.

진영인의 표정 역시 차갑게 굳어졌다.

"호약란……."

나직이 중얼거리는 진영인의 소매를 단리설이 황급히 붙들었다.

"진 공자."

단리설의 얼굴에 드리워진 두려움을 읽어낸 진영인은 빙그레 웃으며 그녀를 안심시켰다.

"걱정 마시오. 이미 그들과 겨루어본 적이 있으니 당신은 두려워할 것 없소."

"아니오. 제가 걱정하는 것은 저 스스로의 안위가 아니라 아정이에요."

단리설은 소리를 죽여 말을 이어갔다.

"시간이 없으니 간단히 설명할게요. 저들은 저를 해치지 않을 거예요. 아니, 해칠 수 없죠. 저를 해치려던 사람은 위호상이란 사람이에요."

"그 깡마른 영감 말이오?"

"그래요. 저들은 그자로부터 저를 보호하기 위해 이곳에 온 게 틀림 없어요."

"그렇다면 저들을 두려워할 이유가 없잖소?"

"그건… 저들의 또 다른 목적 때문이에요."

"또 다른 목적?"

안타까운 눈으로 단리정을 바라보며 단리설이 천천히 고개를 끄덕였다.

"저 하나만을 보호하기 위해서 사대명왕이 두 명씩이나 나섰다는 건 말이 되지 않아요. 그들은 필시 아정을 죽이려 할 거예요."

진영인은 어이없는 표정으로 단리설과 단리정을 번갈아 보았다. 무엇 때문에 사대명왕 정도 되는 인물들이 이처럼 힘없는 어린아이를 해치려 한단 말인가.

진영인의 표정을 읽은 단리설은 한숨과 함께 그간 가슴 깊은 곳에 묻어두었던 이야기를 꺼내기 시작했다.

"제 외조부께서는 외동딸인 어머니를 끔찍이 아끼셨어요. 하지만 몸이 약한 어머님은 저를 낳으신 후 더 이상 아이를 갖지 못하셨죠. 하지만 아버지는 사내아이를 원하셨어요. 그래서 할아버지 모르게 첩을 들이셨고 아정을 얻었죠. 훗날 이를 알게 된 할아버지는 몹시 화를 내셨어요. 비록 저와 아정은 이복 남매이나 할아버지에겐 피 한 방울 섞이지 않은 남과 다름없었기에 아정의 존재를 끝내 인정하지 않으셨죠."

"단지 그 이유만으로?"

"끝까지 들으세요."

진영인을 환기시킨 단리설은 불안에 떠는 단리정의 손을 꼭 움켜쥐며 다시금 입을 열었다.

"지금의 흑무련이란 이름 아래 뭉쳐 있지만 과거에 이들은 혁련, 단리, 위지 성을 쓰는 세 개의 흑도 세가와 이곡, 삼방, 그리고 그 밖의 많은 흑도문파들로 세분되어 있었어요. 천마성주셨던 외조부께서 이들을 힘으로 굴복시키고 지금의 흑무련을 결성하셨죠. 제 아버지는 위세가들 중 단리세가의 맏이셨어요."

한 모금의 침으로 바싹 마른 입 안을 축인 단리설은 진영인의 눈을 응시하며 설명을 이어갔다.

"최근 들어 단리세가가 이상한 움직임을 보이기 시작했어요. 아버지가 돌아가신 이후 임시 가주 직을 맡게 된 숙부님은 아정을 단리세가의 새로운 가주로 추대하려고 했고, 할아버진 이를 반대하셨어요. 숙부가 어린 아정을 꼭두각시로 내세워 갖은 모략을 일삼고도 남을 인물이라 하셨죠. 그런데 어느 날 아정이 사라졌어요. 그리고 일 년 만에 불쑥 저를 찾아왔지요."

이때 갑자기 단리정이 파랗게 질린 얼굴로 몸을 떨기 시작했다.

"아정!"

단리설은 단리정을 품에 끌어안고 등을 다독여 진정시켰다. 다시 고개를 들어 자신을 바라보는 단리설의 얼굴을 보며 진영인은 안쓰러움을 금할 수 없었다.

"당시 아정은 몹시 겁에 질려 있었어요. 전 급히 아정을 숨겼으나 갑자기 들이닥친 단리세가의 무인들에게 들키고 말았죠. 내원의 호위 무사들이 그들을 막고 있는 틈을 타 저는 아정과 함께 그곳을 탈출했어요."

"위호상은 단리세가의 인물이오?"

고개를 끄덕인 단리설은 한쪽에 놓여 있는 자신의 비수를 집어 들었다. 그리곤 진영인이 말릴 틈도 없이 비수를 움직여 단리정의 팔을 그었다.

"무슨 짓이오!"

"보세요."

단리설은 단리정의 팔에 나 있는 상처를 가리켰다.

"……!"

진영인은 놀라움을 금할 수 없었다. 피가 흘러내리던 상처가 순식간에 아물더니 감쪽같이 원래대로 돌아오는 것을 목도했기 때문이다.

말을 잇지 못하는 진영인을 향해 단리설이 다시금 입을 열었다.

"이뿐만이 아니에요. 아정은 독에도 중독되지 않아요. 제가 독침에 당했을 때 아정은 저를 감싸느라 훨씬 많은 독침을 맞았는데도 저처럼 눈이 보이지 않는다거나 하는 증상이 아무것도 나타나지 않았어요. 그들이 분명 이 아이에게 무슨 짓을 한 것이 틀림없어요."

잠시 숨을 고른 단리설은 안타까운 표정으로 자신의 품 안에서 떨고 있는 단리정을 바라봤다.

"아정은 본래 정이 많고 밝은 아이였어요. 그런데 그날 이후 저 이외의 다른 사람에겐 입을 열지 않아요. 그리고 어떤 기억을 떠올리면 이처럼 발작을 일으키죠."

"음……."

진영인이 침음성을 터뜨리는 순간 낭랑한 호약란의 음성이 토굴 안을 울렸다.

"진 공자, 지난번 제 선물은 마음에 드셨는지 모르겠어요? 제 딴에는 무척 신경을 쓴 것이랍니다. 감사의 말은 기대하지 않지만 이처럼 생면부지의 사람처럼 무시까지 할 필요는 없지 않겠어요?"

순간 진영인의 눈에서 새파란 한광이 튀어 올랐다. 호약란의 결계에 의해 안지명을 비롯한 그의 사질들이 하마터면 죽음의 문턱에 발을 디딜 뻔했던 기억을 떠올렸기 때문이다.

하지만 표정과 달리 진영인은 호탕한 웃음을 터뜨렸다.

"하하하, 어찌 소생이 호 소저의 성의를 무시할 수 있겠소. 소생은 능력이 부족해 그와 같은 선물을 준비하지 못한 것이 안타까울 뿐이오. 소생에게 선물을 마련할 시간을 주시겠소? 선물이 준비되면 내 직접 호 소저를 찾아가리다."

"호호호, 그건 제 순수한 마음이었을 뿐 선물 따윈 바라지 않아요. 단지 진 공자께서 모습을 보여주시기만 한다면 충분한 답례가 될 것 같군요."

쿠웅!

호약란의 말이 끝나기가 무섭게 토굴 안이 흔들리며 흙벽에서 먼지가 우수수 쏟아져 내렸다.

"어머, 방금 대단했던 지진을 느끼셨나요? 토굴이 언제 무너질지 모르니 어서 밖으로 나오세요."

진영인은 내심 어이가 없었다. 호약란이 진각을 굴려 자신을 협박하고 있음을 모를 그가 아니었던 것이다.

이때 말없이 상황을 지켜보던 단리설이 조용히 진영인의 소매를 잡아끌었다.

"제가 저들과 협상을 해보겠어요."

"제정신이오?"

"저는 어느 때보다 침착해요. 그리고 누구보다 저들을 잘 알고 있죠.

만약 이야기가 틀어진다 해도 약간의 시간은 벌 수 있을 거예요. 당신이라면 그 틈을 놓치지 않겠죠.”

진영인은 말없이 단리설을 응시했다. 이에 단리설은 다그치듯 입을 열었다.

“시간이 없어요.”

“어쩔 수 없구려.”

진영인은 마지못해 고개를 끄덕였다. 그녀의 말이 사실이라면 적어도 호약란이 단리설은 해치지 못하리라 판단했던 것이다.

빙그레 웃으며 고개를 끄덕인 단리설은 토굴 밖을 향해 소리쳤다.

“제가 나가겠어요! 그러니 당신들도 공격을 하지 않는다고 약속해 줘요!”

그러자 곧바로 호약란이 대답했다.

“잘 생각하셨어요. 어찌 제가 감히 대공녀께 무례를 범하겠어요?”

두어 번의 심호흡으로 마음을 진정시킨 단리설은 진영인을 향해 고개를 돌렸다.

“아정을 부탁해요.”

절실한 심정이 고스란히 묻어나는 단리설의 말에 진영인은 묵묵히 고개를 끄덕였다.

第九章
용호상박(龍虎相搏)

이윽고 단리설은 보이지 않는 눈을 대신해 손으로 벽을 더듬으며 토굴 밖으로 나섰다.

진영인은 홀로 남겨진 아정을 끌어당겨 속삭이듯 입을 열었다.

"아정, 지금부터 무슨 일이 있더라도 입을 열거나 소리를 내선 안 된다. 잘못하면 네 누나가 다칠 수도 있으니 명심하거라."

고개를 끄덕이는 단리정의 머리를 쓰다듬은 진영인은 단리정을 업고 단리설의 뒤를 바짝 붙어 따르기 시작했다.

토굴의 입구에 거의 도달했을 무렵 단리설이 호약란을 향해 소리쳤다.

"나는 사대명왕이 명예를 얼마나 중요하게 생각하는지 알고 있어요! 단 한 번도 약속을 번복한 적이 없다는 것도!"

"격정 마세요. 저는 틀림없이 약속은 지킨답니다."

잠시 망설이던 단리설은 그제야 천천히 토굴 밖으로 나섰다.

그와 동시에 진영인은 엄청난 경력이 토굴을 향해 들이닥치는 것을 느꼈다.

'역시!'

이미 이를 대비해 뇌정단공을 끌어올리고 있던 진영인은 쌍장을 앞으로 내밀었다.

콰아앙!

충격의 여파를 견디지 못한 토굴이 와르르 무너지는 순간 진영인은 손바닥에 부딪친 장력의 방향을 틀어 바닥을 때렸다. 그리고 그 반탄력을 이용해 토굴 입구의 천장을 뚫고 신형을 솟구쳤다.

바닥에 내려선 진영인이 껄껄 웃음을 터뜨렸다.

"하하, 역시 호 소저의 충고에 따르길 잘한 것 같소. 어째서 호 소저처럼 신묘한 예지력을 지닌 사람이 이처럼 인적 드문 산속에서 방황하는지 모르겠구려. 모르긴 몰라도 많은 사람이 오가는 저잣거리에 점집을 차린다면 제법 유명해졌을 텐데 말이오."

호약란의 얼굴에 일순 당황하는 기색이 스쳤다 사라졌다.

그런 그녀를 향해 진영인이 빙그레 웃으며 말을 이어갔다.

"저런, 안색이 몹시 좋지 않구려. 땀을 많이 흘리는 무더운 여름엔 기가 허하기 쉬우니 시시때때로 보양식을 챙겨야 한다오."

호약란은 예전에 진영인을 향해 섭혼소(攝魂笑)를 시전했다가 오히려 그의 뇌룡음에 내상을 입었고 아직도 완치되지 않은 상태였다. 그런 상황에서 진영인이 비꼬자 호약란은 몹시 격분하여 얼굴을 잔뜩 붉혔다. 하지만 이를 가까스로 참아 넘기며 진영인을 향해 미소를 배어 물었다.

"당신은 정말 운이 좋은 사람이군요. 저와 이렇게 두 번이나 대면한 사람은 손에 꼽을 정도거든요."

"저런, 호 소저의 괴팍한 성격은 사람들과의 유대 관계가 좋지 못한 데서 기인한 것이었구려. 본래 사람은 여러 번 만나봐야 그 진가를 알 수 있는 법이라오. 좀 인내심을 가지고 그들을 만나보지 그랬소."

"저도 그러고 싶었지만 기회가 없었어요."

잠시 말끝을 흐리던 호약란이 싸늘한 음성으로 말을 이었다.

"저는 시체와 대화하는 악취미는 없거든요."

사근사근한 미소를 머금은 그녀의 표정과는 달리 호약란의 어조에서는 한기가 풀풀 날리고 있었다.

"저런, 참으로 안타까운 일이 아닐 수 없소."

진영인은 피식 웃으며 호약란의 옆에 말없이 서 있는 마풍람을 바라봤다.

"당신 같은 목석이 아니고서야 당금 천하에 저 여인을 감당할 수 있는 사내는 없을 것이오."

"이익!"

호약란이 분을 이기지 못해 뛰쳐나가려 할 때 마풍람이 그녀의 어깨를 강하게 붙들었다. 그리고 그와 동시에 단리설이 재빨리 그들과 진영인 사이를 막아섰다.

"당신은 약속을 어길 생각인가요?"

이때 바위처럼 묵묵히 서 있던 마풍람이 돌연 바람처럼 움직였다.

"당신들……!"

막 소리를 지르려던 단리설은 채 말을 끝맺지 못하고 마풍람의 팔 위로 쓰러졌다. 진영인은 덜컥 가슴이 내려앉았으나 천천히 단리설을 안아 드는 마풍람의 모습에서 그가 혼혈을 짚었을 뿐이라는 것을 알 수 있었다.

"사대명왕이나 되는 자들이 이처럼 명예를 가벼이 여길 줄은 몰랐소."

진영인의 비난에 호약란의 입매가 슬쩍 비틀렸다.

"물론 우리도 명예를 중요하게 생각해요. 하지만 그 무엇도 그분의 명령보다 우위에 둘 수는 없죠. 게다가 약속한 것은 저였지 그가 아니었거든요."

호약란의 시선이 진영인의 등에 업혀 있는 단리정을 향했다.

"이제 그만 그 아이를 저희에게 넘겨주시는 건 어떨까요?"

"이 아이를 어찌할 셈이오?"

"글쎄요. 제가 대답할 의무가 있을까요?"

"나도 이 아이를 넘길 의무는 없는 것 같소만."

호약란은 피식 웃으며 왼편에 서 있는 마풍람을 바라봤다.

"이자는 내가 상대하겠어. 절대 끼어들지 마."

양손을 가슴 앞에 모은 호약란이 천천히 진영인을 향해 다가섰다.

단리정을 바닥에 내려놓은 진영인 역시 천천히 자신의 검을 뽑아 들었다. 비록 호약란이 내상을 입고 있다 하나 산매장만으로 상대하기엔 버거운 상대였기 때문이다.

"예전에 비해 조금은 달라진 것 같군요."

호약란이 건넨 말에 진영인은 여유로운 모습으로 빙그레 웃음을 머금었다.

"그날 호 소저의 가르침으로 인해 많은 걸 얻을 수 있었소."

"흥!"

호약란은 짧게 코웃음을 쳤다. 불과 이틀이었다. 이틀 동안 달라졌다고 해봐야 얼마나 달라졌겠는가. 하나 이 순간의 짧은 방심이 그녀로 하여금 두 번 다시 잊을 수 없는 치욕을 가져오리란 것을 호약란은 알지 못했다.

"오시오."

진영인은 말과 함께 자신의 검을 기울여 바닥을 향해 비스듬히 떨구었다. 뇌운검결의 기수식인 뇌운유정이었다.

순간 검신을 타고 일렁이는 청광이 더욱 짙어지더니 어느새 검신 전체를 감쌌고 이도 모자라 주변까지 푸르게 물들였다.

"……!"

선명한 청색의 서기는 한눈에 봐도 이틀 전의 그것과는 분명한 차이가 났다. 하지만 이보다 더욱 호약란을 놀라게 한 것은 차분함을 잃지 않는 진영인의 모습이었다.

선뜻 선공을 취하지 못하는 호약란을 향해 진영인은 슬쩍 웃으며 입매를 말아 올렸다. 그리고 일부러 검끝을 까닥였다. 명백한 도발이었다.

이에 호약란의 얼굴은 서리가 내려앉은 듯 차갑게 굳어졌다.

지난번 진영인과의 일전에서 내상을 입고 내심 이를 갈고 있던 그녀였던지라 진영인의 도발은 주체할 수 없는 분노에 불을 당긴 셈이었다.

치리리릭!

서서히 움직이는 호약란의 손가락을 따라 보이지 않는 무언가가 허공에서 얽혀가기 시작했다.

진영인은 십이성으로 끌어올린 뇌정단공을 검에 흘려 넣으며 그녀의 공격에 대비했다.

'온다!'

촤라라락!

한순간 예리한 파공음이 허공을 찢었다.

진영인은 재빨리 운영미보를 펼쳐 순식간에 오 장의 거리를 물러섰다. 그 순간 진영인의 왼손이 품속에 들어갔다 나오는 것을 호약란은 눈치채지 못했다.

콰자자작!

메마른 논바닥처럼 쩍쩍 금이 가 있는 바닥을 보며 진영인은 등줄기를 훑고 지나는 오한을 느꼈다.

"호호, 지금까지의 호기는 다 어디로 갔지?"

호약란의 눈에서 일렁이는 짙은 살기 앞에서도 진영인은 웃음을 잃지 않았다.

"저런, 호 소저. 아무리 우리가 적이라지만 지금까지 그래 왔던 것처럼 최소한의 예의는 지킵시다."

"흥!"

차가운 비웃음과 함께 호약란이 다시금 손을 움직였다.

이때 진영인이 기다렸다는 듯이 호약란을 향해 왼손을 뿌렸다.

호약란이 싸늘한 냉소를 터뜨렸다.

"암기 따위로!"

쓰컥! 쓰컥!

허공에 흔드는 호약란의 손을 따라 진영인이 던졌던 물체들이 조각조각 잘려 사방으로 흩어졌다.

득의양양한 표정으로 서 있던 호약란의 얼굴이 야차처럼 일그러진 것도 그때였다.

"감히……!"

"쿠쿡, 이처럼 많은 뼈를 순식간에 토막낼 수 있는 것은 호 소저뿐일 게요. 그리고 꿩의 뼈를 암기로 착각하는 고수도, 뼈다귀를 자르고 득 의양양해하는 것도 호 소저뿐일 거요."

처음엔 민망함과 부끄러움에, 그리고 이어진 분노의 감정으로 호약란의 얼굴은 점차 붉게 달아올랐다. 진영인이 던진 것은 암기가 아닌 토굴 안에서 단리설과 단리정이 먹고 남은 꿩의 뼈였던 것이다.

"언제까지 그 입을 놀릴 수 있는지 두고 보겠다."

그 말을 끝으로 호약란의 손가락이 쉬지 않고 움직이기 시작했다.

사사사삭.

누에가 잎을 갉는 듯한 소리와 함께 보이지 않는 무언가가 진영인의 주위를 휘감았다. 이미 주변에 검기와도 같은 삼엄한 기의 그물이 형성된 것을 깨달은 진영인은 호약란을 향해 빙그레 웃어 보였다.

"저번에 보여줬던 그 결계요?"

호약란의 입매에 오연(傲然)한 미소가 떠올랐다.

"은은한 달빛에 비춰야만 눈에 보인다 해서 월광사(月光絲)라 불리우는 이 실은 견고하기는 강철을 능가하고 어떤 재질보다 가늘어서 그 날카로움은 칼날과 비교가 되지 않지."

"호오, 이것이 월광사란 물건이었구려."

호약란의 얼굴에 잔혹한 미소가 떠올랐다.

"거기에 진기까지 실려 있다면 어떨까? 내가 이대로 손가락 하나만 까닥여도 당신은 갈가리 찢기고 말 거야. 월광사에 묻은 선혈이 핏빛 그림자를 드리우고 나서야 거두어지기 때문에 혈영사(血影絲)라고도 불리우지."

"꽤나 중요한 비밀 같은데 그렇게 쉽게 알려줘도 되는 것이오?"

"상관있을까? 당신은 이제 죽을 텐데."

"나는 이미 한 번 이것을 경험했소. 같은 수에 두 번 당할 만큼 난 어리석지 않다오."

"글쎄, 그때도 내가 직접 월광사를 다루었었나?"

섬뜩한 호약란의 미소에 진영인이 머쓱한 표정을 지어 보였다.

"죽엇!"

호약란의 손이 허공을 거칠게 잡아뜯었다.

쫘라라락!

비파 현을 잡아뜯는 거친 소음과 동시에 진영인이 서 있던 주변으로 오 장에 달하는 공간에 존재하는 모든 사물이 두부처럼 잘리기 시작했다. 하지만 서서히 간격을 좁혀오는 월광사의 위협에도 진영인은 태연함을 유지하고 있었다.

"흥!"

호약란은 월광사를 잡아채 더욱 빠른 속도로 결계를 좁혔다.

진영인의 눈에 이채가 떠오른 것도 그때였다.

캉! 카앙!

장내를 휘감은 뿌연 먼지 속에서 차가운 금속성이 연달아 터져 나왔다.

"이건!"

호약란의 입에서 짧은 경악성이 터져 나왔다. 월광사를 통해 전해지는 반탄력. 이는 자신이 의도했던 대로 상황이 순조롭게 풀리지 않고 있다는 것을 반증하는 것이었다.

서서히 먼지가 걷히자 호약란의 얼굴이 딱딱하게 굳어졌다. 여유롭게 월광사를 검으로 쳐내는 진영인의 모습을 발견했기 때문이다.

"이건 불가능해!"

진영인의 입매에 걸린 웃음이 더욱 짙어졌다.

"그럴까?"

진영인의 어깨가 가볍게 흔들리나 싶더니 음성이 채 사라지기도 전에 호약란의 전면에 이르러 있었다.

'이형환위(移形換位)!'

잔영을 남기며 순식간에 거리를 좁힌 진영인의 신법에 호약란은 놀라움을 금치 못했다.

"치잇!"

호약란은 급히 물러서는 한편 다시 한 번 결계를 움직여 진영인을 옭아매기 위해 오른손을 쳐들었다.

"아얏!"

뾰족한 비명을 터뜨린 호약란은 이유없이 피가 흐르는 자신의 손목을 바라봤다. 그리고 이내 할 말을 잃었다. 팔목에서 흐르던 핏방울이 허공을 타고 천천히 움직이는 것을 발견한 까닭이었다.

"너……."

말을 잇지 못하는 호약란을 향해 진영인이 씨익 웃으며 입을 열었다.

"아까 무덤을 만들고 나서 주운 거요. 월광사의 예리함이야 굳이 설명할 필요 없겠지? 섣불리 움직이면 그대로 오른손은 날아가 버릴 테니 조심하시오."

호약란은 어이없고 기가 막혀 할 말을 잃었다. 하지만 자신의 손목

에 묶인 월광사가 진영인의 검과 연결되어 있다는 것을 깨달은 호약란
은 애써 차분한 표정으로 진영인을 바라봤다.

"월광사의 움직임을 어떻게 알아냈지?"

진영인은 대답 대신 턱짓으로 허공을 가리켰다.

의아한 표정으로 허공을 응시하던 호약란의 눈에서 불꽃이 튀어 올
랐다.

"그랬었군……."

호약란은 터져 나오는 신음성을 가까스로 삼켰다. 허공에 얽혀 있는
월광사는 더 이상 눈에 보이지 않는 월광사가 아니었다. 군데군데 먼
지가 묻어 본래의 투명함을 잃고 있었던 것이다. 그것이 꿩의 뼈를 베
고 묻은 기름 때문이라는 것을 깨닫는 데는 그리 오랜 시간이 걸리지
않았다.

"이런 교활한……. 처음부터 이걸 노리고……."

"하하하, 당신에게 그런 말을 들으니 칭찬처럼 느껴지는구려."

"개자식!"

돌연 호약란이 자유로운 왼손을 갈퀴처럼 모아 진영인의 얼굴을 쓸
어왔다. 하지만 이미 이를 예상하고 있던 진영인은 한 걸음 물러서는
것만으로 이를 가볍게 피해 버렸고, 호약란의 공격은 그의 앞섶을 찢는
데 그치고 말았다.

덥석.

진영인은 그대로 호약란의 맥문을 움켜쥐어 왼손마저 제압해 버렸
다.

"아악!"

맥문을 제압당한 호약란은 고통스러운 신음을 흘렸다.

"이제 공격할 방법이 남지 않……!"

막 입을 열던 진영인은 급히 하던 말을 삼켰다. 입술을 오므린 호약 란의 양 볼이 잔뜩 부풀어 오르는 것을 발견했던 것이다.

'아뿔싸!'

진영인은 내심 헛바람을 들이켰다. 불과 한 자 남짓한 거리에서 호 약란 정도 되는 고수가 쏘아낸 암기를 피하기란 불가능한 일이었다. 게다가 검으로 암기를 쳐내기엔 시간이 부족했다.

그 순간 한 가지 유일한 방법이 진영인의 뇌리를 스치고 지나갔다.

"……!"

막 암기를 쏘아내려던 호약란은 기겁하며 하마터면 뒤로 넘어질 뻔 했다. 진영인이 돌연 자신의 입술을 덮쳐 왔던 것이다. 하지만 두 손이 제압된 데다가 거리마저 가까워 호약란은 이를 피할 방법이 없었다.

"흡!"

호약란의 두 눈이 더없이 크게 홉떠졌다. 그리고 똑같이 입김을 불 어넣는 진영인 때문에 입 안에 숨겨둔 독침을 쏘아낼 수도 없었다.

일단 호약란의 공격을 봉쇄한 진영인은 비로소 가슴을 쓸어내렸다. 하지만 이대로 언제까지 입술만 부비고 있을 순 없는 노릇.

진영인은 과감히 결단을 내렸다.

"웁! 우웁!"

입 안을 비집고 들어오는 이물감에 호약란이 펄쩍 뛰었다. 그러나 그녀는 진영인에게 붙들린 상태. 더구나 맥문이 제압된 상황에서 그녀 의 반항은 큰 의미가 없었다.

약간의 시간이 흐르자 호약란의 저항이 점점 줄어들었다.

이윽고 호약란과 긴 입맞춤을 나눈 진영인은 서둘러 입술을 떼고 혀를 쑥 내밀었다. 그 위에는 본래 호약란의 입 안에 있어야 할 가느다란 우모 침이 올려져 있었다.

"퉤."

우모 침을 뱉어낸 진영인은 눈물을 글썽이는 호약란의 모습에 약간은 미안한 감정이 밀려왔다.

"이 나쁜 자식……."

"소저의 혀가 매서운 이유는 따로 있었구려. 이처럼 위험한 물건을 혀 위에 굴리고 다니니 당연히 독기 어린 말밖에 입에 담지 못하는 것 아니오?"

"닥쳐! 이 색마(色魔)!"

"처음부터 당신이 나를 죽이려 하지만 않았다면 이런 일은 겪지 않아도 됐을 것이오."

"너를 반드시 찢어 죽이고……!"

하지만 호약란은 말을 끝맺지 못하고 급히 삼켜야 했다. 그녀의 말을 자르는 진영인의 엄포 때문이었다.

"입으로 막았을 때는 조용하던데."

진영인은 수치심과 분노로 부르르 떠는 호약란을 향해 씁쓸하게 웃어 보였다.

"나 역시 억울하긴 마찬가지요. 내 첫 입맞춤의 상대가 당신이 될 줄 어찌 알았겠소?"

그 말을 끝으로 진영인은 호약란의 마혈을 점해 버렸다.

검에 묶인 월광사의 매듭을 푼 다음 진영인은 그때까지 묵묵히 서 있는 마풍람을 향해 말을 건넸다.

"어떻소, 서로 인질을 교환하는 것이?"

잠시 진영인을 바라보던 마풍람은 자신이 안고 있던 단리설을 바닥으로 내려놓았다. 그리고 진영인을 향해 한 걸음 내디디며 느리게 양손을 늘어뜨렸다.

바로 그 순간 짙은 묵빛이 그의 양손을 휘어감으며 팔을 타고 올라가더니 종국엔 그의 어깨까지 삼켜 버렸다.

파팍!

유달리 긴 팔을 지닌 마풍람이었다. 늘어뜨린 그의 손에서 뿜어진 경력에 바닥의 돌 조각이 가루가 되어 비산했다.

'훌륭한 기파(氣波)!'

진영인은 내심 감탄을 터뜨렸다. 전신으로 느껴지는 서늘한 투기만으로도 마풍람의 진정한 기도를 확인할 수 있었던 것이다.

"그게 당신의 대답이오?"

그 말과 함께 진영인은 호약란을 바닥에 내려놓았다. 그리고 뇌정단공을 극성까지 끌어올려 자신의 검에 실었다.

우우웅!

진영인의 손에 들린 청강검이 묵직한 검명을 토하더니 검을 감싸고 있던 푸른 서기가 더욱 짙어졌다.

"검강(劍罡)!"

진영인의 검끝에서 뚜렷하게 일렁이는 한 자 남짓한 길이의 강기를 목도한 호약란이 경악성을 터뜨렸다.

마풍람의 눈에서도 처음으로 이채가 떠올랐다. 하지만 이내 차갑게 눈빛을 가라앉히며 입을 열었다.

"검강은 아니야."

의아한 표정으로 잠시 마풍람을 바라보던 진영인이 빙그레 웃음을 머금었다.

"당신은 검강을 본 적이 있는 모양이구려."

"우연히 팔 년 전에."

"그 사람이 누구요?"

"사대명왕 중 유일하게 검을 쓰는 사람이다."

진영인은 고개를 끄덕였다. 사대명왕 중에 한때 정파의 인물이었다가 마도로 돌아선 사람이 있다는 이야기를 떠올린 것이다.

이때 호약란이 마풍람을 향해 크게 소리쳤다.

"난 상관없으니 반드시 이자를 죽여줘!"

하지만 그녀의 얼굴은 이내 딱딱하게 굳어졌다. 마풍람이 천천히 고개를 저었던 것이다.

"장담하지 못한다."

"어째서?"

"비록 완전한 것은 아니지만 저자는 검강의 초입(初入)에 이르러 있다. 그렇지 않고서야 검기를 유형화하는 것은 불가능하기 때문이지."

"그럼?"

"싸워봐야 알 수 있다."

입술을 잘근거리던 호약란이 고개를 끄덕였다.

"믿겠어."

마풍람을 바라보는 호약란의 눈빛은 그의 승리를 추호도 의심하지 않고 있었다.

진영인은 가슴을 가득 채우는 호승심에 몸을 맡긴 채 마풍람을 바라봤다.

"진작부터 당신과 겨뤄보고 싶었소. 솔직히 말하자면 당신이 협상에

순순히 응하면 어쩌나 내심 걱정했다오.”

“음…….”

진영인의 검이 자신을 가리키자 마풍람은 가슴속에서 끓어오르는 투지를 맛보았다. 자신의 앞에서 이처럼 당당한 상대를 만난 것이 얼마 만이던가.

펄럭!

바람도 없는데 마풍람의 흑포(黑袍)가 미친 듯이 펄럭였다.

극성으로 끌어올린 철묵강기(鐵墨剛氣)를 양팔에 두른 채 마풍람이 천천히 진영인을 향해 다가서기 시작했다. 진영인 또한 수평으로 눕힌 검으로 마풍람을 가리킨 채 마주 거리를 좁혔다.

서로 오 장의 거리를 남겨두고 멈춰 선 그들은 말없이 서로를 노려본 채 한참 동안 미동도 하지 않았다.

진영인은 점차 거세지는 압력을 느꼈다. 동시에 마풍람 역시 진영인의 기운이 또다시 증폭되면서 그의 검 주변을 감돌던 푸른 서기가 폭발할 것만 같이 일렁이는 모습을 보았다.

두 사람이 뿜어내는 기운이 점차 증가되어 서로 밀고 밀리기를 반복했다. 호약란의 눈에는 보이지 않았지만 두 사람은 동시에 느끼고 있었다. 싸움은 이미 시작된 것이다.

“합!”

금세라도 끊어질 듯 팽팽한 대치는 마풍람의 선공으로 깨졌다.

“타핫!”

동시에 진영인 역시 기합성을 토하며 검을 내뻗었다.

두 사람의 거리는 오 장.

서로 주먹과 검을 내지른다 해도 좁혀지지 않는 사 장의 거리가 남

아 있었다. 하지만 한순간 마풍람의 주먹을 떠난 흑색의 경력(勁力)은
미친 파도처럼 진영인을 향해 쇄도했고, 진영인의 검끝을 떠난 푸른 서
기 또한 허공을 찢으며 마풍람이 뿌린 경기(勁氣)와 충돌했다.

쾅!

두 사람의 기운이 부딪치면서 엄청난 충격의 여파가 장내를 휩쓸었
다.

"까악!"

마혈이 제압되어 있던 호약란은 사방으로 휘몰아쳐 가는 세찬 바람
에 휩쓸려 멀찌감치 나가떨어지고 말았다.

주르륵.

진영인의 신형이 삼 장가량 밀려났다.

진영인은 막강한 마풍람의 권풍에 놀라움을 금치 못했다. 충격의 여
력을 미처 흘려내지 못한 자신의 검은 벼락 맞은 뱀처럼 꿈틀대고 있
었고, 팔을 타고 은은히 전해지는 충격은 어깨까지 저릿하게 만들고 있
었던 것이다.

반면, 이 장밖에 미끄러지지 않은 마풍람의 놀람은 더욱 컸다. 자신
과 달리 진영인은 이미 앞으로 검을 휘둘러 자신을 밀어내는 압력을
끊어버리고 자신을 응시하고 있었던 것이다.

마풍람의 얼굴에서 처음으로 표정이라 불릴 만한 뒤틀림이 일었다.

자신은 이미 흑무련에서 인정받은 최고의 권사(拳士). 신풍마유라는
사부의 거대한 벽만 없었더라도 천하제일권(天下第一拳)의 가장 강력
한 후보로 떠오를 사람이었다. 그런 자신을 상대로 지금껏 이름 한 번
들어본 적이 없는 형산의 무명 검사가 막상막하의 기세(氣勢)로 맞서고
있는 것이다.

조금 전의 공방은 번거로운 초식을 쓰지 않고 오직 서로의 순수한 내력만을 비교해 본 것이다. 하지만 결과는 백중지세(伯仲之勢). 그들의 발밑에 그려진 두 줄기 선은 길이가 다르다 하나 마풍람은 힘으로 견뎌냈고, 진영인은 압력을 흘려내며 와해시켰다. 결과만을 놓고 말하자면 그 누구도 우열을 판가름할 수 없었다.

"좋군! 아주 훌륭해!"

칭찬하는 말과는 달리 마풍람의 어조는 화가 나 있음이 분명했다. 늘 차갑고 냉정한 그의 모습만을 보아오던 호약란으로서는 놀라지 않을 수 없는 일이었다.

비록 같은 사대명왕이라 하나 늘 말이 없고 좀처럼 감정을 드러내지 않아 호약란조차 대하기 어려운 사람이 마풍람이었다. 그런 그가 감정을 드러내며 소리칠 상대를 만난 것이다.

호약란은 잘근잘근 입술을 깨물었다. 자꾸 부정적인 생각이 뇌리를 스친 것이다.

주륵.

호약란의 입술에서 흘러나온 피가 턱을 타고 가늘게 흘러내렸다. 하나 그녀가 모르는 것이 있었으니, 실제로 마풍람은 자신의 분노는 물론 투지까지도 차가운 이성 안에 갈무리하고 있었다.

이때 갑자기 마풍람이 진영인을 향해 신형을 날렸다. 낙뢰섬전의 초식으로 마풍람의 공격에 대응하던 진영인의 얼굴에 당혹감이 서린 것도 그때였다. 마치 분신술을 펼친 듯 마풍람의 신형이 일순 다섯 개로 변했던 것이다. 그리고도 분신은 계속 늘어나 일곱으로 변하더니 종국에는 아홉으로 늘어났다. 그가 사부로부터 전수받은 흑도 최고의 신법, 절정에 이른 교룡번(狡龍飜)이 보이는 신기였다.

바로 그 순간 진영인의 신형이 검과 함께 휘돌았다.

츠츠츠츠츠츠츠!

수십 개의 흑색 강기가 사방에서 자신을 향해 날아드는 순간 진영인의 검끝에서도 수십 줄기의 뇌전이 동시에 폭사되었다.

퍼퍼퍼퍼퍼펑!

폭죽 터지는 소리와 함께 허공에서 얽힌 진기가 불꽃을 일으켰다.

그사이 마풍람은 또다시 진영인의 주위를 휘돌았다. 동시에 그의 손을 따라 해일(海溢)처럼 일어난 강기의 벽이 소용돌이처럼 진영인을 삼켜갔다.

철묵강기를 응용한 비장의 절초 천강마벽(天罡魔壁)을 시전한 것이다.

콰지직!

진영인의 두 다리는 굳건했으나 압력을 견디지 못한 지면이 움푹 꺼져 버렸다.

"하아압!"

시간이 흐를수록 더욱 거세지는 충격을 느낀 진영인은 쩌렁한 기합성을 터뜨렸다. 그리고 연달아 낙뢰토염을 시작으로 낙뢰붕악, 패뢰파천, 운뢰중첩을 연결하여 안에서부터 이를 무너뜨리려 했다.

처음엔 그대로 주저앉을 것 같던 진영인이 돌연 엄청난 압력이 실린 중검(重劍)을 휘두르자 마풍람은 서서히 자신의 천강마벽이 흔들리는 느낌을 받았다.

"크압!"

마풍람의 입에서도 기합성이 터졌다. 모든 진기를 쏟아 부어 그대로 승부를 끝내려 했던 것이다. 하지만 이때 진영인의 검끝에서 번뜩이는 백광을 발견한 마풍람이 황급히 뒤로 물러섰다.

치익!

콰아아앙!

마풍람의 옆구리를 훑고 지나간 한줄기 하얀 뇌전은 그대로 굵은 나무 밑둥을 터뜨려 버렸다.

"묵운토뢰!"

"……!"

정확한 초식명을 언급하는 마풍람의 한마디에 진영인의 두 눈에 의아함이 떠올랐다. 어떻게 흑무련 사람인 마풍람이 뇌운검결의 초식을 안단 말인가? 더구나 묵운토뢰는 형산파에서도 이룬 사람이 극히 적어 대부분의 형산 문하들은 이름뿐인 초식으로 알고 있었다.

하지만 이도 잠시, 진영인은 다시금 매섭게 검을 휘둘렀다. 싸움은 아직 끝나지 않은 것이다.

팔방에서 자신을 에워싼 푸른 검영을 목도한 마풍람의 눈이 차갑게 가라앉았다.

그그그그!

무거운 물체를 들어 올리듯 두 팔을 번쩍 쳐드는 마풍람의 손을 따라 흑색의 강기 벽이 일어섰다. 진영인 역시 급히 패뢰파천을 시전해 검막을 일으켰다.

카카카카카칵!

강기 벽과 검막이 거칠게 충돌했다.

순간 진영인은 검에 손바닥을 찢을 듯한 압력이 실리는 것을 느꼈다.

'이대로는 검이 부러지고 만다!'

진영인의 검은 평범한 청강검에 불과했다. 완전한 검강의 경지에 이르른다면 나뭇가지로도 능히 검강을 시전할 수 있겠으나 진영인은 아직 그 경지에 이르지 못했다.

보검이 아닌 평범한 검이 자신의 내력과 거기에 더해진 강기 벽의 압력을 견뎌낼 리 만무했다.

어느새 검신에는 미세한 금이 가 있었다. 내구력이 한계에 달한 것이다.

"합!"

기합성과 함께 진영인은 왼손을 휘둘러 마풍람의 가슴을 후려쳤다. 그리고 그가 수비하는 순간 거리를 두려 했다. 하지만 마풍람은 이를 피하지 않았다.

퍼엉!

주르륵.

십이성의 내력이 실린 산매장을 맨몸으로 받아낸 마풍람의 신형이 뒤로 주르륵 밀려났다.

"쿨럭!"

한차례 피 기침을 토한 마풍람이 차가운 눈으로 진영인을 노려보았다. 하나 진영인은 지금까지 격전 중에 가장 유효한 공격을 펼쳤음에도 표정이 밝지 못했다. 마풍람의 손에 들린 반 동강 난 검신을 발견했기 때문이다.

그 찰나의 순간 마풍람은 진영인의 약점을 간파한 것이다.

절반만 남은 자신의 검을 바라보며 진영인은 쓴웃음을 머금었다. 비록 검은 부러졌으나 마풍람은 내상을 입은 상태. 아직 포기하기엔 이른 상황이었다.

“후으읍.”

한차례 깊이 숨을 들이마신 마풍람이 한순간 한줄기 그림자가 되어 진영인을 향해 쇄도했다. 교룡번은 막대한 내력을 소모하기에 내상을 입은 상태로는 시전할 수 없었던 것이다. 하지만 변화를 배제한 그의 신형은 가공할 속도로 진영인과의 거리를 좁혀오고 있었다.

진영인은 최대한 자세를 낮추며 낙뢰토염의 초식으로 마풍람을 찔러갔다.

꽈르르릉!

은은한 낙뢰 소리와 함께 진영인의 검을 떠난 푸른 검기가 마풍람을 베어갔다. 하지만 마풍람은 이에 개의치 않고 자신의 모든 진기를 실어 권풍을 날렸다.

콰아아아앙!

지금까지와는 비교도 되지 않는 굉음이 대기를 뒤흔들었다.

쨍강!

‘아뿔사!’

진영인은 내심 쓴 입맛을 다셨다. 이미 절반만 남겨놓고 부러진 검이 또다시 한 치쯤 부서져 나간 것이다. 그리고 이내 헛바람을 삼켰다. 잠시 멈칫하는 사이 마풍람의 신형이 어느새 지척에 이르러 있었기 때문이다.

한 자 남짓한 길이밖에 남지 않은 검으로 진영인이 대응할 수 있는 방법은 그리 많지 않았다.

진영인은 급히 부러진 검을 움직여 자신에게 짓쳐드는 마풍람의 주먹을 찔러갔다. 하나 주먹을 편 마풍람은 그대로 검을 향해 손바닥을 들이댔다.

푸욱!

섬뜩한 파육음과 함께 진영인의 검이 마풍람의 손을 꿰뚫었다. 그 순간 마풍람은 더욱 손바닥을 앞으로 밀더니 진영인의 검파와 이를 잡고 있는 진영인의 손까지 덥석 움켜쥐었다. 그리곤 그대로 진영인의 명치를 향해 일장을 내갈겼다.

"크윽!"

상식을 벗어난 마풍람의 대응에 진영인은 당혹감을 금치 못했다.

오른손을 봉쇄당한 진영인은 급히 왼손으로 산매장을 휘둘러 응수했다.

쾅!

하나 애초부터 장력으로 마풍람과 겨루는 건 무리였다.

"푸학!"

진영인의 고개가 뒤로 젖혀지는가 싶더니 입에서 핏물을 뿜어냈다. 하나 마풍람의 공격은 여기서 끝나지 않았다.

검격이 허용하지 않는 거리까지 간격을 좁힌 마풍람은 자신의 모든 절기를 쏟아냈다.

콰앙!

거리를 허용하지 않는 촌경(寸勁), 그리고 연이어 소리도 흔적도 남기지 않는 암경(暗勁)이 들이닥쳤다.

"우웩!"

마풍람의 공격을 맨몸으로 받아낸 진영인은 입에서 피를 뿜었다.

순간 마풍람의 팔꿈치가 진영인의 옆구리에 틀어박혔다.

콰드득!

뼈가 부러지는 소리와 함께 진영인은 또다시 피를 토했다.

‘젠장, 서너 대는 부러졌겠군.’

고통 속에서도 내심 중얼거린 진영인은 아직도 마풍람의 공격이 끝나지 않았음을 깨달았다.

휘익!

최후의 일격을 위해 마풍람은 진영인을 끌어당겼다.

그그그그!

마풍람의 다른 한 손에 맺혀 일렁이는 흑색 강기. 이를 발견한 진영인의 눈에서 한순간 새파란 한광이 번뜩였다.

째애앵!

“크아악!”

고막을 찢는 듯한 금속성과 처절한 비명이 동시에 터져 나왔다.

퍼엉!

어깨에 마풍람의 일장을 얻어맞은 진영인은 그대로 이 장 정도를 굴러 바닥에 널브러졌다. 하지만 마풍람이 뿌린 장력의 위력은 현저히 줄어 있어 간신히 치명상은 면할 수 있었다.

천천히 신형을 일으킨 진영인은 얼굴을 감싼 채 비틀대는 마풍람을 바라봤다.

이미 진영인의 손에는 검이 들려 있지 않았다. 산산조각난 파편이 되어 마풍람의 전신에 틀어박힌 것이다.

절체절명의 순간 진영인은 운뢰중첩을 펼칠 때처럼 진기를 운용했고, 중검인 운뢰중첩에서 발생되는 압력을 그대로 검에 쏟아 부었다. 약해질 대로 약해진 그의 청강검이 이를 버텨낼 리 만무했다.

아니나 다를까. 결과는 예상대로였다. 폭발한 진영인의 검은 무수한 파편이 되어 피할 곳조차 없는 마풍람을 그대로 난도질한 것이다.

"크으으으……!"

비틀대던 마풍람이 신음을 흘리며 신형을 바로 세웠다. 그리고 잡아먹을 듯이 진영인을 노려보았다.

"당신은 정말 대단한 사내요."

입가에 흐르는 핏물을 닦지도 않고 진영인은 마풍람을 향해 엄지손가락을 치켜세웠다. 그런 진영인의 모습에 마풍람은 어이가 없었다.

살을 내주고 뼈를 베려 한 자신의 공격에 진영인 역시 상식을 넘어선 방법으로 반격해 올 줄은 예상 못한 마풍람이었다.

"정파의 위인들은 검을 자신의 목숨처럼 아긴다 들었다."

"그래도 목숨만 하겠소?"

마풍람의 말에 진영인이 빙그레 웃으며 맞받아쳤다.

잠시 말없이 진영인을 바라보던 마풍람이 피식 마른 웃음을 터뜨렸다. 그리고 자신의 왼쪽 눈에 박혀 있던 검의 파편을 뽑아 바닥에 던졌다.

"이젠 서로 협상해 볼 마음이 드시오?"

진영인의 물음에 마풍람은 대답 대신 진영인의 뒤쪽에 있는 호약란을 향해 시선을 던졌다.

"협상은… 없다."

"애석한 일이오."

나직이 한숨을 터뜨린 진영인은 호약란을 향해 다가섰다. 두려움에 질린 눈으로 자신을 바라보는 호약란의 모습에 진영인은 슬쩍 웃음을 머금었다. 그리곤 그녀를 집어 들어 마풍람을 향해 던졌다.

턱!

호약란을 받아 든 마풍람이 의아한 얼굴로 자신을 바라보자 진영인은 혼절해 있는 단리설을 가리키며 입을 열었다.

"아무래도 당신들은 그녀를 해칠 것 같지 않고 나 역시 호 소저를 해칠 생각이 없으니 애초부터 인질의 가치는 없는 것 같소. 하지만 이 아이는 당신들에게 넘겨줄 수 없소."

말없이 자신을 응시하는 마풍람을 향해 진영인은 다시금 기파를 개방하며 또박또박 말을 이어갔다.

"아니면 이 자리에서 서로 끝을 보시겠소?"

"검 없이 나와 겨뤄 승산이 있다 생각하는가?"

마풍람의 질문에 진영인은 자신의 허리춤에 매어진 검집을 손가락으로 툭툭 두들겼다.

"이가 없으면 잇몸으로 씹어야지 별수있겠소? 다행히 제법 튼튼한 검집이라서 귀하를 실망시키진 않을 거요."

이때 호약란이 마풍람을 향해 소리쳤다.

"내 마혈을 풀어줘! 우리 둘이 힘을 합친다면……!"

"그건 좋은 생각 같지 않구려."

자신의 말을 자르는 진영인의 음성에 호약란이 눈을 치켜떴다. 이에 진영인은 여전히 웃는 얼굴로 입을 열었다.

"호 소저의 천주혈(天柱穴)을 짚은 수법은 진기로 점혈한 것이기에 뇌정단공이 아닌 다른 내공으로 이를 풀려 하면 자칫 진기 간의 충돌이 빚어질 수 있소. 하지만 하루가 지나면 자연스럽게 풀릴 테니 너무 심려하진 마시오."

호약란은 입술을 질끈 깨물었다. 천주혈은 목뒤 양쪽에 위치한 혈도로 신경이 밀집되어 있는 곳이다. 진영인의 말대로라면 섣불리 해혈을 시도했다가 반신불수가 될 수도 있었다.

호약란은 악에 받친 듯 마구 악을 써댔다.

"지금은 아무리 네가 기고만장해 있다지만 조만간 너와 네 사문에는 크나큰 재앙이 내릴 것이다! 네가 목숨 걸고 살리려 하는 그 아이로 인해 말이야! 그 아이는……!"

"그만!"

마풍람의 일갈에 호약란은 급히 말을 삼켰다. 너무 흥분한 나머지 중요한 기밀을 누설할 뻔했던 것이다.

이때 진영인이 자신의 검집을 들어 마풍람을 가리켰다.

"서로 말이 길었던 것 같소. 자, 이제 오시오."

스스스스.

진영인의 검집을 타고 일렁이는 푸른 서기는 처음과 비교한다면 상당히 약해져 있었다. 하나 마풍람의 눈에는 놀라움이 서렸다. 아직까지도 이만큼의 여력을 남기고 있는 진영인의 존재가 더없이 부담스럽게 느껴졌기 때문이다.

스윽.

입가에 묻은 피를 소매로 훔치며 진영인이 입을 열었다.

"정말 재미있는 일 아니오? 난 지금까지 비무(比武) 자체를 매우 귀찮게 생각해 왔는데 당신과의 싸움을 통해 그 즐거움을 알아버렸소. 흥이 식기 전에 빨리 시작합시다."

마풍람의 차가운 눈빛이 진영인의 전신을 쓸었다. 자신을 마주 노려보는 진영인의 눈빛에서는 아직도 사그라들지 않은 투지가 불꽃처럼 일렁이고 있었다.

"가자."

마풍람은 천천히 돌아섰다.

“하지만 풍람!”

“우리는 돌아간다.”

쐐기를 박는 마풍람의 말에 호약란은 입을 다물었다. 어깨엔 단리설을 들쳐 메고 옆구리엔 호약란을 낀 채 마풍람이 신형을 날렸다.

“어째서지? 너라면 충분히 그자를 해치울 수 있었을 텐데?”

호약란의 질책에 마풍람은 묵묵히 수풀을 헤치며 달리기만 했다. 바짝 독이 오른 뱀처럼 마풍람을 노려보던 호약란은 문득 자신의 얼굴 위로 떨어지는 뜨뜻한 액체를 느끼고는 표정이 급변했다.

“풍람?”

호약란은 말을 잇지 못했다. 그것이 마풍람의 입에서 쉬지 않고 흘러나오는 핏물임을 깨달았기 때문이다.

그렇게 반 시진쯤을 쉬지 않고 달린 마풍람이 천천히 속도를 줄였다. 그리고 쓰러지다시피 바닥에 엎드려 거친 숨을 토했다.

“한계… 였어……..”

힘겹게 입을 열던 마풍람은 그대로 정신을 놓고 말았다. 그제야 호약란은 생각보다 마풍람의 상태가 심각하다는 걸 깨달았다.

초인적인 그의 인내력이 아니었다면 여기까지 오지도 못했을 것이다.

호약란은 한숨을 내쉬었다.

“대체 그자는……..”

진영인을 떠올린 호약란의 얼굴에 한없이 복잡한 심경이 드리워졌다.

마풍람이 단리설과 호약란을 데리고 떠나고 나서도 진영인은 한참 동안 우두커니 장내에 서 있었다. 하지만 이내 썰물이 빠져나가듯 진

기가 흩어지는 것을 느끼며 극렬한 고통과 극심한 피로가 한꺼번에 몰
려왔다.

'아정은?'

문득 주위를 둘러보던 진영인의 입매에 슬쩍 웃음이 맺혔다. 멀찌감
치 떨어진 바위 뒤에 몸을 숨기고 고개만 내밀고 있는 단리정의 모습
을 발견했기 때문이다.

진영인은 손짓으로 단리정을 불렀다. 하지만 단리정은 진영인에게
오지 않았다. 울먹이는 얼굴로 단리설이 사라진 곳을 바라보고 있을
뿐이었다.

"아정."

진영인이 이름을 부르자 그제야 단리정은 진영인을 바라봤다.

빙그레 웃으며 진영인이 입을 열었다.

"네 누나도 구하고 싶었지만 지금의 내 능력으로는 고작 너를 지키
는 게 한계였다."

그 말을 끝으로 진영인의 눈에 머물던 정광이 급격히 흔들렸다. 그
리고 두 무릎이 꺾이며 진영인은 바닥에 털썩 주저앉고 말았다.

"쿨럭!"

시커먼 피를 토하는 진영인의 모습에 단리정이 놀란 얼굴로 조심스
럽게 다가왔다.

자신을 부축하는 단리정을 향해 진영인은 힘없이 웃어 보였다.

"다행히 마지막 도박이 제대로 먹힌 모양이다."

사실 진영인은 서 있을 힘도 없었다. 그래서 실낱같은 가능성에 도
박을 걸고 마풍람을 도발한 것이었다. 하지만 그 대가는 너무 컸다. 부
상을 입은 상태에서 또다시 진기를 운용했기 때문에 억지로 눌러두었

던 내상이 더욱 깊어진 것이다.

소매로 입가에 흘러내리는 피를 훔쳐 낸 진영인이 다시금 입을 열었다.

"나는 네가 무척 마음에 든다. 더구나 네 누이가 너를 나에게 부탁했으니 나는 너를 돌봐줄 의향이 있다. 하지만 네가 원하지 않는다면 나를 따라가지 않아도 된다. 어찌하겠느냐? 나를 따라가겠느냐?"

잠시 고민을 거듭하던 단리정이 천천히 고개를 끄덕였다. 진영인은 그런 단리정의 머리를 손을 들어 쓰다듬었다.

"조금이라도 힘이 남아 있을 때 움직이자꾸나."

비틀거리며 일어서던 진영인은 가냘픈 팔과 어깨로 자신을 부축하는 단리정의 모습에 웃음을 머금었다.

얼마나 걸었을까.

점차 희미해지는 의식 너머 형산파의 산문을 발견한 진영인은 현판 아래 기둥에 등을 기댔다. 그리고 남은 힘을 끌어 모아 검집으로 문을 두드렸다.

탕탕!

요란한 울림이 그치고 얼마 있지 않아 산문이 열리며 이대제자 두 명이 빼꼼히 고개를 내밀었다. 그리곤 반쯤 혼절한 진영인을 발견했다.

"사, 사숙!"

이들은 급히 타종을 울려 형산파 문도들을 불렀다.

갑작스런 타종 소리에 우르르 몰려온 형산 문도들은 만신창이가 된 진영인의 모습에 경악을 금치 못했다.

뒤늦게 도착한 풍검마저 진영인의 몰골에 벌린 입을 다물지 못했다.

"영인, 이게 어찌 된 일이냐?"

“하하, 풍검 사형…….”

애써 웃고는 있으나 진영인의 모습은 실로 참담했다. 앞섶은 온통 피에 젖어 있었고 퉁퉁 부어오른 왼팔은 실핏줄이 터져 푸르뎅뎅하게 변해 있었다. 게다가 턱을 타고 흘러내리는 간헐적인 핏물은 그의 내상이 결코 가볍지 않다는 것을 보여주고 있었다.

“자세한 이야기는 나중에 듣자꾸나.”

제자들을 시켜 운검을 불러오게 한 풍검은 조심스럽게 진영인을 들쳐 멨다. 그러다 문득 진영인의 바짓가랑이를 붙들고 있는 꾀죄죄한 꼬마를 발견했다.

“넌 누구냐?”

풍검의 질문에 단리정은 흠칫하며 잔뜩 기죽은 표정으로 진영인을 바라봤기에 진영인은 단리정을 대신하여 힘겹게 입을 열었다.

“제자 삼으려고요.”

“뭐? 제자?”

풍검의 놀란 외침에 진영인은 대답을 하지 않았다. 그 말을 끝으로 혼절해 버린 것이다.

“이게 무슨……?”

풍검은 잠시 황당함에 말을 잇지 못했다. 하나 이도 잠시, 풍검은 진영인을 안은 채 급히 현정전을 향해 뛰기 시작했다. 단리정 역시 이대 제자들의 손에 이끌려 형산파의 산문 안으로 들어섰다.

이마에 와 닿는 차가운 느낌에 진영인은 천천히 눈을 떴다.

자신의 이마에 조심스레 물수건을 얹는 하운지의 모습을 발견한 진영인은 빙그레 미소를 머금었다. 하지만 깊은 생각에 잠겨 있느라 이

를 눈치채지 못한 하운지는 허공에 멍하니 시선을 던진 채 애꿎은 진
영인의 머리칼만 쓸어 넘길 뿐이었다.

그렇게 얼마나 시간이 흘렀을까.

"하아……!"

나직이 탄식을 터뜨린 하운지는 물수건을 바꾸기 위해 고개를 숙이
다 생글거리며 웃고 있는 진영인의 눈과 시선이 마주쳤다.

"사, 사숙!"

화들짝 놀라 소리를 지르는 하운지를 향해 진영인은 눈살을 찌푸렸다.

"운지야, 나 귀 안 먹었다."

"언제 정신이 드셨어요?"

"방금 전에."

커다란 눈을 깜박거릴 뿐 말을 잇지 못하던 하운지는 이내 눈물을
글썽이기 시작했다.

"지금 그 모습을 하고도 웃음이 나와요?"

"하하, 내 모습이 어때서?"

"그걸 몰라서 물어요?"

잠시 진영인을 노려보던 하운지가 휙 돌아섰다.

그런 하운지를 의아한 눈으로 바라보던 진영인은 이내 조금씩 들썩
이는 그녀의 작은 어깨를 발견했다.

"운지야."

"흑흑, 얼마나 걱정했는지 알아요? 사숙이 혼절해 있는 이틀 동안
제 가슴은 숯보다도 검게 타버렸다구요. 어쩜 그렇게……."

울먹이며 말을 잇지 못하는 하운지의 모습에 진영인은 나직이 한숨
을 흘렸다.

"미안하다. 네게 걱정을 끼쳤구나."

그러나 하운지는 여전히 등을 보인 채 돌아서지 않았다.

"크윽!"

진영인이 돌연 가슴을 움켜쥐며 고통스러운 신음을 흘리자 하운지
는 더없이 놀란 표정으로 진영인을 향해 다가섰다.

"사숙, 괜찮아요?"

"어? 이상하군. 우리 운지 얼굴을 보자마자 신기하게도 통증이 사라
지는걸?"

언제 그랬냐는 듯이 빙글거리며 웃는 진영인의 모습에 하운지는 비
로소 자신이 속았다는 것을 깨달았다.

"그런데 내가 이틀이나 정신을 잃고 있었어?"

"바보."

진영인의 질문에 하운지는 자신도 모르게 피식 웃음을 터뜨렸다. 그
리곤 심각한 얼굴로 진영인을 향해 입을 열었다.

"약속해 주세요."

"뭘?"

"앞으로는 절대 무리하지 않겠다고."

진영인은 또다시 장난기가 동하는 걸 느꼈으나 금방이라도 눈물을
쏟을 것 같은 그녀의 모습에 차마 농담을 건넬 수 없었다.

"알았다. 약속하지."

그제야 하운지의 표정이 밝아졌다.

"무사해서 다행이에요."

갑자기 자신을 껴안는 하운지의 행동에 약간은 당황했던 진영인이
었으나 이내 웃으며 그녀의 등을 토닥였다. 하지만 조금씩 시간이 지

날수록 진영인의 이마에서는 서서히 식은땀이 맺히기 시작했다.

"운지야, 좀 살살 안으면 안 되겠니? 늑골이 몹시 시큰거리거든?"

"아!"

황망히 진영인에게서 떨어진 하운지는 손에 들린 물수건으로 발갛게 달아오른 얼굴을 식혔다.

"아! 운검 사백을 모셔올게요."

진영인이 말릴 틈도 없이 하운지는 달아나듯 문을 열고 사라졌다. 혼자 남은 진영인은 그제야 자신의 모습을 살필 수 있었다.

"나날이 상처만 느는구나."

부목이 대어져 있는 왼팔과 붕대에 칭칭 감겨 있는 옆구리, 군데군데 찢긴 피부를 바라보며 진영인은 설레설레 고개를 저었다.

'그래도 살아 있다는 것이 어딘가. 만약 그때 임기응변으로 검을 깨뜨려 그를 떨쳐 내지 않았다면 나는 지금쯤 침상이 아닌 관 속에 누워 있었겠지.'

생각하면 할수록 진영인은 스스로 운이 좋았다고 느꼈다.

처음으로 호승심을 느낀 상대였다. 그리고 한편으로는 두려운 상대였다. 그만큼 마풍람의 무위는 대단했고, 지금까지 자신이 알지 못했던 또 다른 무학을 확인할 수 있었다.

조용히 눈을 감은 진영인의 입매에 보일 듯 말 듯한 미소가 내려앉았다. 마풍람과의 치열했던 싸움을 떠올리자 말로는 설명하기 힘든 묘한 희열이 그를 들뜨게 했던 것이다.

이때 다수의 인기척과 함께 문을 열고 들어서는 사람들이 있었다. 한결같이 눈에 익은 그에겐 더없이 소중한 사람들이었다.

"사형."

“정말 깨어났구나!”

“예?”

영문 모를 풍검의 말에 진영인은 의아한 표정을 지었다. 그리고 그제야 방 안에 들어선 풍검과 명검, 그리고 곽범태를 비롯한 안자명과 안지명이 너나 할 것 없이 귀신이라도 본 사람마냥 자신을 빤히 응시하고 있음을 깨달았다.

“뭐예요? 그럼 제가 영영 깨어나지 못할 줄 아셨어요?”

피식 웃으며 농담을 건네던 진영인의 표정이 점차 굳어졌다. 풍검을 비롯한 모든 이의 표정이 심각했기 때문이다.

“에엑! 설마 정말로 그렇게 생각하신 거예요?”

그제야 풍검은 헛기침을 터뜨리며 진영인의 시선을 피했다.

“험험, 어쨌든 정신이 들어 다행이다.”

진영인의 미심쩍어하는 시선을 피하던 풍검은 애써 화제를 돌렸다.

“그런데 대체 어찌 된 일이냐? 누구와 싸웠기에 이처럼 초주검이 되어 돌아온 거냐?”

“아, 이거요?”

팔을 들어 보이며 웃는 진영인을 향해 풍검이 고개를 끄덕였다.

“그래, 그것 말이다. 네가 제자 삼은 그 아이는 좀처럼 입을 열지 않으니 어찌 된 영문인지 알 수가 있어야지.”

“네? 제자요? 무슨 제자요?”

진영인의 반문에 풍검은 황당함을 금치 못했다. 그리곤 이내 걱정스러운 표정으로 진영인을 바라봤다.

“내가 누구냐?”

“예?”

“내가 누구냐 물었다.”

“사형, 어울리지 않게 웬 농담이세요. 저의 둘째 사형이시자 저기 멀뚱이 서 있는 범태와 말썽 많은 쌍둥이 형제의 사부죠.”

“음… 다행히 머리를 다치진 않은 것 같은데…….”

“대체 무슨 말씀이세요?”

진영인의 시선이 명검을 향했다.

“사제, 내가 알아듣게 설명 좀 해주겠나?”

진영인과 눈이 마주친 명검이 빙그레 웃으며 고개를 끄덕였다.

“사형께서 데려온 아이는 기억하십니까?”

“아정 말이야?”

“아, 그 아이의 이름이 아정인가 보군요? 어쨌든 사형께서 정신을 잃기 전에 풍검 사형에게 그 아이가 영인 사형의 제자라고 하셨다더군요. 그리고 곧바로 혼절하셔서 자세한 이야기는 듣지 못했습니다.”

진영인이 자신을 바라보자 풍검은 천천히 고개를 끄덕였다.

“어떻게 네가 한 말도 기억하지 못한단 말이냐?”

풍검의 말에 진영인은 잠시 기억을 더듬었다. 그러고 보니 정신이 희미해지던 와중에서도 아정을 어떻게 사문의 어른들에게 소개시켜야 할지 고민했던 것이 언뜻 뇌리를 스쳤다.

‘거참, 나도 어지간히 급했던 모양이군. 어쩔 수 없지. 일단은 대충 둘러대는 수밖에.’

하지만 이어진 풍검의 말에 진영인은 잠시 멍한 표정이 되었다.

“걱정할 것 없다. 사부님께서는 이미 네가 그 아이를 제자로 거두는 것을 허락하셨다. 원래는 장로님과 상의를 해야 하는 일이지만 지금 장로님들은 외유를 나가셔서…….”

그 뒤의 말은 들리지 않았다. 그러나 풍검은 계속해서 말을 이어갔다.

"…그래도 참 대견한 생각을 했구나. 제자를 가르친다는 것은 그만큼 자신을 되돌아보며 지금까지 배운 것을 다시 한 번 숙지하는 효과도 있지. 과거의 나 역시 벽에 부딪쳐 무공의 진보를 이루지 못했는데 이 아이들을 얻어 가르치는 과정에서 새로운 경지에 눈을 뜰 수 있었다. 기행을 일삼는 것보다 훨씬 점잖고 의미도 있는 일이지."

"하아……."

진영인은 아득한 심정에 긴 한숨을 터뜨렸다. 한 번도 제자를 거두는 것에 대해 진지하게 생각해 본 적이 없었다. 배분과 나이를 떠나 어딘가에 얽매이는 것을 싫어하는 그인지라 간혹 사부인 송현자가 제자 이야기를 언급할 때면 온갖 이유를 들어 지금까지 피해왔던 것이다.

'나이 스물에 제자라니…….'

그런 진영인의 심정도 모르고 곽범태가 환하게 웃으며 진영인에게 다가섰다.

"마, 말이 없긴 하지만… 그, 그래도 귀엽고 차, 착해서……."

안자명과 안지명 역시 앞 다투어 입을 열었다.

"헤헤, 사숙 덕분에 우리도 막내 신세에서 벗어날 수 있겠어요."

"씻겨놓으니까 제법 귀엽던걸요? 앞으로 우리들이 막내사제에게 신경 많이 써줄게요."

마지못해 웃는 진영인의 얼굴은 그야말로 떫은 감을 씹은 것처럼 묘하게 일그러져 있었다.

이때 또다시 문이 열리며 겉옷만 대충 걸친 운검이 급하게 들어섰다. 그 뒤를 이어 송현자와 손녀의 손을 잡은 채 악원홍이 나란히 들어섰고, 마지막으로 하운지가 조용히 문을 닫으며 들어왔다.

"히잉, 오빠!"

다짜고짜 진영인을 향해 뛰어드는 악운경을 하운지가 재빨리 붙들었다.

"안 돼. 지금 사숙께서는 안정을 취해야 하신단 말이야."

이에 악운경은 뾰로통한 표정으로 하운지를 향해 입술을 삐죽였다.

"내가 호 해주면 금방 낫는다 뭐."

진영인은 빙그레 웃으며 툴툴거리는 악운경의 머리를 쓰다듬었다.

"그동안 말썽 안 부렸지?"

"응."

고개를 끄덕이며 배시시 웃는 악운경의 모습에 악원홍은 다소 어이없는 표정으로 악운경과 진영인을 번갈아 바라보았다.

자신의 머리카락을 마구 헝크러뜨리는 진영인의 손길에도 악운경은 전혀 싫은 기색 없이 천진난만한 미소를 배어 물고 있었는데 유난히 낯을 가리는 자신의 손녀가 이처럼 사람을 따르는 모습은 좀처럼 볼 수 있는 것이 아니었기 때문이다.

"사부님."

"되었다. 그냥 누워 있거라."

진영인이 일어서려 하자 송현자는 급히 손을 저어 만류했다. 수척해진 얼굴에 비로소 안도의 빛을 떠올리는 사부의 모습에 진영인은 콧날이 시큰해졌다.

"언제 정신이 들었느냐?"

운검의 질문에 하운지가 대신 대답했다.

"일각 정도 되었어요."

"잠시 진맥 좀 하자꾸나."

고개를 끄덕인 운검은 진영인의 손목에 손가락을 올린 다음 지그시 눈을 감았다.

잠시 후, 좀처럼 평정심을 잃지 않던 운검이 눈썹을 꿈틀거렸다.

"놀랍군!"

"왜요?"

궁금함을 참지 못하고 안지명이 끼어들었다. 하지만 누구도 이를 질책하거나 꾸짖지 않았다. 자신들 역시 궁금한 건 매한가지였기 때문이다.

운검은 대답 대신 진영인의 온몸을 구석구석 살피기 시작했다. 그리곤 탄성을 터뜨리며 입을 열었다.

"음유한 장력으로 인해 뒤틀렸던 기맥이 바로 잡히기 시작했어. 게다가 내상은 이미 호전되고 있고 부러졌던 늑골은 벌써 제자리를 잡아 아물고 있구나."

"하하, 제가 원래 몸 하난 튼튼하잖아요."

넉살 좋게 웃는 진영인의 모습에 장내의 인물들은 하나같이 실소를 머금었다. 하지만 악원홍의 표정만은 굳어 있었다. 언뜻 스치듯 보았을 뿐이지만 그날 진영인의 상세는 돌이키기 힘들 만큼 위중한 상태였다. 간신히 가느다란 숨결을 붙들고 있을 뿐 시체와도 거의 다름없었던 것이다.

이를 보며 악원홍은 적어도 몇 년은 요양해야 거동을 할 수 있을 것이라 여기며 내심 혀를 끌탕 쳤었다. 그런데 이틀도 지나지 않아 정신이 들고 거기다 태연히 농담까지 꺼내는 진영인의 모습은 직접 보지 않았다면 믿기 힘든 기사(奇事)였다.

"내가 잠시 살펴봐도 되겠는가?"

운검이 한쪽으로 비켜서자 악원홍이 진영인의 침상으로 다가섰다.

"지금부터 자하진기를 일으켜 자네 몸을 살펴볼 것이니 놀라거나 거부하지 말게. 반발력이 생기면 제대로 상세를 알아볼 수 없으니."

악원홍이 자신에게 호감을 지니고 있다는 것을 알고 있기에 진영인은 말없이 고개를 끄덕였다.

악원홍은 진영인의 맥문에 손가락을 올려놓은 다음 천천히 자하진기(紫霞眞氣)를 흘려 넣기 시작했다. 그리고 이내 악원홍의 주름 가득한 얼굴에 경악의 빛이 떠올랐다. 운검의 말이 사실이라는 것을 깨달았기 때문이다.

자신의 무학과 의학의 상리로는 도저히 이해할 수가 없는 괴이한 일이었다.

"허허, 기이한 일이로고."

그때였다.

'이건!'

감탄성을 터뜨리던 악원홍의 얼굴이 돌연 딱딱하게 굳어졌다. 자신의 자하진기가 진영인의 임독양맥에 이르러서도 전혀 막힘이 없었기 때문이다. 뿐만 아니라 전신의 기맥 곳곳에 머물고 있는 다양한 진기의 흔적은 분명 순수한 뇌정단공만이 아니었다.

진영인의 맥문에서 손을 뗀 악원홍은 눈을 감고 깊은 생각에 잠겼다. 한참 동안 아무 말 없이 자신의 수염만 쓰다듬던 악원홍은 이윽고 한 가지 결론을 얻어낼 수 있었다.

"장문인, 나와 이야기 좀 합시다."

"지금 말입니까?"

심각한 표정으로 고개를 끄덕이는 악원홍의 모습에 송현자는 걱정부터 앞섰다.

"혹시 영인의 몸에 이상이라도?"

"이상은 없소. 오히려 이대로라면 보름 정도 지나 완쾌할 수 있을 것이오. 다만 확인하고 싶은 것이 있소."

악원홍이 계속 눈빛으로 재촉하자 송현자는 고개를 끄덕일 수밖에 없었다.

"그럼 몸조리 잘하거라. 이만하길 천만다행이다."

송현자는 진영인의 어깨를 가볍게 두드렸다. 그리고 제자들의 배웅을 받으며 악원홍과 함께 방을 나섰다.

"그런데 어쩌다가 그렇게 다친 것이냐?"

풍검의 질문에 진영인은 잠시 생각을 정리하다 조용히 웃으며 입을 열었다.

단리설과 단리정을 만나게 된 연유와 그들을 추적해 온 호약란과 마풍람, 그리고 그들과의 일전에 대한 설명을 들으며 장내의 인물들은 하나같이 놀라움을 감추지 못했다. 특히 운검과 풍검은 진영인이 사대명왕을 언급하자 믿을 수 없다는 표정을 지어 보였다. 정사대전을 겪은 그들로서는 사대명왕이란 이름이 지닌 의미가 결코 가볍지 않다는 것을 알고 있었기 때문이다.

진영인의 이야기가 끝나지 않았음에도 결국 풍검은 궁금함을 참지 못하고 질문을 던졌다.

"정사대전에서도 모습을 드러내지 않았던 자들이 단지 두 사람을 찾기 위해 이처럼 큰 소란을 일으켰단 말이냐?"

"정확히 말하자면 그들이 찾는 것은 단리설이란 여인이었습니다."

"무엇 때문에?"

"그녀의 외조부가 공야휘라 하더군요."

"패황!"

놀라움을 감추지 못하며 풍검이 재차 질문을 던졌다.

"그렇다면 단리정이란 아이는 그녀와 무슨 관계냐?"

"그 아이는 고아로 우연히 그녀와 성이 같을 뿐입니다. 그녀가 천마성을 탈출하여 이곳에 이르는 도중 그 아이에게 도움을 받은 적이 있었는데, 이로 인해 그들의 추적에 같이 휩쓸렸다 하더군요."

풍검은 침음성을 흘리며 생각에 잠겼다.

사형을 속이는 진영인 역시 마음이 편치 않았다. 하지만 그 아이의 진정한 신상내력을 알게 되면 당장 풍검부터가 아정이 형산에 머무는 것을 허락치 않을 것이다. 그리고 이는 다른 사문의 어른들도 마찬가지였다. 오랜 시간이 지났다고는 하나 정파와 사파 사이에는 넘을 수 없는 선과 괴리감이 여전히 존재하고 있었기 때문이다.

미안함과 어색함을 감추기 위해 진영인은 현기증이 난 듯 손으로 이마를 짚으며 인상을 찌푸렸다.

이에 운검이 걱정스러운 눈으로 진영인을 바라봤다.

"어지러운 것이냐?"

"네, 약간……."

"정신을 차린 지 얼마 안 되어 많은 이야기를 한 탓일 게다. 무리하지 말고 그만 쉬려무나."

운검은 고개를 돌려 풍검을 바라봤다.

"풍검, 영인이 많이 지친 것 같구나. 그가 쉬도록 우리는 이만 자리를 비켜주는 것이 좋을 것 같다."

묻고 싶은 것이 많았으나 사형인 운검이 이렇게 말하는 이상 풍검은 더 이상 질문을 할 수 없었다.

잠시 진영인을 바라보던 풍검이 짧게 혀를 차고 돌아섰다.

"쯧쯧, 못난 녀석."

진영인은 빙그레 웃으며 고개를 끄덕였다. 퉁명스러운 어조와는 달리 풍검의 눈빛에서는 자신을 염려하는 마음이 가득 담겨 있음을 알 수 있었기 때문이다.

풍검이 방을 나서자 곽범태를 비롯한 안자명과 안지명, 하운지 역시 아쉬운 표정으로 사부의 뒤를 따랐다.

이때 진영인이 갑자기 하운지를 불러 세웠다.

"운지야."

"네?"

자신을 바라보는 하운지를 향해 진영인은 한껏 익살스러운 표정을 지어 보였다.

"바느질 솜씨가 형편없더구나. 몇 번 움직이지도 않았는데 장포가 이를 견디지 못하고 뜯어지는 바람에 민망해서 제대로 싸울 수가 있어야지."

"사숙!"

빽 소리를 지르는 하운지를 향해 진영인은 빙그레 웃으며 말을 이었다.

"그래도 우리 운지의 음식 솜씨만은 일품이지. 시원한 산매탕 한 그릇이면 달게 잠을 이룰 수 있을 것 같은데……."

능청스럽게 입맛을 다시는 진영인의 모습에 결국 하운지는 설레설레 고개를 흔들며 방을 나섰다.

그녀의 뒷모습을 향해 진영인이 급히 소리쳤다.

"운지야, 산매탕은?"

“기다려욧!”

되돌아온 뾰죽한 음성에 진영인은 흡족한 웃음을 머금었다.

“우리도 이만 가자꾸나.”

운검의 말에 말없이 자리를 지키고 있던 명검이 고개를 끄덕이자 악운경은 입술을 삐죽이며 운검을 바라봤다.

“경아는 오빠랑 더 놀고 싶은데…….”

“나중에 하루 종일 놀아주마.”

“정말이지?”

“그럼.”

몇 번이나 거듭 약조를 받고 나서야 악운경은 표정이 밝아졌다.

명검이 악운경을 데리고 밖으로 나서자 마지막으로 남은 운검이 지나가는 말투로 입을 열었다.

“늘 장난만 치려 하지 말고 운지에게 좀 더 잘해주거라. 네가 혼절해 있는 이틀간 잠도 자지 않고 네 옆을 지킨 것은 그 아이였으니까.”

진영인은 문득 몹시 지쳐 보이던 그녀의 얼굴을 떠올렸다. 새삼 미안함과 고마움이 밀려오는 걸 느끼며 진영인은 고개를 끄덕였다.

“예.”

“그럼 쉬거라.”

“살펴 가십시오, 사형.”

홀로 방 안에 남게 된 진영인은 그제야 나직이 한숨을 흘렸다.

“휴우, 일단 아정에 대해서는 대충 넘긴 것 같지만 그 아이가 단리세가의 혈육이란 걸 알게 되면 깐깐한 영감님들이 그냥 넘어가지 않을 텐데 걱정이군.”

온명 산인과 덕명 산인 두 장로가 노발대발하는 모습이 눈에 선했다.

진영인은 풍검이 아정에 대해 물어올까 봐 일부러 몸이 불편한 것처럼 연기를 한 것이었다. 하지만 언제까지 사문과 사형들을 속일 수도 없는 노릇. 시간이 지날수록 진영인은 골치가 아파왔다.

"어떻게 되겠지."

결국 진영인은 고개를 저으며 침상에 깊이 몸을 묻었다.

'지금쯤 그녀는 어떻게 되었을까?'

진영인은 문득 한 사람을 떠올렸다.

보호 본능을 자극하던 가녀린 모습과 토굴 안에서 나눴던 대화들, 그리고 어깨를 치료할 때 오갔던 미묘한 감정들이 겹쳐지며 마음을 어지럽히고 있었다.

'아서라, 영인. 운지가 알면 경을 칠라.'

고개를 흔들어 어지러운 상념을 떨쳐 낸 진영인은 침상에 깊이 몸을 파묻었다. 하지만 못내 석연치 않은 불안함이 가슴 깊은 곳에 알 수 없는 암운(暗雲)을 드리웠고, 이는 머지않아 진영인의 눈앞에서 현실이 되었다.

〈제1권 끝〉